GÜNTER FRANZEN

DER MANN, DER AUF FRAUEN FLOG

ROMAN

ROWOHLT

1. Auflage August 1992

Umschlag- und Einbandgestaltung Britta Lembke
Satz Walbaum (Linotronic 500)
Gesamtherstellung Clausen & Bosse, Leck
Printed in Germany
ISBN 3 498 02059 5

«Das Verborgenste zeigen die Menschen gern einander, zum Zeichen, daß sie sich nichts zu verbergen haben und alles wahr ist, was sie ihren unerschöpflich strömenden Partnern zu sagen haben.»

Für Elfriede Jelinek

1

Ein Sonntag, irgendein verlorener Sonntag im September. Es ist siebzehn Uhr, und Schulz läuft immer noch im Bademantel durch die Wohnung. Er gießt kalten Kaffee in die Spüle, schlurft auf der Ideallinie zwischen Waschmaschine und Stechpalme hin und her und läßt sich schließlich mit einem tiefen Seufzer auf das ungemachte Bett fallen. Er starrt zu den bröckelnden Stuckornamenten hinauf, fährt sich mit dem Handrücken über das unrasierte Kinn, blättert in einem Buch und kehrt zum Titel zurück, nachdem seine Augen lustlos über einige Zeilen hinweggestolpert sind: Holt Hartmann vom Himmel!, steht da in gotischen Lettern. Was geht mich Hartmann an, stöhnt Schulz, ich bin schon unten, ganz unten, und läßt das Buch angeekelt fallen.

Es ist das falsche Buch, es gibt Momente im Leben eines Mannes, auch im Leben eines schöngeistigen Mannes, in denen ihm alle Bücher dieser Welt gestohlen bleiben können. Schulz, der sich an besseren Tagen als Schriftsteller bezeichnet, sitzt kein Kater im Nacken, er wird von keinem Fieber geschüttelt und leidet unter keiner organisch nachweisbaren

Krankheit. Schulz billigt sich das Recht zu, sich wie ein Kranker zu benehmen, weil er sich an diesem Sonntag von Gott und allen Menschen verlassen glaubt. Die Menschen, darunter seine sauberen Freunde, mutmaßt Schulz, fahren derweil in froher Runde durchs spätsommerliche Grün, berauschen sich am Wein und an den ungetrübt herrlichen Aussichten, kämpfen im Windschatten ihrer prächtigen Landhäuser um den Erhalt ihrer kanarischen Restbräune, spielen mit ihren halbwüchsigen Töchtern Federball oder liegen bei ihren jugendlichen Geliebten. Schulz ist auffallend bleich, er hat keinen Führerschein, kein Geld, kein Haus, kein Kind und momentan auch keine Geliebte. Wohin denn ich, fragt sich der Mann in einem fort, ich, ich, ich und so weiter.

Die ausgedehnte Wochenenddepression eines alleinstehenden Mannes, zumal die eines Schriftstellers, wäre eigentlich kaum der Rede wert, existierte da nicht die Tatsache, daß Schulz nach der bedrückenden Lektüre seiner Kontoauszüge seinem Verleger in einem Augenblick höchster Verzweiflung versprochen hatte, ihn und das Publikum mit einem Roman zu überraschen. I wo, nicht mit einem x-beliebigen Roman, wie er unter dem säuerlichen Blick des potentiellen Mäzens beflissen hinzufügte, sondern mit einem richtigen Liebesroman, wie ihn die Alten sungen, von gediegener Qualität und obendrein leserfreundlich bis zur Selbstversimmelung. Ohne modischen Ansteckungsverdacht, inzestuöse Verwicklungen und pornographische Peinlichkeiten, nein, nein, ganz einfach: ein Mann und eine Frau und ein Frühling und eine Liebe, basta.

Beschwingt in der Federführung, eher zart- als edelbitter in der geschmacklichen Grundierung, geschmeidig und locker in der Struktur, sozusagen eine literarische Schaumspeise.

Schulz hatte den Mund reichlich voll genommen. Dabei machte er sich im Grunde gar nichts aus Süßigkeiten, aber wer will es einem freien Autor verdenken, wenn er zur Abwendung des Offenbarungseides das Blaue vom Himmel lügt. Nun stand jedoch das Versprechen einer unerhörten, noch nie dagewesenen poetischen Leichtigkeit nicht nur im Raum, sondern auch in dem Vertragswerk, das Schulz unter dem Druck der materiellen Verhältnisse mit seiner Unterschrift versehen hatte. Das Schriftstück enthielt eine Unterwerfungsklausel, die für den Fall der sprachlichen Dickflüssigkeit, der autobiographischen Bekenntniswut, der Ausbreitung frühkindlicher Niederlagen des Autors sowie der Darstellung seiner gegenwärtigen Befindlichkeiten eine Konventionalstrafe von fünftausend Mark festlegte. Damit war der Liebesroman unversehens justitiabel geworden, aber die Vorstellung, daß ihm neben dem Lektor nun auch ständig die Hausjuristin des Verlages über die Schulter schauen würde, barg für Schulz keinen Schrecken. Sein ererbtes Phlegma und der erworbene Hang zum Fatalismus erlaubten ihm, selbst diesem Knebelvertrag eine heitere Seite abzugewinnen: Die Damen und Herren Zensoren würden sich über der literarischen Werturteilsdebatte heillos zerstreiten, und er bliebe am Ende der lachende Dritte. Mit diesen notorisch engstirnigen Linienrichtern würde er auf lange Sicht schon fertig werden, aber wie stand es mit dem Roman, würde er auch mit dem Liebesroman fertig werden, würde er in seinem jetzigen freudlosen Zustand jemals einen Anfang, geschweige denn ein glückliches Ende finden für einen Liebesroman, er, Schulz, hier und jetzt ohne Aussicht auf eine Liebe, nur der müde Blick über eine weite, unbeschriftete Wüstenei, ödes, graues Recyclingpapier, ausgebreitet bis zum Horizont, und dahinter noch mehr Papier, und nirgendwo auch nur ein Schimmer lebendiger, durchbluteter Haut?

Wie überbrückten die mit ihm konkurrierenden Schreibtiere einen solch klaffenden Riß in ihrer Existenz? Sie schienen ihn nicht einmal zu bemerken, schrieben ohne Zaudern unbekümmert drauflos und bedienten den Zeitgeist Jahr um Jahr selbstvergessen mit ihren mehr oder weniger phantasievollen Produkten. So bat Schulz einmal wöchentlich einen kleinwüchsigen baltischen Adligen zu Tisch, einen freundlichen, wortkargen und scheuen Menschen, den er wegen seiner stupenden Kenntnisse auf dem Gebiet der toten Sprachen und seines trotzigen Festhaltens am feudalen Habitus schätzte. Dieser unscheinbare Mann, der seine Lehrzeit im anthroposophischen Nebel einer am Bodensee gelegenen Waldorfschule verdämmert hatte, eine unbeirrbare Vorliebe für hochgeschlossene Glencheckanzüge hegte, sein schütteres Haar seit dreißig Jahren in der Einheitsfaçon der frühen Fünfziger stutzen ließ und am liebsten lauwarmen Kamillentee trank – dieser Mann hatte den, wie es unter Eingeweihten hieß, wirklich endgültigen Trash auf den Markt geworfen, die phosphoreszierend grelle, beinhart erzählte Geschichte einer Gruppe von Wohlstandskindern der dritten Generation, die unter den Einfluß eines Satanspriesters geraten und sich am Ende ihrer Romankarriere mitsamt den Insassen eines psychiatrischen Krankenhauses in die Luft sprengen. Zwei Häuser weiter, in Schulzens Nachbarschaft, wohnte eine bekannte Drehbuchautorin, die die Fernsehanstalten regelmäßig mit kühnen, souverän gestalteten Männerdramen aus der Welt des Extremalpinismus belieferte; jeder Medienabhängige nahm an, daß die Bambi-Preisträgerin alle Gesteinsaufwerfungen zwischen Nanga Parbat und Großglockner bezwungen hatte, dabei konnte es Schulz auf seinen Eid nehmen, daß diese ewig verschnupfte, zur Kurzatmigkeit neigende Person seit Gründung der ARD ihren Platz hinter der Schreibmaschine höchstens mal verlassen hatte, um sich in der gegenüberliegenden Apotheke mit Klosterfrau Melissengeist, Tempotaschentüchern und Aspirin zu versorgen.

Was beklagte der dumpf vor sich hinbrütende Schulz eigentlich an den Kulturschaffenden und an sich selbst? Das Auseinanderklaffen von Ideal und Leben, Traum und Realität, Dichtung und Wahrheit? Wußte er denn nicht, daß man spätestens seit Winnetous Geburt weder einen Indianer kennen noch ein Indianer sein muß, ja womöglich gar kein Indianer sein darf, um unter einem weiten Himmel auf dem Rücken eines ungesattelten Pferdes über die endlose Prärie zu galoppieren? War ihm denn nicht klar, daß ein Abenteuer ohne festen Wohnsitz, polizeiliche Anmeldung, drei Mahlzeiten und acht Stunden vergrübelter Stubenhockerei täglich kaum eine Chance hat, zum feuchtheißen Dschungel, zur brandenden Flut, zum tiefen Kuß, zur blutigen Schlacht, kurz: zum Roman zu werden? Wie konnte er sich über die Tatsache hinwegsetzen, daß man in der Geschichte des Flugwesens den Adler, der sich je zu einer Veröffentlichung über die vollkommene Majestät des Fliegens herabgelassen hätte, vergebens sucht; immer schon, wird man ihm vorhalten, war es das Privileg des schweren Hausganters und des flügellahmen Huhns, nach einem sehnsüchtigen Blick zum Himmel resigniert die Feder zu spitzen und das Unvermögen ihrer Art zur Sprache zu bringen: Wenn ich ein Vogel wär...

Fußnotenartig wäre diesen Belehrungen eigentlich nur noch hinzuzufügen, daß sich der übergewichtige Flaubert zur Rettung seines Opus zeit seines Lebens damit begnügte, hungrige Blicke auf die entzückenden Stiefeletten seiner Favoritin zu werfen, aber welcher Barbar wollte bestreiten, daß es gerade diesem enthaltsamen Normannen gelungen ist, uns in der Figur der Emma Bovary mit der – man ist versucht, das Herz sprechen zu lassen – bezauberndsten und filigransten Frauengestalt der modernen Weltliteratur zu beglücken, aus der schon Sigmund Freud in seiner berühmten Untersuchung «Der Dichter und das Phantasieren» umrißhaft die Grundlage seiner Sublimationstheorie formte, einer Theorie, die eine gewisse Ratlosigkeit hinterläßt und direkt zu der Frage überleitet: Wo befindet sich eigentlich der Unterzeichner des Romankontrakts? Ist er bereit, seine Triebenergie auf die Mühlen des Kunstgewerbes umzulenken? Fühlt er sich schulmeisterlich behandelt, abgekanzelt, geschurigelt? Nein, er ist nur eben in der Küche verschwunden, um sich eine Fünf-Minuten-Terrine aufzubrühen, und macht nach seiner Rückkehr trotz des sich im Raum ausbreitenden Geruchs von Stabilisatoren, Quellstoffen und Instantbouillon einen überraschend aufgeräumten, ja geradezu gelösten Eindruck. Er nimmt hinter seinem Schreibtisch Platz, pflügt mit beiden Armen eine Schneise in die vor ihm aufgetürmten Bücherberge, öffnet eine rot-schwarze China-Kladde und bringt mit einem japanischen Filzstift ganz artig gemalte, kleine schwarze Buchstaben zu Papier.

Ein Huhn ist kein Vogel, eine Martinsgans ist kein Nachtjäger – das kann man sich gut merken, steht da geschrieben. Und: Nach dieser Lektion bin ich doch sehr erleichtert, daß ich keine große Literatur zu schreiben brauche, sondern nur einen kleinen Liebesroman. Wenn man in die Weltliteratur eingehen will, muß man sich das ganze Gewicht der Welt auf die Schultern laden, um es sich anschließend wieder aus den Fingern zu saugen; ferner muß man ständig seinen Triebaufschub organisieren, sich einer asketischen Lebensweise befleißigen, eine Neurose sollte man nachweisen können oder besser noch eine Grundstörung, und tot muß man auch sein. Daß man von seiner Mitgliedschaft in der Weltliteratur zu Lebzeiten nichts mehr hat, finde ich sehr abschreckend, denn ich möchte vor dem Tod noch etwas haben vom Leben. Und weil es armselig ist – im Leben wie in der Liebe –, unbescheiden zu sein und ich meinem Liebesobjekt nicht wie ein Bettelmann begegnen will, wünsche ich mir für meinen Roman nicht irgendeine mickrige, verklemmte kleine Liebe, sondern eine ganz ganz große. Die hat nämlich im Hinblick auf die Beförderung eines leichten Liebesromans den unbestreitbaren Vorteil, daß sie viel weniger wiegt als eine kleine. Während die große Liebe kaum das Gewicht der Brustfeder eines Zaunkönigs auf die Waage bringt, wiegt eine kleine so schwer wie ein festverzinsliches Ehestandsdarlehen. Schon das Wort reißt einen derart zu Boden, daß man zur Strafe gleich halbtot liegenbleibt, nachdem man es ausgesprochen hat.

Der Mann, von dessen großer Liebe zu dieser und jener Frau nachfolgend die Rede sein soll, sieht mir, Schulz, nicht ähnlich, ich lege allergrößten Wert auf die Feststellung, daß ich mit dem Mann nicht verwandt, nicht verschwägert und vor allem nicht identisch bin. Ich unterstreiche das mit Nachdruck. Erstens liegt mir an der peinlich genauen Einhaltung meines Vertrages, zweitens geht mir die penetrante, nach sogenannten Dichterlesungen gern geäußerte Frage, ob das fiktive Personal autobiographische Züge trage, zunehmend auf die Nerven, und drittens wäre mein beschränktes Sexualleben durch eine große Liebe völlig überfordert. Um das ein für allemal klarzustellen: Seit nunmehr siebzehn Jahren lebe ich mit einer lieben Kollegin in einer halboffenen Werkgemeinschaft. Jutta schreibt ökologisch orientierte Gebrauchslyrik für die Wochenendbeilage der FAZ, und ich gehe seit Weihnachten 1987 mit dem Projekt eines modernen Großstadtromans schwanger. Glockenschlag 14 Uhr treffen wir uns täglich auf halbem Wege in der Küche unterm Mikrowellenherd. Je nach Garzeit der dann eingespeisten Fertiggerichte kommt es mittwochs und samstags zu einem mehr oder weniger ausgedehnten Austausch von Zärtlichkeiten. Entnimmt Jutta, der ich für gewöhnlich die Menüwahl überlasse, der Gefriertruhe beispielsweise ein Filet Wellington, erwartet sie, daß ich sie in zwölf Minuten zum Höhepunkt bringe, während mir beim Abtauen von Cannelloni, Lasagne und anderen italienischen Teigwaren lediglich sieben Minuten zur Verfügung stehen. Magst du? frage ich, wenn sie den Kippschalter des Haushaltsgeräts bedient hat. Die Uhr läuft, Schulz, antwortet sie, und dann wird besagter Akt im beiderseitigen Einvernehmen vollzogen, bis der Mikrowellenherd durch einen unaufdringlichen Summton den Verzehr des Mittagessens anmahnt. Bei diesen affektneutralen, homöostatisch wirkenden Leibesübungen, die die Zubereitung unserer Zwischenmahlzeiten begleiten, werden erhebliche Libidomengen freigesetzt, die, seit wir sie konsequent ins Mahlwerk der Literaturproduktion umleiten, nicht mehr folgenlos zwischen den Laken versickern, sondern zur Optimierung unserer künstlerischen Leistungen beitragen: Jutta ist als Stadtschreiberin von Bergen-Enkheim im Gespräch, und ich weiß aus zuverlässiger Quelle, daß ich übers Jahr ganz fest mit der Verleihung des mit fünfzehntausend Mark dotierten Rattenfänger-Preises der Kreisstadt Hameln rechnen darf.

Ob und wie *ich* finanziell und sexuell über die Runden komme, interessiert natürlich kein Schwein, und wenn ich dem Leser, der ja beileibe kein rüsseliges Haustier ist, Einblick in Küche, Keller und Werkstatt gewähre, ist es mir lediglich darum zu tun, den Abstand zu meinem antipodischen Helden zu markieren, der nicht zufällig auf den Namen Ferner hört und mir kürzlich mal die Tour vermasselte. Aber nun immer der Reihe nach.

Es war ziemlich schwül, ein voller Mond mit einem schönen Hof stand am Himmel über Frankfurt, die Tische bogen sich unter der Last leerer Sektflaschen und schwerverdaulicher Speisen, darunter auch Tsatsiki und Nudelsalat, aus den Boxen nörgelte Mick Jagger zum tausendstenmal seiner Satisfaction hinterher, und wo die Stones losplärren, wimmelt es erfahrungsgemäß nur so von altlinken Studienräten und Grundschullehrerinnen, die sich partout noch einmal ein Bein ausreißen müssen wie einst im Wonnemonat Mai. Aber das war gar nicht so schlimm, weil mir plötzlich inmitten meiner magersüchtigen und grämlichen Beobachtungen vom Rande der Tanzfläche her ein Licht aufging, eine fließende, erdenthobene Bewegung in luftigen, weitgeschnittenen Stoffen, eine schwarze, hellgrau gesträhnte Mähne wie im Sturm und darunter ein Lächeln wie nie. Nights in white satin, träumte ich, wann, wenn nicht jetzt, fragte ich, spannte noch halb in Gedanken den Bogen, flog ihr entgegen durchs Dickicht der stampfenden, schwitzenden Pädagogenleiber und kam vor ihren Füßen zu Fall. Am Boden liegend, wagte ich sogleich eine morgenländische

Eröffnung und rief: Ich bin getroffen von deinem Lächeln, ich bin geblendet von deinem Licht, laß mich in die Winkel deines Mundes einkehren in dieser Stunde, laß mich in deinem Lidschatten nisten und uns ein Haus bauen für tausendundeine Nacht, denn siehe: Du bist meiner Liebe wert, wie ich deiner Liebe würdig bin, wer also sollte uns daran hindern, allnächtlich den Himmel einzureißen von nun an bis Ultimo. Da zog sie mich zu sich empor und erwiderte: Deine Stimme streichelt meine Haut, deine Zunge bewegt sich so flink wie eine Viper in der Mittagsglut, du springst, ein Mann in den besten Jahren, wacker einher auf den Beinen eines Tänzers, du gibst in deinem scharfgeschnittenen Anzug eine gute Figur ab, von der ich mich jederzeit über das Parkett aller Ballsäle führen ließe, all das und mehr, glaub mir, aber für eine Liebe, für eine Liebe, wie ich sie meine, reicht es nicht. Es hapert an der Farbe, genauer gesagt an deiner Augenfarbe. Du mußt wissen, sagte sie, ich falle grundsätzlich nur auf blauäugige Männer herein, blaue Augen, Brunnenaugen, die tief blicken lassen im Moment des tiefsten Empfindens... Nun mach aber mal einen Punkt, stieß ich hervor, und unter dem massiven Ansturm der Affekte zerbrach meine feinziselierte orientalische Werbung und geriet in die Niederungen der gemeinen westdeutschen Beziehungsrhetorik, sag, was du willst, aber auf meine Augen lasse ich nichts kommen. Meine Zähne sind größtenteils überkront, mein Haaransatz zieht sich unaufhaltsam von der Stirn zurück, von meinem Gesicht kannst du mühelos die gängigsten Weinsorten der letzten zwanzig

Jahre ablesen, und es gibt Tage, an denen ich von der Gewißheit heimgesucht werde, daß meine erotische Ausstrahlung kaum an die des Glöckners von Notre-Dame heranreicht. Ich will nicht widersprechen, wenn du meine Krawatten geschmacklos, meinen Körper untersetzt und meine Gesamterscheinung kleinbürgerlich nennst, aber um eines bitte ich dich: Laß meine Augen aus dem Spiel. Meine samtbraunen, von langen Wimpern gesäumten Augen standen bislang im Ruf der Unwiderstehlichkeit, und diese Legende will ich hüten und bewahren. Sieh doch endlich ein, beschwor ich sie, daß unser ganzes historisches Elend letzten Endes auf dieses wäßrige Blau zurückzuführen ist. Wer rühmt sich schon seiner blauen Augen? Wehrwirtschaftsführer, Fernaufklärer, U-Boot-Kommandanten, Deckoffiziere im Dienst der Aufnordung des deutschen Blutes. Was können dir solche Augen als Frau schon geben, was können sie dir sagen auf lange Sicht? Komm auf die Schaukel, Luise, unsere Ehre heißt Treue, die Reihen fest geschlossen, und Gefangene werden nicht gemacht. Glaub nur nicht, daß solche Augen im Liebesspiel wärmer werden. Vorne ein bißchen Tandaradei und große Fahrt und Südsee, aber unmittelbar hinter der Netzhaut sind die Schotten dicht und beginnt der Polarkreis. Na schön, meine braunen Augen lassen derzeit nicht tief blicken. Das liegt an der gottverfluchten Qualmerei bei diesen Parties. Der abgestandene Rauch legt sich wie ein trüber Film über die Iris. Ich mache dir einen Vorschlag: Vor dem Haus steht mein Rennrad, ich werde wie der Wind in die nächste Nachtapotheke sausen und dort eine

Flasche Belladonna besorgen. Dann werde ich hierher zurückkehren und meine Augen in dem Tollkirschensud ersäufen. Vor aller Welt werde ich dir meine Augen öffnen, und sie sollen dir ein Abgrund sein. Was heißt dann noch «tief blicken»? Der Sog dieser Augen wird dir die Beine wegreißen, du wirst kopfüber hineinstürzen, tausend Kilometer im freien Fall durch den Bernsteinschacht, und wenn du am dritten Tag auf dem Grund meiner Seele aufschlägst, wirst du jede Stunde deines Lebens verfluchen, die du mit diesen blauäugigen Flachmännern verplempert hast. Aber was ist eine Farbe im Angesicht der Liebe? setzte ich nach und umklammerte ihre hochwattierten, in Crêpe de Chine gehüllten Schultern. Werde ich denn ein Krämer sein und mit dir um das bißchen Augenlicht, um eine Farbnuance feilschen? Ich schwöre dir, falls das Belladonna-Experiment wider Erwarten scheitert und dir meine Augen anhaltend glanzlos oder in der Tiefe unscharf erscheinen, werde ich keine Sekunde zögern und meine Farbe wechseln wie ein Chamäleon. Morgen früh um neun öffnen die Optiker, eine halbe Stunde später blicke ich durch harte, azurleuchtende Kontaktlinsen in die Welt, und spätestens zum zweiten Frühstück sinkt dir der gewünschte Traummann in die Arme. Ist das nicht ein Angebot? fragte ich und bat sie sogleich um einen kleinen Vorschuß auf die in Aussicht gestellte Blauäugigkeit, eine leidenschaftliche Umarmung vielleicht oder etwas in dieser Richtung. Da mußte die Schöne furchtbar lachen, strähnte meine Haare mit den Fingern ihrer linken Hand, nannte mich mit zarter Stimme einen Wirrkopf, gab mir aber dennoch einen Korb. Ich könne mit Hilfe von Drogen und Kunststoffen nicht erzwingen, was mir die Natur verweigere: die Liebe. Als Schönsprecher und Silberzunge aber wolle sie mich nie mehr missen, und so bot sie mir statt dessen ihre unverbrüchliche Freundschaft an. Laß uns Freunde sein, sagte sie, nahm meinen Kopf zwischen ihre Hände und küßte mich auf die Stirn. Dieser Kuß brachte in mir einige Saiten zum Klingen, aber da mich der dazugehörige Text fatalerweise an den Refrain eines sehr verquälten Liedes erinnerte, das in der Nyltest-Ära häufig gesungen wurde – meine Angebetete trug seinerzeit, glaube ich, eine undurchdringliche weiße Bluse mit Pikeekragen, mir floß der Handschweiß in Strömen, und auch sonst ging es in meinem damaligen Liebesleben recht evangelisch zu –, schlug ich das gutgemeinte Angebot trotzig aus und trat enttäuscht zwei Schritte zurück.

Geschah es durch Zauberhand, oder war ein leicht durchschaubarer Drehtüreffekt im Spiel? Wie auch immer: Aus dem Halbdunkel, in dem ich verschwand, trat ein Mann hervor, der ohne Umschweife auf meine große Liebe zuging. Trat ins Licht und nannte sie unverschämterweise gleich «Du», war aber, ich muß es gestehen, kein Gnädige-Frau-ich-bin-der-letzte-Cowboy, war kein Wie-mir-Peymann-im-Gespräch-mit-Brandauer-versicherte, war auch kein Meine-Rolex-rostet-am-Fuß-der-Eiger-Nordwand; war also leider kein Großkotz, kein Parvenü und kein Rallyestreifen, war eigentlich ein Mann wie du und ich, in mittleren Jahren, mittelgroß und mittelblond, nur eben mit diesen nichtssagenden blauen Augen. In einer linksrheinischen Fremdsprache, habe ich gehört, ist es häufig nur ein kleiner Schritt vom Coup d'œil zum Coup d'état, aber auch hierzulande, wo alle Revolutionen auf dem Dienstweg enden und man sich damit begnügt, einmal im Jahr auf Kommando lustig zu sein, ist es möglich, daß ein Augenaufschlag eine Kontinentalverschiebung nach sich zieht oder eine Zertrümmerung der Himmelsrichtungen oder eine große Liebe, was im Idealfall auf dasselbe hinausläuft, so auch hier.

Am Morgen vor der denkwürdigen Party hatte jene farbenblinde Frau, welche von den Gästen Lisa gerufen wurde, die Nachricht erhalten, daß es im tiefen Süden einen Mann gäbe von großer Geschmeidigkeit und Schönheit, der habe soeben erfolgreich die Hochschule für Gelächter und Zärtlichkeit absolviert, sei nun auf dem Weg zu ihr, und sie möge ihm zur Verkürzung seiner Sehnsucht doch bitte ein paar Schritte entgegenkommen. Da sprang Lisa mit beiden Beinen zugleich aus dem Bett, legte ihre beiden entzückenden Kinder zu ihrem kreuzbraven Ehemann, deckte in gewohnter Weise zum fünftausendsten- und letztenmal den Frühstückstisch für ihre Lieben, streifte im Hinausgehen ihren Trauring ab und bedeckte die fröstelnden Schultern mit ihrem abgelegten Mädchennamen. Im Vorgarten ihres Puppenhauses rief sie die befreundeten und unterworfenen Völker zu sich, wählte aus ihrer Mitte vier Gespielinnen, dazu vierzig gutgeölte Sänftenträger sowie ein Dutzend gutaussehender Begleiter und überquerte den Rubikon kurz vor Sonnenaufgang trockenen Fußes, denn wo die Liebe hinfällt, wird auch der mächtigste Fluß zum Rinnsal. Versunken in die Betrachtung des Morgenrots, verschwendete sie keinen Gedanken an ihr zurückgelassenes fingerhutgroßes Reich, in radikalfeministischen Atlanten auch innere Mogelei genannt, ließ alle fünfhundert Kilometer die Sänftenträger auswechseln und stand am Mittag vor den Toren eines Ballungsraums. Hinter den Mauern hatte sich eine verbiesterte Truppe von Maulhelden, Lackaffen, Familientherapeuten, Pfaffen und anderen Langweilern verschanzt, die planten einen Ausfall, um die Fürstin zu unterwerfen und an den heimischen Herd zurückzutreiben. Da Lisa es aber sehr eilig hatte, lachte sie die Männer einfach aus und schnitt ihnen kurzerhand das Wort ab. Nach diesem Zwischenfall ließ sie wieder aufsitzen, spielte mit ihren Begleiterinnen Malefiz und verlustierte sich bis zum Nachmittagstee mit zwei gewöhnlichen Wegelagerern, die hatten eine braungebrannte Haut und schmeckten nach Salz, Wind, Sonne und mehr.

In der Dämmerung erreichte die Karawane eine Schönheitsfarm, und obwohl es sich angesichts des natürlichen Liebreizes der Fürstin eigentlich von selbst verbot, auch nur einen Blick auf eine solche Brutstätte frauenfeindlicher Dekadenz zu werfen, dachte sie mit Bangen an die Ankunft des strahlenden südlichen Helden und unterzog sich vorsichtshalber den dort üblichen Prozeduren. Sie stöhnte für ihn an der Kraftmaschine, schwitzte in der Sauna und ließ ihr ebenmäßiges Gesicht unter einer Pampe aus Honig, Mandelkleie und Speisequark begraben. Als sie die Exerzitien abgeschlossen hatte, war sie von ihrem eigenen Anblick derart hingerissen, daß sie das männliche Ziel ihrer Expedition um ein Haar vergessen hätte. Vor den Toren der Metropole gebot die Fürstin ihrem Anhang, die Zelte aufzuschlagen und auf sie zu warten. Dann schwebte sie im Gefühl des Triumphes, begleitet von den Hochrufen der Eingeborenen, auf dem Mittelstreifen der Prachtstraße ins Innere der Stadt.

Die Luft war lau, am klaren Himmel stand der volle Mond, auf zierlichen Tischen fand sich eine geschmackvoll zubereitete Auswahl griechischer und deutscher Delikatessen, ein beliebter englischer Barde wurde nicht müde, die anwesenden Damen mit kehliger Stimme immer wieder um Genugtuung zu bitten; entspannte, leichtfüßige Tänzer flogen vorbei, darunter auch einige Schulmeister, die entboten der Fürstin durch eine angedeutete Verbeugung ihren ergebenen Gruß. Aus dem Pulk der Tänzer löste sich ein Mann namens Schulz, gab sich als freier Autor zu erkennen, überzog sie sofort mit einer Suada wüster orientalischer Komplimente und bot ihr ohne Umschweife seine braunen Augen an. Nach dieser Farbe war der Fürstin nicht zumute, da der Mann aber vortrefflich mit Worten zu fechten verstand und ganz entzückend zu plaudern wußte, befahl sie ihm, sich ihrem Troß als Minnesänger anzuschließen, und vertröstete sein Liebesbegehren auf den 31. Februar eines kommenden Jahres.

Wo aber blieb der avisierte blauäugige Held, der Mann des Tages und des Südens? Warum lag er nicht längst in ihren weitgeöffneten Armen? Hatte Lisa nicht vor Antritt der Reise die Schwerkraft des Ehelebens überwinden, die Familienbande zerschneiden, den Sumpf der mütterlichen Schuldgefühle durchwaten müssen, um pünktlich zu Beginn der Vorstellung die Bühne zu betreten? Hätte sie nicht vielleicht doch mit dem eloquenten, freundlichen und letztlich doch auch ganz ansehnlichen Dichter vorlieb nehmen sollen? Fragen über Fragen, die vergeblich der Beantwortung harren.

Es war vor Tag und Tau, und der überfällige Mann lag noch im Bett und schlief, als auch ihm ein Eilbote erschien. Das Schreiben war an den Ritter vom blauen Strahl gerichtet, aber der müde Mann winkte den Beamten zurück und bat ihn, das Schriftstück wieder mitzunehmen, er habe sich in der Adresse geirrt, er sei kein Ritter, sondern ein aus dem höheren Lehramt geflüchteter Germanist, sein Name sei Ferner, Paul Ferner, ihm sei in diesem Haus noch nie ein Ritter untergekommen, hier leben nur Rentner, Türken und Unifreaks, sagte er, aber am Ende der Straße, linker Hand an den Altglascontainern vorbei, da wohnt über dem Sexshop im ersten Stock ein Versicherungsvertreter, ein schwerer Alkoholiker namens Ridder oder Reidemeister oder so ähnlich. Der Bote verweigerte die Rücknahme und bemerkte mit gepreßter Stimme, daß er seit 1954 für diesen Zustellbezirk zuständig sei, und da es seither keine Reklamationen gegeben habe, werde er auch zukünftig keine Reklamationen dulden; er sei noch immer an den Richtigen geraten, und der bekomme genau das, was ihm zustehe. Er habe sich ja nicht einzumischen, fügte er im Hinausgehen hinzu, aber er wolle ihm dringend raten, sich der Lektüre des Briefes zu widmen und sich anschließend schleunigst auf den Weg zu machen, viel Zeit bleibe ihm ohnehin nicht mehr. Ferner überhörte den kassandrischen Unterton dieser Mitteilung, öffnete den Umschlag mit dem überlangen Nagel seines kleinen Fingers und entnahm dem Schreiben, daß es hoch im Norden eine Frau gäbe von schier unglaublicher Kraft und Weisheit, die habe von seinen verheißungsvollen Eigenschaften gehört, sei dringend an einem Treffen interessiert und wolle ihm gern auf halbem Wege entgegenkommen. Ferner fühlte sich geschmeichelt, versah jedoch die Worte «Kraft und Weisheit» mit einem dicken Fragezeichen. He, warten Sie mal, rief er dem Briefträger nach, hier steht, sie sei durchtrainiert und intelligent, aber wie ist es um ihre anderen Vorzüge bestellt, wer sagt mir, daß sie sich nicht am Ende als häßliches Entlein entpuppt? Der weißhaarige Bote drehte sich auf dem Treppenabsatz um und rief ihm wütend zu: Sie sind mir ein feiner Adliger und ein schöner Germanist, Herr von und zu Strahl. Und für solche Leute, die sich Akademiker schimpfen und zu blöd sind, einen Liebesbrief von einer Kontaktanzeige zu unterscheiden, läuft man sich nun ein Leben lang die Hacken krumm. Glauben Sie denn, daß es der Würde einer Fürstin entspricht, die ihr selbstverständliche und alles überragende Schönheit auszustellen wie ein Boutiquenmetzger seine Wurstgirlanden oder ein Covergirl seine Oberweite? Sie sind ein zutiefst bedauernswerter Mensch, und ich kann nicht verstehen, warum sich diese Lichtgestalt an einen solchen Tiefschläfer wegwerfen mag. Bei Hermes, wäre ich doch noch einmal ein Springinsfeld, ein heißblütiger Postjungbote und kein plattfüßiger alter Mann: ich würde mich selbst zum Empfänger der frohen Botschaft erklären und wäre schon längst auf dem Weg.

Der Beamte entfernte sich kopfschüttelnd, und der Zauderer kehrte in seine Wohnung zurück. Er war betreten und verwirrt, er wähnte sich im falschen Film und wollte ihn schleunigst verlassen. Heute ist der 14. September des Jahres 1987, murmelte er vor sich hin, zweifellos, die Erde ist gründlich vermessen, die Übereinkunft der Kartographen ermöglicht eine genaue Bestimmung meines Wohnsitzes, und wenn ich meine Armbanduhr nicht verlegt hätte, könnte ich umgehend beweisen, daß ich mich voll auf der Höhe der mitteleuropäischen Zeit befinde. Osten und Ungefähr? Ich glaube, ich spinne. Atlantis via Avalon, Postbotenträume, da lachen ja die Hühner, aber sonst lacht niemand mehr, es ist auffallend, daß niemand mehr lacht in diesen brandgerodeten, entzauberten Nächten; die Hühner lachen, und die Irren lachen, und ich lache, weil ich Briefe empfange und Stimmen höre von nördlicher Liebe und großer Fahrt. Wenn der Film zu reißen droht, ist es gut zu wissen, daß sich alles wiederholt: die Jahreszeiten, das Kaffeetrinken, die Wasserspülung und die nächtliche Umarmung.

Weil die nächtliche Umarmung viel schwieriger ist als das Kaffeetrinken, die Berührung der fremden Haut nur wieder alte Wunden aufreißt, werde ich vorsichtshalber Kaffee trinken. Brennend heiß und bitter muß er sein, der Kaffee. Die Wahrheit ist auch bitter, die Wahrheit ist meines Wissens seit Menschengedenken bitter, weil sie flüchtig ist und der Kaffee flüssig; und wenn ich den Kaffee verschütte, habe ich keine Wahrheit mehr und auch keine Zeit, deren ich ohnehin nur habhaft werden könnte, wenn ich meine Armbanduhr nicht verlegt hätte. Weil die Gewißheiten im Lauf der Zeit verflogen sind, ist es gut zu wissen, daß ich in die Küche gehen kann, um mir einen Kaffee zu kochen, einen wirklich starken, bitteren Kaffee werde ich mir kochen, und anschließend werde ich mich fernmündlich mit meiner derzeitigen Beziehung in Verbindung setzen und mit ihr Klartext reden, brabbelte Ferner vor sich hin und ging in die Küche.

Doch dann war kein Kaffee da, keine Kaffeekanne, keine Kaffeetasse und am Ende noch nicht einmal eine Küche. Er ging weiter in den ihm unbekannten Raum hinein, und weil er wußte, daß sich in diesem Raum kein Telefon, kein Bett und keine Uhr verbargen, fing er gar nicht erst an, danach zu suchen. Er blickte an sich herab und sah, daß ihm nur geblieben war, was er auf der Haut trug: ein Paar weiße, bis zu den Knien reichende Boxershorts, auf denen unzählige kleine, mit grasgrünen Rucksäckchen ausstaffierte Weihnachtsmänner auf rotlackierten Skiern zu Tal fuhren. Er blickte an sich herab und bedauerte, daß ihm von allen überflüssigen Dingen ausgerechnet diese lächerlichen Hosen geblieben waren. Er atmete schwer. Über Gesicht, Nacken und Schultern rann der Schweiß, er sammelte sich im Hosenbund und überschwemmte die Vorhut der

Weihnachtsmänner. Mit jeder Bewegung brachen neue Rinnsale aus seiner Haut, wurde die Luft stickiger und undurchdringlicher, rückte das Geviert der Wände unaufhaltsam näher. Er wünschte sich in diesem Augenblick inständig, das Wünschen nicht vor langer Zeit verraten zu haben. Er sehnte sich nach einem Fenster zum Süden und stieß es auf.

Draußen glühte eine fremde Sonne, sie senkte sich langsam vom Himmel herab, legte sich wie eine riesige, sanft pulsierende Qualle über die vertrauten Straßenzüge und verbrannte sie. Aus ihrer Asche erblühte ein mächtiger Galeriewald, der warf seine lichtgrünen Schirmkronen über einen träge dahinfließenden Strom. Auf dem Wasser trieben illuminierte Nachen mit leichter Fracht: in weite, ockerfarbene Gewänder gehüllte Paare umarmten einander und verschwanden lautlos am Horizont. Von dort, wo sich im feuchtwarmen Glast der Ferne die Ufer heimlich berührten, erhob sich eine metallisch schimmernde Wolke und näherte sich im raschen Flug dem Blick des überwältigten Beobachters. Unter dem Ansturm dieser elementaren Schönheit schrumpfte das Haus, löste sich vom Fundament und fand schwankenden Halt auf einigen dünnen, zerbrechlich wirkenden Tonleitern, die ganz unten, wo die Gefühle unbeschreiblich zu werden beginnen, im Evergreen endeten. Auf dem Rasen draußen sammelte sich ein kleiner Chor, schlecht bezahlte, arme Schweine, die ihre schwarze Schwarte seit jeher für die weißen Tänzer zu Markte tragen und nun dennoch mit ungetrübt klaren und süßen Stimmen zum ewiggestrigen Gesang anhoben: Idol with the golden head, sangen sie, und: Only you, sangen sie, you are my destiny. Die Tränen eines frühen Entzückens brachen auf und flossen dahin aus versiegt geglaubten Quellen; die Erinnerung an den zitternden Augenblick der ersten scheuen Entblößung von Haut und Seele trieb an die Oberfläche des Blues, und zwischen den verwehten Melodien sprangen drei fahlgelbe, hungerschwankende Hunde umher und fraßen mit unstillbarer Gier die bleischweren Alltagsreste in sich hinein. In ihrem Rachen verschwanden Intimsprays, Erektionshilfen, Sexualreporte, Herzschrittmacher und andere Ernüchterungsartikel des freien Marktes. Der aufgelöste Germanist beugte sich aus dem Fenster und starrte mit einem winzig kleinen Rest von Skepsis auf die freischweifenden Traumtiere: aber die armen Schweine sangen aus vollem Hals, die gelben Hunde zermalmten unentwegt den lieblosen Überfluß, und mit dem anhaltend letzten Ton des Liedes kam und blieb auch das Wunderbare. Da endlich wagte der Zaudernde seinen blauen Augen zu trauen, setzte über den Fenstersims, sprang kopfüber in die Bilderflut und wäre glatt darin ertrunken, hätte ihn nicht der fabelhafte Briefträger aufgefangen, umgehend auf ein pfeilschnelles Pferd gesetzt und mit den nötigen Marschpapieren versehen: Zur großen Liebe via Osten und Ungefähr.

Bis auf einige kleinere Zwischenfälle ist der Rest schnell erzählt: Er ließ den dunklen Kontinent in weniger als einer Stunde hinter sich, durchschwamm dabei vier reißende Flüsse, überquerte sechs Pässe, erschlug acht Riesen und tötete im Vorübergehen ein dutzend Drachen. Unweit der sudanesischen Oase Abu Matariq stieß er auf hundert übergewichtige Europarlamentarier, die sich in der Gegend auf Kosten der Steuerzahler einen freudlosen Lenz machten und betrunken durch die Wüste torkelten. Er trieb sie mit der flachen Klinge in vierzehn Tages- und Nachtmärschen nilabwärts, schmiedete sie in Port Said an die Ruderbänke einer bereitstehenden Galeere, lichtete den Anker und passierte gegen Mittag die Straße von Sizilien.

Er lag auf dem Sonnendeck, ließ die Schwerthand im Wasser treiben und lauschte dem Glucksen des Kielwassers. Im Bauch des Schiffes stöhnte die große Koalition der schweren Männer. Über ihm flog das Glück der Erwartung, so weich, so leicht wie die Wolken. Da war ein Licht, ein Leuchten, da konnte er auf dem Rücken liegend die Wolken betrachten und die Mastbäume, wie sie in den Himmel ragten, hin und her, im Tanz der Dünung, wie sie in den Himmel ragten, ohne ihn zu verletzen, die Bäume im Wind, die den Himmel berührten und die Wolken unendlich behutsam trennten und verwoben zu immer neuen, immer wieder zerfließenden Ansichten einer kommenden Geliebten: Hoch über dem benachbarten Karthago und all seinen Schiffen schwimmt ein gutmütiger Wolkenwal und gebiert aus seiner gewitterblauen Schwanzflosse eine flachköpfige Echse, einen zerklüfteten Gott und zwei kugelrunde Schafe, die sich unter einer leichten Bö zu flaumhäutigen Gefäßen zerdehnen, Brüste, mit träger Müdigkeit gefüllte Brüste, sanft aufwärts führende, von blaßblauen Adern durchzogene Hügel am Horizont, aus deren Schattensäumen sich Rippenbogen und Hüften lösen, weit ausgefiederte Wolken, auf deren Schwingen zurück zu den Wangen, weich atmende Formen am Rand der Troposphäre, die über den unbegehbaren Steg aus Feder und Cirrus zum Mund führen, ein schmales, von Wind und Wärme gebauschtes Segel: dein Mund auf dem luftigen Weg zu mir, mein Mund himmelhochjauchzend empor zu dir, Geliebte. Ferner wollte augenblicklich in dieses Bild hineinsterben. Seine Augen hatten die Mesopause erreicht, jene neunundneunzig Kilometer über dem Meeresspiegel verlaufende Grenze, die die ätherische Welt der Möglichkeiten abschließt und die Liebe vor den Lockungen des Wahnsinns schützt.

In diesem Augenblick knirschte der Sand unter dem Kiel des Schiffes, der Träumer fiel aus allen Wolken, und das rettende Ufer trug einen überaus irdischen Namen: Club Méditerranée. Privatstrand. Nur für Mitglieder! Die korpulenten Volksvertreter im Ruderraum waren völlig vom Fleisch gefallen. Sie streiften die eisernen Schellen von den abgemagerten Fußgelenken, stolperten ans Tageslicht und ließen, kaum daß sie wieder bei Puste waren, ihren Peiniger hochleben. Er möge sich ihnen, bat ihr Sprecher, doch gegen Ende der Legislaturperiode wieder als Konditionstrainer zur Verfügung stellen. Derart gestählt an Leib und Seele wie nach dieser Mittelmeerüberquerung können wir die Geschicke unseres Kontinents ohne weiteres bis zur Jahrtausendwende lenken, und es soll Ihr Schade nicht sein: den Vorsitz des Sportausschusses kann ich Ihnen antragen oder den vakanten Posten eines Flottillenadmirals, sagte er. Ich bin ein Ritter, weder Militär noch Vorturner, wurde ihm beschieden, ich suche keine Pensionsberechtigung und keine Diäten, ich suche eine Liebe. Geben Sie sich keine Mühe, suchen Sie nicht länger, das Ziel Ihrer Reise ist erreicht, rief der Politiker aus und wies auf die nahtlos gebräunten Körper, die, ausgestreckt auf hochreflektierenden Aluminiumfolien, in Reih und Glied den frischgeharkten Sand schmückten und sich auf Geheiß eines Animateurs von der Bauch- in die Rückenlage begaben. Im Wind flogen die blondgesträhnten Fönfrisuren, Hunderte von platinierten Fuß- und Hüftkettchen blitzten auf, enthaarte, muskulöse Achselhöhlen verbreiteten einen metallischen Glanz, hochaufragende Brüste und Schamhügel verströmten den Duft von Kokosöl, und aus den Lautsprechern erging der Befehl: Touch me, I need your body!

Verflucht will ich sein, wenn diese Grillstation das Ziel meiner Wünsche sein sollte, brüllte der Ritter, wo sich alle entwaffnen, ausziehen und zugänglich machen, ist die Liebe am Ende, bei meiner armen Seele. Da löste sich ein alerter Hinterbänkler aus dem Schatten seines Vordermannes und forderte unseren Ritter in die Schranken. Sie haben, sagte er, meine Dame beleidigt, ich fordere sofortige Genugtuung. Welche Dame denn, Sie Flickschuster, höhnte der Ritter und fiel völlig aus seiner Rolle, für wen wagen Sie zu streiten, Sie Wendedepp? Für die zweite Barbie-Puppe in der dritten Reihe von links etwa, für die Monroe-Imitate und Carmen-Kopien, die sich an der Pool-Bar rekeln, oder für jene erbarmungswürdigen Gestalten dort drüben unter den Bougainvilleen, die sich in der Manier des Denver-Biestes tapfer in die Korsagen zwängen – mit sechzig noch ein Girl? Sie befinden sich unter dem Niveau meiner Liebesgeschichte, Sie sind nicht satisfaktionsfähig. Rollen Sie ihre Fototapeten aus, ficken Sie ihre Videoclips, tun Sie, was Sie wollen, aber gehen Sie mir endlich aus der Sonne, Sie Pappkamerad.

Während der blaue Ritter hoch zu Roß die Tore des Pauschalparadieses passiert, fragt sich der Chronist, fragen sich mit ihm alle Menschen, die Ohren haben zu hören, die Augen haben zu sehen: Wo, bitte schön, leben wir denn eigentlich, du komischer Heiliger? Ist das nicht unsere Welt, der du den Rücken kehrst? Die Welt der Remakes, der Retros, Revivals und Zitate? Kennst du nicht diese Abende, an denen du dich vor dem Badezimmerspiegel für den erneuten Liebesirrtum rüstest und beklommen fragst: Bin ich das Original oder der dritte Durchschlag? Bediene ich mich heute der feinnervigen Sensibilität des vergrübelten Bruno Ganz, oder schlüpfe ich in die plebejische Breitschultrigkeit des frühen Marlon Brando, lasse ich mir mit Mickey Rourke einen kränkelnd-zerfressenen Dreitagebart stehen, oder wähle ich die zeitlose Glätte David Bowies, um eine Haut zu Markte zu tragen, die ja weiß Gott auch nicht mehr die jüngste ist? Wo wohnt der unbekümmerte Naturbursche, der in einem solchen Augenblick mit einer energischen Handbewegung die Gesichtsmasken und Revitalizer aus den Regalen fegt und entschlossen sagt: Liebste mein, heute will ich dir weder amerikanisch noch spanisch kommen, heute bleiben die Kostümierungen im Kleiderschrank, heute komme ich dir zur Abwechslung einfach mal so, wie ich bin. Hei, du Ritter von der geborgten Gestalt, wer ist denn dieser Herr Ich, dieser Brückenkopf im Strom der Passanten, dieser unverwüstliche Identitätsbolzen von einem Mann?

Selbstverständlich kannte der spätgeadelte Germanist all diese Fragen und dazugehörigen Antworten; er kannte sie in- und auswendig, und gerade deshalb wollte er sie nicht wahrhaben. Er trottete mit seinem Zossen auf dem schmalen, steil aufsteigenden Pfad zwischen den Einödhöfen Moncœur und Entrenous empor zu den Pässen der ligurischen Seealpen. Unbelehrbar und stur, blöde und störrisch, Serpentine um Serpentine, durch Eis und Schnee bewegte er sich auf seine ferne Liebe zu und spurte den Weg nach Norden. Um sich die Zeit zu vertreiben, sang er mit geschlossenen Augen noch einmal die alten Lieder: Er sang von den zwei Königskindern, die einander so lieb hatten, und von einer Jungfrau, die auf einem Felsen sitzt und ihr goldenes Haar mit einem goldenen Kamm kämmt, er sang von den drei Lilien auf dem Grabe, die von einem stolzen Reiter abgebrochen werden, und er hätte wohl noch eine gute Weile weitergesungen, wären vor ihm nicht plötzlich jene bösen Menschen aufgetaucht, von denen es im deutschen Volkslied heißt, daß sie keine Lieder haben und daß man sich bei ihnen tunlichst nicht niederlassen sollte. Der überraschte Sänger öffnete die Augen unter den vereisten Wimpern und erkannte von weitem die drei hochgewachsenen, geschmeidigen und überaus eleganten Norditaliener, gegen die er schon in dreizehn Turnieren angerannt war und die ihn vor den Augen seiner jeweiligen Dame regelmäßig aus dem Sattel und in den Staub geworfen hatten. Der eine war ein übler Bursche namens Gianni Versace, und er war flankiert von den Brüdern Giorgio und Emporio Armani. Sie hatten heute ihre Pferde im Stall gelassen, lehnten breitbeinig an der Karosserie ihres schwarzschimmernden Achtzylinders und grinsten ihm entgegen.

Warum konnte der deutsche Ritter ihren Blicken nicht standhalten? Warum schlug er die Augen nieder? Hatte er das nötig? Stammte er nicht aus dem uralten Geschlecht derer von Kürenberg, Wolkenstein und Vogelweid, hatte er nicht wacker gegen Sarazenen, Türken, Bolschewisten und Polizisten gefochten, Brust an Brust, Mann gegen Mann, von Gibraltar über Wien bis hinunter nach Stalingrad und wieder herauf zum Frankfurter Häuserkampf, während sich diese italienischen Aufschneider die ganze Zeit über hinter dem heimischen Pizzaofen verkrochen hatten, um in aller Ruhe ihre unförmige Herrenoberbekleidung zusammenzuflicken?

Diese chauvinistischen Ermunterungen verfehlen die Ängste unseres blauäugigen Helden entschieden. Er fürchtete die Italiener ja nicht ihrer berüchtigten Schwerthand oder ihrer überlegenen Pferdestärken wegen: Er duckte sich unter ihrer massiven körperlichen Präsenz, ihrer bloßen Anwesenheit. Wie sie da so vor ihm standen, hoch aufragend, festgefügt wie aus einem Guß, wortkarg, schmallippig, zupackend, Gestalten von parfümierter, raubtierhafter Gefährlichkeit, ausgestattet mit einer von geheimer Erkenntnis gehärteten gefühlsmäßigen Festigkeit, erschienen ihm die Latin Lovers als letzte glaubwürdige Darsteller vergangener Kraft und Herrlichkeit, ja als faszinierende Verkörperung des männlichen Mannes überhaupt.

Seit unser Ritter 1973 die rote Fahne samt Hammer und Sichel in der Satteltasche hatte verschwinden lassen, war er unter dem Zeichen der Doppelaxt an der Seite von Amazonen in den endgültig letzten Weltkrieg gezogen, hatte sich hingebungsvoll für die Rückkehr des Matriarchats geschlagen, und nur Demeter allein weiß, wer oder was ihn zu dieser Mission bewogen hatte. Trotz dieses Frontwechsels war es ihm bislang nicht geglückt, die Früchte des Kampfes in die Scheuer zu fahren, im Gegenteil: die Trauben hingen höher denn je. Wieder und wieder war es ihm geschehen, daß die Damen des feministischen Hochadels, die von den Zuschauertribünen herab von ihm als ihrem Bannerträger die sofortige Kastration seiner dickfelligen, muskelgepanzerten Mitmänner gefordert hatten, nach den Turnieren ebenjenen Patriarchen ohne die leiseste Widerrede in die Fest- und Schlafzelte gefolgt waren, während er mit verklemmter und verbeulter Rüstung im Dreck lag und den Frauen hinterherweinte, haltlos schluchzend wie der letzte Stallbursche.

Unter diesen von leichter Verbitterung gezeichneten Gedanken war der lädierte Deutsche immer weitergegangen, hatte die lauernden Italiener schon passiert, und die interessierte Leserin, die den naiven und frauenfreundlichen Reiter vielleicht ein wenig liebgewonnen, womöglich gar schon ins Herz geschlossen hat, mag in diesem Augenblick um die beschleunigte Abwicklung der Handlung und die umstandslose Herbeiführung des Happy-Ends bitten. Von einem solch märchenhaften Finale kann aber noch gar nicht die Rede sein, denn als Ferner die schneidigen Abonnementssieger bereits hinter sich gelassen hatte und mit Hilfe seiner schönen weitblikkenden Augen zwischen zwei Krüppeleichen einen Durchlaß für sich und sein braves Pferd suchte, rief ihm einer der Herrenausstatter zu: Wo soll's denn noch hingehen heute abend? Er hörte die rüde Stimme, die formlose Anrede wohl, aber, dachte er bei sich, mein Name ist nicht gefallen, also fühle ich mich nicht angesprochen, reite einfach mit verschlossenen Ohren weiter zu meiner Liebsten, will keine Raufhändel mehr auf dem Weg zu ihr; sie wird mir ihre Huld entziehen, wenn ich mich aus tausend Wunden blutend vor ihren Thron schleppe und den roten Teppich mit meinem Blut beflecke. Aber rollen die Fürstinnen dieser Welt die Teppiche nicht gerade deshalb aus, weil Heldenblut auf roten Teppichen keine Spuren hinterläßt? Oder war der Teppich gar ursprünglich weiß gewesen, weiß wie frischgefallener Schnee, hatten am Ende etwa Legionen schwerverwundeter Ritter vor ihr auf den Knien gelegen, um diesem Bodenbelag seine charakteristische Farbe zu verleihen, durch all die Jahrhunderte hindurch, von der hohen Minne über die Romantik bis hin zu den prosaischen Einaktern der Gegenwart? Sehnt sich dieses friedfertige Geschlecht insgeheim nach blutigen Kriegern, und sind Männer lediglich willfährige Farblieferanten, die dem gestockten, grindigen Rot zu immer wieder frischer, naßglänzender Pracht verhelfen?

So dümpelte, rumorte und grübelte es in dem akademischen Helden, und wo das Deutsche sich hindenkt, tut sich allemal ein Faß ohne Boden auf, geht es notorisch vom Hundertsten ins Tausendste, wächst am Ende kein Gras mehr, von der Liebe ganz zu schweigen. In einem solchen Augenblick kann man dem Weltgeist nur danken, daß er in seiner unendlichen Weisheit bei der Verteilung der Erde der Denkwut und dem Grübelzwang ein nur kleines Terrain zugewiesen und das schwere Deutsche mit einem Cordon sanitaire oberflächlicher und leichtlebiger Völkerschaften umgeben hat. Die dreiköpfige italienische Grenzwache am Gran Paradiso war nicht im mindesten daran interessiert, dem verrückten Flagellanten in die Abgründe des weiblichen Seelenlebens zu folgen, sie wußten wahrscheinlich noch nicht einmal, daß ein solch abgründiges Seelenleben überhaupt existiert, und waren nach allem, was man über die römische Männerbewegung weiß, mit diesem tiefverwurzelten Desinteresse an Frauenfragen bislang ganz gut gefahren, während der neue deutsche Mann, ein überstrapaziertes Medienereignis, eine Universalküchenmaschine, ein Geigerzähler, Formaldehydschnüffler, Endzeiterotiker – Zutreffendes bitte unterstreichen – in der androgynen Gestalt des Softies soeben seinem fünfzehnten Jahrestag als Wegwerftaschentuch entgegenlitt und im Showdown mit den Italo-Recken erneut die Erde würde küssen müssen, oder etwa nicht? Denn: Der männliche Mann ist einfach nicht aufzuhalten auf lange Sicht; er nimmt sich, was ihm gefällt, beseitigt, was sich ihm in den Weg stellt, und stirbt, ohne mit der Wimper zu zucken, für das Gesetz, unter dem er angetreten ist. Denkt man an den Raub der Sabinerinnen, die Rodung des Amazonasdeltas oder die lustvolle Herbeiführung des Supergaus, fügen sich diese Daten zum unangreifbaren Tatbestand.

Weil sich der empfindsame Deutsche durch die hämische Frage nach dem Reiseziel nicht zum Zweikampf hatte provozieren lassen, höhnte der Konfektionär Versace ihm, der gerade um die Wegbiegung verschwinden wollte, hinterher: Na, den hat die Mama aber fein gemacht, und die Armani-Brüder echoten: So fein, so fein, und ganz allerliebst ist er anzuschauen, unser blauer Ritter vom Strahl. Wenn wir an dieser Stelle ein wenig innehalten, erinnern wir uns, daß dem blauäugigen Germanisten beim Eintauchen in den Liebestraum lediglich ein einziges Kleidungsstück verblieben war: ein Paar verschwitzte weiße Boxer-Shorts, auf denen eine Vielzahl von Weihnachtsmännern ihr Unwesen trieb. Wer den minniglichen Sturmlauf des feminisierten Ritters durch zwei Kontinente aufmerksam verfolgt hat, weiß, daß er seine Unterwäsche bislang weder gewaschen noch abgelegt hat, und geht nicht fehl in der Annahme, daß es dieses lächerliche Kleidungsstück war, das die Maserati-Chauffeure mit Hohn und Spott bedachten. Nun kennt der Fundus männlicher Unter- und Oberbekleidung bekanntlich eine ganze Reihe höchst lächerlicher und diskreditierter

Einzelartikel, die die modisch aufgeschlossene Damenwelt immer wieder zu Lachstürmen hinzureißen vermag; genannt seien nur der quergestreifte Fertigbinder, das hoffmannsgestärkte Herrennachthemd oder der wadenbetonende Sockenhalter, aber die Bemerkung der Italiener kränkte nicht allein das unterentwickelte Modebewußtsein des Deutschen, sie traf ins Zentrum eines frühkindlichen Traumas, kurzum: die vermaledeiten Unterhosen stammten tatsächlich von seiner Mutter.

Wie oft hatten ihn seine irdischen Geliebten angefleht, die im heimatlichen Lebensmittelpaket zwischen Dominosteinen, Butterplätzchen und Rumtöpfen versteckten Beinkleider im Müllschlucker verschwinden zu lassen; sie hatten den Verdacht geäußert, daß diese alljährlich eintreffenden Liebestöter auf die Vernichtung ihres Sexuallebens abzielten: Deine Mutter haßt mich, hatten sie gesagt, und er hatte immer nur geantwortet, daß er das genauso sehe, aber er fühle sich einfach wohl in diesen Hosen.

Unbewußte Mutterbindungen finden sich in nahezu jedem Ehemann oder Liebhaber, aber ihre Entdeckung entfaltet in der Abgeschiedenheit einer Zweierbeziehung eine geringere Dynamik als vor den Augen der voyeuristisch interessierten Öffentlichkeit, und so löste der Schlag unter die Gürtellinie in unserem Helden das aus, was die Geschichtsschreibung seit Tacitus als Furor teutonicus bezeichnet. Da ich kein analytisch geschulter Motherhunter bin, sondern nur der bescheidene Chronist einer großen Liebe, will ich mich nicht in Spekulationen ergehen, die behaupten, daß wir noch heute friedlich in den Grenzen des Deutschen Reiches von 1937 leben könnten, wenn die deutschen Mütter ihren Söhnen seit 1870 nicht dauernd an die Wäsche gegangen wären. Ich kann nur aufschreiben, was ich sah, und ich sah, daß der maliziöse italienische Satz den deutschen Ritter im Schritt traf, daß die sanfte Bräune seiner Haut ins flammende Rot der Scham changierte, daß er den Gaul herumriß und daß er ihm die Sporen gab. Im Galopp ließ er Lanze, Degen und Florett fallen und löste den schweren Morgenstern vom Sattelzeug. Wenn die Männer zu groß und zu stark sind, hatte ihm sein Waffenmeister Godefroy eingeschärft, dann halte auf ihr Gerät. Das verstößt zwar gegen die Gebote der Ritterlichkeit, ist aber ungeheuer wirksam. Er durchbrach die Linie der verdutzten Italiener, und vor ihm lag der Stolz aller Karosseriebauer: breitspurig, geduckt, getunt, PS-gesättigt bis zum Frontspoiler und wie geschaffen für die Verführung aller Beifahrerinnen dieser Welt. Die Kette mit der rostigen Stachelkugel kreiste über dem Kopf des Mannes, der nicht länger ein Muttersöhnchen sein wollte, und mit dem ersten herabsausenden Hieb zerfetzte die gemeine Waffe den handgetriebenen Kotflügel, durchschlug mit dem zweiten Motorblock und Turbolader bis zum Differential, und innerhalb von drei Minuten sah das Zentralorgan des italienischen Mannes so aus, als sei es in eine Schrottpresse geraten.

Ein Auto ist nur ein Auto, aber manchmal führt auch eine symbolische Entmannung zum Ziel. Denn als der rasende Deutsche vom Pferd sprang, um von den Italienern den letzten Tjost zu fordern, war der

Kampf bereits entschieden. Sie sahen aus wie Braunbier und Spucke, ihre imposante Breitschultrigkeit war auf leptosome Abmessungen geschrumpft, und als er sich ihnen zuwandte, brachen die Rivalen in ihren erlesenen Modellanzügen zusammen, schluchzten und rauften sich die ondulierten Haare. Da lachte der Ritter vom blauen Strahl, er lachte und lachte in einem fort, freute sich wie ein Schneekönig, und wem es heutzutage schon wieder peinlich ist, daß ein Deutscher im Ausland laut lacht, dem sei versichert, daß er nicht das überschäumende Hofbräuhauslachen lachte, auch nicht das fette Über-alles-in-der-Welt-Lachen, nein, er lachte das erlöste Lachen des überraschten Siegers, ein gutes männliches Gelächter lachte er, und wem es unheimlich scheint, wenn in diesen Zeiten einfach so drauflos gelacht wird und dazu noch von einem Mann, der sollte dieses Buch verbrennen, weil darin noch jede Menge Sieg & Gelächter angehäuft werden wird, männliches und weibliches, so wahr ich Schulz heiße.

Nach dem bisherigen Gang der Geschichte, der sich der äußeren Logik entzieht, die historische Chronologie vernachlässigt, wechselweise die Gesetze der Schwerkraft und die der Wahrscheinlichkeit mit Füßen tritt und gelöst dahintreibt im Strom des süßen Wahns, wird es niemanden überraschen, daß Ferner bereits eine halbe Stunde nach der Entscheidungsschlacht am Gran Paradiso das im Rhein-Main-Gebiet gelegene Ziel seiner Wünsche erreichte und nur fünfzehn Minuten nach der Geliebten die Gartenpforte aufstieß, um ihr in die Arme zu sinken. Der Mond beleuchtete die Szene, die mittlerweile erheblich angetrunkenen Lehrer zogen sich dankenswerterweise an den Rand des Geschehens zurück, eine Band, deren Name mir entfallen ist, intonierte What a day for a daydream: Paul erkannte Lisa auf den ersten Blick, Lisa erkannte Paul auf den ersten Blick, und ich stand mißmutig daneben mit meinem Pappteller voll Nudelsalat in der Hand. Vielleicht wünschte ich den Liebenden eine Panne an den Hals, träumte von einer Existenz als drittes Rad am Wagen. Und welche Dame von Welt schätzt sich im Fall einer Havarie nicht glücklich, einen handlichen Ersatzreifen in Reichweite zu haben? Welche auf der Standspur der Autobahn liegengebliebene Frau achtet inmitten des sie umbrandenden Verkehrs noch auf die Augenfarbe des herbeieilenden Kfz-Mechanikers? dachte ich, aber da hatte unsere Geschichte längst ihren Lauf genommen.

Ferner und ich. Was hat er, was ich nicht habe? Diese Frage habe ich nach der Rückkehr in meine Schreibmanufaktur umgehend mit Jutta klären wollen. Mit Jutta, die ich nicht nur als Lyrikerin schätze, habe ich über diese und alle anderen Fragen stets ganz offen reden können, weil wir auf unser entschlacktes, von symbiotischen Beanspruchungen befreites Zweckbündnis immer sehr stolz waren und es den ewig leidenden Paaren in unserem Bekanntenkreis als Modell der modernen Partnerschaft anempfahlen. Aber an diesem Morgen war nicht gut Kirschen essen mit Jutta. Laß mich bloß mit deinen Weibergeschichten in Ruhe, herrschte sie mich an, du hast dich den beiden als erotischer Trittbrettfahrer angedient, weil du mit deinem großmäulig angekündigten Liebesroman auf der Stelle trittst, und jetzt nistest du dich in der Brust deines heißblütigen Germanisten ein, weil du ohne ihn keine Zeile zu Papier bringst, weil du kalt bist wie eine Hundeschnauze und so unbelebt wie ein Textverarbeitungsprogramm. Ein Mann. Eine Frau. Eine Liebe. Weißt du Parasit überhaupt, was das ist, eine Liebe? Glaubst du allen Ernstes, daß diese erbärmliche schnelle Nummer zwischen Tiefkühltruhe und Mikrowelle im entferntesten an die Liebe erinnert?

Sie macht mir eine Szene. Ich stehe neben mir und schaue mir nach. Ferner und ich. Ich mache mir schon lange nichts mehr vor. Er bildet sich laufend etwas ein. Ich zahle Alimente, beteilige mich am Sommerschlußverkauf, vermeide Fehler und halte die Frauen unterm Strich für eine überschätzte Rasse. Er vernachlässigt die Buchführung, glaubt an den Frühling, bejaht den Irrtum und verwechselt jede zehnte Passantin mit der Königin von Saba. Ich balle die Faust. Er öffnet die Hand unter jeder Berührung, die ihm widerfährt. Das nenne ich eine gelungene Arbeitsteilung.

Ferner wird am Ende dieses Absatzes in eine Geschichte entlassen, in der ich wider besseres Wissen für die Liebe werbe. Die Liebe ist ein Zustand, der seinem Wesen nach immer ein Anfang ist und in keiner anderen Form weiterbestehen kann: das immer wieder heraufbeschworene erste Kapitel einer im Fortgang der Ereignisse stark abfallenden Erzählung. Deshalb wird gleich zu Beginn mit aller verbliebenen Kühnheit des Herzens behauptet: Stattet sich das Wort mit der Auftriebsgeschwindigkeit des Wunsches und der Süße der Sehnsucht aus, ist die Liebe möglich. Trauen wir den flüchtigen Wolken ohne Zögern und Vorbehalt, kann es gelingen, daß die Beschreibung eines stehenden Gewässers die Landschaft zum Fliegen bringt. Wenn die Sätze, vom Scheitern abgewandt, ins Gelingen vernarrt, nichts mehr wollen, nichts erklären, nichts verdekken, nichts beweisen wollen, sind wir schon unterwegs: hinter den Bergen über das Meer. Das Meer, an dessen entlegenen Ufern wir uns eine Schlacht liefern, so zärtlich, so tödlich, so strahlend wie immer schon und wie nie zuvor mit neuen Namen für Nächte, Monde, Männer – und einer dieser Männer heißt Ferner.

2

Glücklicherweise ist es mir nach langem Hin und Her gelungen, Schulz davon zu überzeugen, daß es meiner Geschichte und seiner Prosa besser bekommt, wenn wir uns beim Schreiben abwechseln: Er übernimmt die ungeraden, ich die geraden Kapitel; er ist für die Dichtung und ich bin für die Wahrheit zuständig. Die Wahrheit ist natürlich: Ich war nie in Afrika, habe nie einen Fluß durchschwommen, nie einen Italiener aus dem Sattel gehoben oder einen Drachen getötet, und das letzte stolze Roß, daß ich bestieg, wurde auf einem Jahrmarktkarussell gesattelt und lief auf seinen hölzernen Beinchen so schnell im Kreis herum, daß ich anschließend die von nahen Angehörigen spendierten Negerküsse und gebrannten Mandeln erbrach und sterben wollte – so übel war mir damals. Aber das nur nebenbei.

Bevor ich das zweite, völlig authentische Kapitel meiner Geschichte erzähle, muß ich noch eine andere Geschichte loswerden, die sich heute morgen zutrug. Nach der Frühgymnastik verließ ich meine von Schulz bereits erwähnte Geliebte und eilte wie an jedem Montag, Mittwoch, Donnerstag und Freitag mit der Straßenbahn zu meinem Analytiker, um mir unter seiner Aufsicht meine Vergangenheit zu vergegenwärtigen. Zu dieser Analyse und diesem Analytiker ließe sich einiges sagen, hier aber nur soviel: Ich leide seit ein paar Jahren unter partiellen Verfinsterungen meines Liebes- und Arbeitslebens, lästige Mißhelligkeiten, denen ich in der Sprechkur mit wechselndem Erfolg auf die Spur zu kommen suche. Auch nach sechshundert Sitzungen läßt meine endgültige Heilung auf sich warten. Mal hinkt die Arbeit der Liebe, mal schleppt sich die Liebe der Arbeit hinterher, und Situationen, in denen ich darauf brenne, die Früchte dieser Arbeit mit einem anderen Menschen in vollen Zügen zu genießen, kranken häufig daran, daß meine spontan anberaumten, dionysischen Erntedankfeste beim anderen Geschlecht auf wenig Gegenliebe stoßen: keine Zeit, keine Lust, kein Interesse oder selber gerade deprimiert – um Ausreden zeigt sich keine verlegen. Obwohl mir die Frauen in meinem Leben eine Menge Verdruß bereitet haben, bin ich nie auf den Gedanken gekommen, mich von ihnen ab- und den Männern zuzuwenden. Frauen sehen schöner aus, fühlen sich besser an und sind umgänglicher als Männer. Eingedenk dieser Erfahrungstatsache war ich heute morgen, als ich in der Straßenbahn saß und mir überlegte, wie ich mein erstes gerades Kapitel zu Papier bringen würde, ganz gelassen und von einem geradezu überschäumenden Optimismus. Ich hatte das Gefühl, mit beiden Beinen in der Gegenwart zu stehen, einer ballastarmen, unbeschwerten Zeitform, in der die Frage nach dem Warum, Woher und Wohin eine untergeordnete Rolle spielt.

Ich erreichte die Endhaltestelle der Straßenbahn fahrplanmäßig um 7 Uhr 48 und trabte in elf Minuten zu dem unscheinbaren, aber gediegen renovierten Gartenhaus meines Therapeuten. Die innenarchitektonische Gestaltung dieses Hauses läßt nur vage Rückschlüsse auf den Geschmack seiner Bewohner zu. Mit Ausnahme der Reproduktion eines Gemäldes von Caspar David Friedrich, «Mann und Frau in Betrachtung des Mondes», das mir wegen seiner unverhüllten und aufdringlichen Werbung für die Monogamie seit Beginn meiner Analyse ein Dorn im Auge ist, stammt die gesamte Innenausstattung vom Türknauf über den Garderobenständer bis zur Couch aus dem wenig Anstoß erregenden Katalog eines skandinavischen Möbelparadieses.

Bevor ich mich in den Strom der freien Assoziation werfe und meinen Kopf nach dem scheu gewisperten Gruß auf die Papierserviette lege, die aus hygienischen Gründen das Ende des Liegemöbels ziert, werfe ich gern einen Blick auf die blumengeschmückte Fensterbank, um mich des Ablaufs der Jahreszeiten und der Vergänglichkeit des Lebens zu vergewissern. Schneeglöckchen, Narzissen, Schwertlilien, Astern und Weihnachtssterne flankieren die therapeutischen Anstrengungen meines Analytikers, und wenn ich auch in meiner Wohnung bereits vor Jahren die sensiblen Ansammlungen durstiger Schnitt- und Topfblumen durch pflegeleichte und genügsame Plastik-Replikate ersetzt habe, so wußte ich die natürlichen, von der Gattin meines Analytikers allwöchentlich mit zarter Hand auf dem Meer des Unbewußten ausgesetzten floristischen Orientierungshilfen bis zum heutigen Morgen sehr zu schätzen.

Daß wir uns etwas durch die Blume sagen können, daß wir über die Möglichkeit verfügen, unseren Mitmenschen angenehme und weniger angenehme Nachrichten in verschlüsselter Form mitzuteilen, gehört zweifellos zu den Errungenschaften der Evolution, die uns meilenweit über die kommunikativ beschränkte, von niederen Instinkten geleitete Tierwelt erheben. Was aber in drei Teufels Namen die bessere Hälfte meines Analytikers mir am heutigen Tag, der so verheißungsvoll begonnen hatte, mit diesen bonbonfarbenen, verkrüppelten, schiefmäuligen und abscheulich stinkenden Alpenveilchen signalisieren wollte, die mir zu Dutzenden von der Fensterbank entgegenwucherten und deren Anblick mir einen spontanen Husten- und Brechreiz verursachte, war mir vollkommen unverständlich, und so schnellte ich von dem transpirationshemmenden Kleenex-Tuch hoch und bat um sofortige Aufklärung: Können Sie mir sagen, was Sie und Ihre Frau sich bei der Anschaffung und Aufstellung dieser widerlichen, an verbrecherischer Häßlichkeit nicht zu überbietenden Pflanzen-Bastarde gedacht haben? Ich richtete den zitternden Zeigefinger auf die Objekte meines Ekels, die unter meiner verbalen Attacke auf Anhieb schleimbedeckte Seitentriebe absonderten und aufzublühen schienen wie Cholera-Erreger unter der Zufuhr von Brackwasser.

Mein Analytiker hielt meinem, wie ich vermute, schneidenden Blick stand, ohne mit der Wimper zu zucken, und überging den cholerischen Ausbruch mit der in der analytischen Orthodoxie beliebten und millionenfach bewährten Gegenfrage: Na, was meinen Sie denn, was meine Frau und ich uns dachten, als wir die Alpenveilchen Ihren kritischen Blicken aussetzten? Ich wandte mich dem Menschen zu, den ich seit dem Erstinterview vor vier Jahren nicht mehr zu Gesicht bekommen hatte, weil er seit sechshundert Stunden mit hochgelegten Füßen in einem nappaledernen Ohrensessel lag und mir mit seinen leisen, kontrollierten, sparsam gestreuten und überaus gedrechselten Sätzen seit ebenso vielen Stunden auf die Nerven ging. Ich sah ihn an und sagte: Nichts. Sie haben sich nichts gedacht. Sie haben sich beim Kauf dieser beliebten Topfpflanze nichts gedacht, nichts denken können und nichts denken dürfen, weil der gedankliche Spielraum zwischen dem leblosen Blattwerk und seinem spießigen Liebhaber so gering, so eng und so dürftig ist wie die trostlose Vergangenheit, an die mich diese Alpenveilchen-Batterien erinnern. Zu jener Zeit, als neben den Alpen- und Usambaraveilchen auch die Erika und die Geranie in voller Blüte standen, war es landauf und landab üblich, nichts zu denken. Mir graut vor dem Gedanken an diese Zeit, in der ich meinen häßlichen, von Denkverboten und ehemaligen Militärfriseuren entstellten Knabenkopf vor Wut in die modernde Gartenerde steckte, weil alle Fluchtwege von niedrigwüchsigen Alpenveilchen überwuchert schienen. Als Sie mir vor vier Jahren über den Weg liefen und gegen gutes Geld versprachen, mich aus dem Dickicht zu führen und von der mitgeschleppten Häßlichkeit zu befreien, konnte ich in meiner Beschränktheit nicht ahnen, daß ich fünfzigtausend Mark in einen als Pfadfinder getarnten Kleingärtner investieren würde. Sie sind ein freundlicher Mann. Sie haben eine freundliche Frau, mit der Sie nach getaner Arbeit vierhändig Klavier spielen, den dottergelben Mond betrachten, Unkraut zupfen, Blumenbeete harken oder eben die Fensterbänke mit Alpenveilchen schmücken, deren Anblick ihre nachkriegsgeschädigte Klientel in die Ordnung der falschen Fünfziger zurückbomben soll: Wenn bei Capri die rote Sonne im Meer versinkt, reiben sich die Analytiker die Hände und machen Kasse. Daß ich nicht lache. Oder weine. Mit mir nicht. Auf Wiedersehen. Im Himmel, in der Hölle, wer weiß.

Ich betrachte diese Episode als abgeschlossenen Vorgang. Kein Wort mehr über meine Therapie oder meinen Therapeuten, und falls sich mir im weiteren Verlauf der Begebenheiten noch einmal ein Alpenveilchen in den Weg stellen sollte, werde ich es in den Boden stampfen oder unterpflügen, ganz beiläufig und unaufgeregt.

Ich atmete durch, aufgebracht und nervös, und fühlte mich zwischen zwei Straßenbahnen seltsam berührt. Auf der Hinfahrt war mir der zarthäutige Nacken, der weißschimmernde, warme Leib meiner schlafenden Geliebten noch ganz gegenwärtig gewesen; was sollte mich daran hindern, diese und andere Frauen zu beschreiben, zu beschriften und nach Herzenslust zu besingen? Nach der Rückkehr stand ich auf Zehenspitzen und reichte ihr nicht einmal mehr bis zur Hüfte. Die Frau, die ich liebte, war unversehens unerreichbar geworden. Diese verdammten Alpenveilchen: Ich konnte plötzlich weder lesen noch schreiben, und das Singen hatte ich auch verlernt. Eine ferne Vergangenheit hatte die Gegenwart ratzeputz aufgefressen und grinste mir entgegen: verkrüppelt, schiefmäulig und abgrundtief häßlich.

Wo war's? In einer Hütte, einem Haus oder einem Palast? Es war ein Haus, ein sehr kleines Haus, denn dem Jungen, der darin geboren wurde, stand das Los jener Menschen auf die Stirn geschrieben, die in geduckten kleinen Häusern aufwachsen und, nach einem kurzen Streifzug durch die Vorgärten der geduckten kleinen Häuser, geduckte kleine Frauen heiraten, mit denen sie geduckte kleine Kinder zeugen, denen es einmal besser gehen soll im Leben; ein Vorhaben, das meistens schiefgeht, weil das bessere Leben in Köpfen, die akkurat auf die Abmessungen der Häuser zurechtgestutzt werden, keinen Platz hat oder mit dem Ankauf des etwas größer geratenen Nachbarhauses verwechselt wird: gestern, heute, morgen.

Um die Wiederholung des Immergleichen abzuwenden, träumte einst ein Junge, der Trutz Ferner hieß und dem seit Anbeginn die Decke auf den Kopf zu fallen drohte, sich in seiner schulfreien Zeit in die Weite und Grenzenlosigkeit des Himmels über Großdeutschland hinauf. Bis zur mittleren Reife faltete und klebte er unzählige Papier- und Leichtholzsegler zusammen; die warf er in die Luft, folgte mit offenem Mund ihrem von warmen Aufwinden begünstigten Weg nach oben und wäre dabei von Herzen gern in einem buntlackierten Doppeldecker ebenso erdenthoben durch die Wolken kariolt wie jener todessüchtige Manfred von Richthofen, der als Roter Baron in die Geschichte einging und sich am 21. April 1918 auf einem Acker nordöstlich von Vaux-sur-Somme das Genick brach.

Wenn man diese historische Fußnote mit dem Vornamen des Jungen und der Reliquie verbindet, die er auf dem Dachboden des Häuschens hütete wie sein Augenlicht – es handelte sich um einen mannshohen, mit der Aufforderung «Gott strafe England!» versehenen Holzpropeller –, ist leicht zu erahnen, daß Trutz der Erfüllung seines Traums und dem Ende seines Vorbilds näher war, als ihm lieb sein konnte. Denn nach seiner Firmung trat der Junge aus der Kirche aus, schloß sich der nach einem ostmärkischen Charakterdarsteller benannten Staatsjugend an, erwarb auf der hessischen Wasserkuppe die Berechtigung zur Lenkung nichtmotorisierter Luftfahrzeuge, fand sich bereits einige Monate nach dem Abitur in einer heulenden Rotte von Sturzkampfbombern wieder, die zu Übungszwecken eine abgelegene südliche Republik von der Landkarte tilgten, und verteidigte im Auftrag des Oberkommandos der Wehrmacht fortan als Aufklärer und Nachtjäger die Lufthoheit des Reiches gegen eine vielbeschworene und nun von allen Seiten anbrandende Weltverschwörung. 1942 kehrte er mit einem Lungensteckschuß aus dem Donez-Bekken zurück, fiel 1943 unweit von Wilhelmshaven in den Jadebusen und brach sich ein Bein, wurde aus diesen Schäden aber nicht klug und geriet kurz vor Ultimo über einer im Mainfränkischen gelegenen Rüstungszentrale ins Visier einer britischen Spitfire, schmierte über die rechte Tragfläche ab und verbrannte in der Nähe des Bamberger Reiters, einer martialisch gen Osten blickenden Figur, die den Untergang des Abendlandes weitaus besser überstehen sollte als jener dumme Junge, der ursprünglich ja nur einmal die Wolken hatte von oben sehen wollen. Ashes to ashes, lautet der lakonische Nachruf der Royal Air Force, und damit ist aus Sicht des schnöden Albion über diesen und all die anderen traurigen Helden, deren Ausbruch aus den geduckten kleinen Häusern in einem Flächenbrand endete, eigentlich alles gesagt.

Nun bestand aber die Hinterlassenschaft des großdeutschen Ikarus nicht nur aus einem riesigen, leichenbedeckten Trümmerfeld, einer feuerfesten Erkennungsmarke, einem eichenbelaubten Ritterkreuz und einem aus weißer Seide bestehenden Fallschirm, nein, er hinterließ der Nachwelt auch eine blutjunge Frau, die, wie man damals zu sagen pflegte, zwei Kinder unter dem Herzen trug. Als Siglinde Ferner am Vorabend der bedingungslosen Kapitulation, am 7. Mai 1945 also, von zwei prächtigen kleinen Blondschöpfen entband, nannte sie uns Peter und Paul, ein vom Rückfall in den Katholizismus geleiteter Akt der Namensgebung, der eigentlich nur mit dem katatonischen Gemütszustand einer in stolzer Trauer erstarrten Kriegerwitwe zu erklären ist.

Im Gegensatz zu der in der Erinnerungsliteratur gern zitierten, umstandslos zupackenden Trümmer- und Wiederaufbaufrau benötigte meine Mutter über drei Jahre, um ihrer Trauer Herr zu werden; sie erwachte erst eine Woche nach der Währungsreform aus ihrer tiefen Umnachtung und wandte sich unter dem Druck der Verhältnisse dem Tagesgeschehen zu: Das schöne neue Kopfgeld in Höhe von vierzig Mark war längst verpraßt, die Speisekammer so leer wie die Geldbörse, und wir schoben Kohldampf: die ordinäre, landserdeutsche Umschreibung eines Zustands, der den brenzligen Geruch der Armut verströmt und nur schwer in eine Gegenwart zu übersetzen ist, in der man lustlos im Essen herumstochert und bestenfalls auf irgend etwas «Appetit» hat. In unserer Restfamilie hingegen herrschte der Hunger in seiner reinsten Form.

Doch kurze Zeit später entspannte sich die Versorgungslage wie aus heiterem Himmel. Mutter war gerade dabei, uns Söhnen die weißen, bis zur Unkenntlichkeit mit Paspeln, Rüschen und Bordüren verzierten Sonntagskittelschürzchen überzustreifen, und ehe man sich noch fragen kann, warum um alles in der Welt Siglinde Ferner ihre Söhne in Mädchenkleider steckte, klopfte es an die Tür des geduckten kleinen Hauses, und auf der Schwelle stand ein fetter kleiner Mann, den wir mit der lieben Hand und einem tiefen Diener begrüßen sollten. Mit den Worten: Das ist der Onkel Horst, stellte sie uns den fetten kleinen Mann vor: Onkel Horst bleibt jetzt für immer bei uns, und als Peter, der schon damals ein großes Maul hatte, ihr mit der Bemerkung ins Wort fiel:

Aber wir haben doch gar keinen Onkel mehr in unserer Familie, wies ihn unsere Mama darauf hin, daß Kinder nur zu antworten haben, wenn sie gefragt werden, und mit vollem Mund schon gar nicht.

Onkel Horst war als Handelsreisender in der Lebensmittelbranche tätig, stammte aus Köln, bereiste das Rhein-Main-Gebiet und war eine Frohnatur. Er konnte Witze erzählen, über die er und Mama laut und häufig bis tief in die Nacht hinein lachen mußten. Aber eines Morgens zwischen fünf und sechs, Mama und Onkel Horst waren noch gar nicht richtig angezogen, stand eine dünne graue Frau in der Tür, die hatte vergessen anzuklopfen und sagte lauter schlimme Wörter. Sie duzte die Mama, der für immer das Lachen verging, und nannte sie ein verkommenes Subjekt. Weißt du, was du bist, fragte sie und wußte auch gleich die Antwort: Eine miese kleine Schlampe bist du und sonst nichts, schrie sie und führte den fetten Onkel Horst genauso ab, wie Polizisten entsprungene Zuchthäusler abzuführen pflegen, und das geschah ihm recht, weil er die Unwahrheit gesagt hatte und in Wirklichkeit gar kein Handelsvertreter war, sondern ein Hallodri und ein übler Schürzenjäger dazu.

Der nächste Onkel stand auch ganz gut im Fleisch, war von Beruf Landmaschinenverkäufer, hieß Helmut und redete viel von der Ardennenoffensive, wo er ein Auge und beide Daumen verloren hatte. Das Versprechen, für immer zu bleiben, konnte er ein wenig länger halten als Onkel Horst, aber als sich anläßlich einer Inspektion seiner Aktentasche herausstellte, daß auch er verheiratet war, warf Siglinde ihn mitsamt seiner Tasche im hohen Bogen vor die Tür des geduckten kleinen Hauses und sagte: ALLE MÄNNER SIND SCHWEINE.

Dieser Satz, mit dem Siglinde Ferner die durch Feindeinwirkung bereits erheblich reduzierte Hälfte der Menschheit ins Tierreich verbannte, stand im Raum und hallte in den Köpfen ihrer Sprößlinge lange nach. Es wäre kein Wort über ihn zu verlieren, wäre er bloß Teil einer wütend herausgeschleuderten Rede gewesen, in der bekanntlich ein Wort das andere gibt und ein Satz durch den nächsten aufgehoben wird. In diesem Falle hätte man ihn alsbald vergessen, wie jenes damals gern gesungene und mitgesummte Schunkellied, in dem es zu Beginn heißt: Die Männer sind alle Verbrecher, ihr Herz ist ein finsteres Loch, woraufhin die Strafe im Refrain gleich wieder kassiert und durch den flotten Reim ersetzt wird: Aber lieb, aber lieb sind sie doch. Siglinde Ferner indes war keine singende Bewährungshelferin, sie hatte sich in ihrem Leben mit drei Männern eingelassen, sie war von diesen Männern gründlich hinters Licht geführt worden und fühlte sich von ihren kurzatmigen Liebesbeweisen nachträglich derart abgestoßen, daß sie die gesamte Spezies in ihrer privaten Rassenlehre ein für allemal jenem kurzrüsseligen, allesfressenden Borstenvieh zugesellte, das vorzugsweise im eigenen Dreck wühlt und zwischen Martini und Heiligabend geschlachtet wird.

Das Urteil der Witwe des deutschen Hauptmanns stand also fest, und da sich die Täter ihrer Hinrichtung durch die Flucht entzogen hatten, mußte der verfügbare männliche Nachwuchs dran glauben, wurde das Urteil nach dem unter Nachkriegsjuristen höchst umstrittenen Prinzip der Sippenhaft der Einfachheit halber an mir und meinem Bruder vollstreckt. Die deutsche Mutter aber ist kein Unmensch. Wer etwas anderes behauptet, versündigt sich an seiner Mutter. Der Gedanke, sie könne ihrem eigen Fleisch und Blut mit Messer und Bolzentöte zu Leibe rücken, ist abwegig und kann nur einer krankhaften Phantasie entspringen, denn die Mutterliebe der deutschen Mutter ist ein Hit, will sagen, ist ein Touristen- und Exportschlager; die Mütter aus aller Herren Länder strömen zuhauf nach Deutschland, um die deutsche Mutterliebe zu besichtigen; die hiesige Mutterliebe stellt die Liebe aller Mütter dieser Welt in den Schatten, denn sie ist in ihrer ungeheuren Selbstlosigkeit der Inbegriff der Liebe überhaupt und rangiert damit direkt neben der göttlichen Liebe. Und wer will es der gottgleichen lieben Mutter verdenken, wenn sie als Vorsitzende des Jüngsten Gerichts nach zwei verlorenen Kriegen und drei gebrochenen Treueschwüren alles daran setzt, die Spuren des Vaters zu tilgen und die Söhne von der Last ihres überflüssigen Geschlechts zu befreien, in der ihr eigenen, liebevollen Weise, versteht sich?

Siglinde war natürlich weit entfernt von der verbalen Radikalität der aus Presse, Funk und Fernsehen bekannten modernen Frau, die ihren treulosen Ex-Lover mit zwei Handkantenschlägen vor die Tür prügelt und im Sturm der Affekte schwört: Ich will auf der Stelle tot umfallen, wenn je wieder einer dieser verfluchten Schwänze die Schwelle meines

Apartments passiert. Nein, die Witwe Ferner war nach der überstürzten Abreise des zweiten und letzten Onkels die Ruhe selbst: Sie blieb ihren Söhnen äußerst zugetan, und sie hatte auch nichts gegen den Fortbestand ihrer im Wachstum befindlichen kleinen Unterschiede, im euphemistischen Jargon der Ära Süsterhenn auch als Hansi, Schniedelwutz oder Pipimännchen bezeichnet; sie machte ihnen diese Differenz nicht nur nicht streitig, sie nahm sie nicht einmal zur Kenntnis. In der Zinkbadewanne etwa, anläßlich der allsonnabendlichen Generalinspektion der Zwillinge, brachten Siglindes mit Nagelbürste und Waschlappen bewaffneten Hände die Kinderhäute an jeder Stelle zwischen Haar- und Zehenspitzen zur Weißglut, drang der in scharfe, haushaltsübliche Reinigungsmittel getunkte, über den Zeigefinger gestülpte Feudel auf der Jagd nach widerständigen Schmutzpartikeln und krankheitserregenden Bakterien in die entlegensten Winkel, Brutstätten und Schlupflöcher vor – nur die winzigen, aber leicht zugänglichen Geschlechtsorgane der Brüder blieben ausgespart und entgingen der Aufmerksamkeit der Mutter.

Ein bißchen seltsam war das schon. Ebenso seltsam wie die bereits erwähnte Unsitte, die Buben bis zu ihrem sechsten Lebensjahr in verrüschte zartrosa Kittelschürzchen und nach ihrer Einschulung in Tiroleranzüge zu stecken. Für sich genommen war an dieser dem bergbäuerlichen Leben nachempfundenen, aus Lodenjacke, kurzer Lederhose, Hosenträgern und kreisrundem Filzhut bestehenden Tracht nichts auszusetzen. Nun gut, die geschnitzten, auf dem Steg der Hosenträger versammelten Hirsche, die eine Edelweißblüte anröhren, spotten aus heutiger Sicht jeder Beschreibung; die mit einem strammgezogenen Gummibändchen am Kinn befestigten, tief in die Stirn gezogenen graugrünen Kopfbedeckungen verliehen ihren Trägern jenen unverwechselbaren, zwischen Blöd- und Bravheit schwankenden Gesichtsausdruck. Da jedoch zwei Drittel der männlichen Grundschüler der Jahrgänge '45 bis '50 in diesen Anzügen steckten, unter diesen Hüten und der damit verbundenen Horizontverknappung litten, wären Peter und Paul im Klassenverband überhaupt nicht aufgefallen, wenn ihren Tirolerhüten nicht ein wichtiges Accessoire gefehlt hätte: die Feder. Als sich die Abc-Schützen an jenem lichten Apriltag des Jahres 1951 mit ihren Zuckertüten auf dem Schulhof zum Gruppenfoto versammelten, reckten sich viele hervorragende, von Habichten, Feldtauben, Eichelhähern und Kolkraben stammende Vogelfedern in den blauen Himmel über der Grundschule, doch die Federn der Gebrüder Ferner waren nicht darunter: Schnickschnack, an diese Hüte gehört keine Feder, beschied die Mutter die kleine Anfrage ihrer Söhne, so lustig ist kein Tiroler, daß er sich eine Feder an den Kopf steckt wie die Hottentotten; ich habe weiß Gott andere Sorgen, als mich um irgendwelche Federn zu kümmern, und die Hauptsache ist doch, daß ich euch hübsch finde und wir einander liebhaben, und damit basta!

Mama spricht ein Machtwort. In Mamas Wortschatz kommt Papa nicht vor. Papa wohnt hoch droben an der Spitze eines Kondensstreifens in einer

Eisnadel und beschriftet den blauen Himmel zwischen Narvik und Wilikije Luki mit lateinischen Buchstaben. Doch die Schrift des Fliegers wird übersehen wie die weißen Bubenzipfel und in Abrede gestellt wie die Feder des Vogels. Raubvögel wollen hoch hinaus und leben über ihre Verhältnisse. Daß sie gemordet haben, hätten wir ihnen verziehen, aber daß sie den Krieg verloren haben, werden wir ihnen heimzahlen bis ins letzte Glied. Der Kapaun ist ein verschnittener Masthahn. Er kann von Glück sagen, daß er fett ist und seine Schwingen verkümmert sind. Wenn sein schwach durchblutetes Gehirn endgültig vergessen hat, daß er fliegen kann, geht es ihm an den Bürzel. Wir biegen ihm die Stummelflügel nach oben und tragen ihn zum Richtblock. Vor Angst schwillt ihm der rote Kamm. Er pulsiert heftig und wird dick und schwarz. Kurz bevor er platzt, holen wir die Axt aus dem Keller, trennen den Kopf vom Rumpf und lassen ihn nach einem kurzen Rundflug durch die Küche gehörig ausbluten. So eine Sauerei. Großreinemachen. Sonntags gibt es oft Geflügel. Gelegentlich kommt der Herr Jesus vorbei und segnet, was er uns bescheret hat. Nach dem Gebet spielen wir Tischleindeckdich. Mama öffnet den Brustkorb, Peter schlägt die Zähne in die Keule, während Paul mit dem Herzen vorlieb nehmen muß. Manchmal legen sich Papas Knochen in der Speiseröhre quer, und den Kindern bleibt die Luft weg. Schlingt doch nicht so, ruft die Mama und zerschlägt ihnen vorsichtshalber das Rückgrat.

Mama ist unfehlbar: Montags weissagt sie den Ausbruch einer ansteckenden Gelbsucht, und freitags liegen die Zwillinge mit eingefallenen chinesischen Gesichtern im Bett und sehen aus wie Braunbier und Spucke. Allwissend und allgegenwärtig ist sie auch: Wenn Peter beispielsweise im Wald einem Laubfrosch das Bein ausgerissen oder Paul nach dem Zähneputzen ein Zitronenbonbon gelutscht hat, kann ihnen Siglinde die Untat umgehend von der Stirn ablesen. Ich sehe alles, sagt sie, ich habe auch auf dem Rücken Augen. Kein Wunder, daß Peter und Paul Siglinde anbeten. Sie ist gebenedeit unter den Weibern. Zu Weihnachten wird es häufig eng in der guten Stube. Siglindes sieben spitznasige Schwestern huschen mager durch die Hintertür und gründen das erste Frauenhaus der Weltgeschichte. Sie nageln Eisblumen ans Fensterkreuz, singen das Nibelungenlied und kauern mit Leichenbittermiene zwischen den gestärkten Paradekissen. Zwei sind geschieden, drei verwitwet, Ortrud ist entlobt, Gudrun weint und droht mit Veronal. Sie streichelt den Kopf eines Heimkehrers. Durch den Kopf des Heimkehrers wandert der Splitter einer Panzergranate. Seit der Entlassung aus dem Schweigelager Workuta macht sich der Heimkehrer auf alles einen Reim: Daß du es lernst. Ich bin der Ernst. Ich bin so müde. Mir ist so fad. Ich will zurück nach Stalingrad. Laß den Unsinn, Ernst, sagt Gudrun, sonst mußt du draußen warten. Ernst macht Männchen. Er verbellt das Vertiko, den Gummibaum und den Tannenbaum und schnappt nach Siglinde, die ihm ein Stück Buttercremetorte zuwirft. Ernst freut sich: Blitzmädel im Gemäuer speist Säulenungeheuer. Wer hier lacht, erregt Verdacht. Weint, bis die Sonne scheint. Ernst schlägt Purzelbäume im

Schnee und schabt mit den Knöpfen seines Militärmantels an der Tür. Die Tür bleibt verschlossen. Wie hältst du es mit dem Idioten aus. Der ist doch kein Mensch mehr. Der macht einen ja rammdösig mit seinem Gequassel. Hinter den sieben Bergen. Bei den sieben Zwergen. An den Nasen der sieben Schwestern hängen sieben Tropfen. Sie glitzern und glänzen festlich. Unter den Tropfen schweigen sieben schmallippige Münder. Unter den Mündern plappern vierzehn Stricknadeln. Sie plappern und klappern in einem fort, bis die Tropfen in die Wolle fallen und zusammen mit den Kuchenkrümeln und den Männerresten in die kratzigen braunen Strümpfe hineingestrickt werden, die immer länger und länger geraten, beinahe so lang wie die Nasen der sieben Schwestern und die Tentakel der Alpenveilchen, die sich in aller Stille durch die Zeit winden und übers Papier kriechen, das nun unter dem Druck der Feder vergilbt und zerbröselt wie ein zerlesener Comic...

So fielen mein Bruder und ich unter die Deutschen, von denen die meisten Frauen waren. Obwohl oder gerade weil mir meine Mutter näherstand, als mir lieb war, besaß ich keine genaue Vorstellung von den Frauen, aber als ich eines Tages beim Friseur wieder einmal gottergeben auf den fälligen Kahlschlag wartete und dabei dem Mitteilungsblatt der Friseur-Innung entnahm, daß man die deutschen Frauen sowohl dem schönen als auch dem schwachen Geschlecht zurechnet, war ich so überrascht, daß mir vor Schreck die Zeitschrift aus der Hand fiel, weil ich weder die eine noch die andere Behauptung mit meinen Beobachtungen in Einklang bringen konnte. Vielleicht, vertraute ich meinem Bruder unter dem Siegel der Verschwiegenheit an, sind die schwachen Frauen an ihrer Schwäche gestorben und haben sich mit unserem abgeschossenen Vater im Himmel vermählt, und vielleicht haben die braunhäutigen Soldaten alle schönen Frauen nach Amerika entführt und uns zur Strafe den schäbigen Rest übriggelassen: Tante Gudrun, Tante Ortrud, Liselotte Pulver, Margot Mende, Grethe Weiser und die Germania auf dem Niederwald-Denkmal. Stundenlang hätte ich meine Gegenbeweise aneinanderreihen können, aber da mich mein nichtsnutziger Bruder um eine Flasche Sinalco an das Familienoberhaupt verriet, gingen meine Mutmaßungen im Sperrfeuer kraftvoller mütterlicher Züchtigungen unter: Auf dich sollte man draufschlagen wie auf altes Eisen! schrie Siglinde erbost, und im Radio schmetterte Ivo Robic aus vollem Hals: Morgen, morgen, lacht dir wieder das Glück.

Doch bevor der singende jugoslawische Gastarbeiter sein Versprechen einlösen kann, biegt Schulz um die Ecke und reißt mir das Manuskript aus der Hand: Jetzt spricht der Dichter!

3

Ohne Zweifel war es einer der genialsten Gedanken des Menschen, las ich gestern anläßlich eines nächtlichen Streifzuges durch das umfangreiche Werk meines hochverehrten Kollegen Thomas Mann, zu messen, was der Inbegriff des Flüchtigen, was nicht zu sehen und nicht unmittelbar zu begreifen ist: die Zeit. Die Genialität dieses Gedankens kann nur jemand preisen, der wie Thomas Mann neben einer von Hause aus gutbetuchten Frau über das Privileg verfügte, sich beim Spitzen seiner Bleistifte, der peniblen Auflistung seiner Krankheitsbilder und Verdauungsprobleme und vor allem bei der Hervorbringung seiner Romanfiguren sehr viel Zeit lassen zu können. Paul Ferner ist nicht Joseph, ich bin kein Großschriftsteller, und mein Verleger fühlt sich, wie er mir in der ihm eigenen Drastik zu verstehen gab, in der Rolle des Dukatenscheißers überfordert. Für mich ist Zeit Geld, und da mir beides fehlt, ist es mit meiner Geduld im Umgang mit meinem Hoffnungsträger auch nicht weit her. Wie lange wird Paul Ferner, geboren am 7.5.1945 in Bad Homburg vor der Höhe, unter seiner stalinistisch gefärbten Mutter-

Sohn-Beziehung leiden? Darf man im vorliegenden Fall von einer klassischen Kastritis reden, die chronisch zu werden droht? Wird dem anal dressierten Knaben mit Beginn der Adoleszenz ein Licht aufund ein Ödipus untergehen? Verharrt er im Sopran, oder gelingt ihm der Stimmbruch? Entrinnt er dem Sog der frühkindlichen Waschmaschine, oder rotiert er ewig und drei Tage im symbiotischen Schleudergang? Wird er trotz Trutz zu den Fahnen der jungen Bundesluftwaffe eilen, in erbetener Weise den Minnedienst abreißen, die Klippen der neogotischen Alma mater umschiffen und wie angekündigt einer nennenswerten Anzahl von Jungfrauen den Kopf verdrehen, ohne letztere Metapher allzu wörtlich zu nehmen? Wenn ich mir meinen Spezi so anschaue, wie er sich in niederer Gangart durch die veilchenumrankten Fünfziger schleppt, keimt in mir der Verdacht, daß ich auf den falschen Mann gesetzt haben könnte. Ich darf nicht länger die Augen davor verschließen, daß er als Hoffnungsträger eines schwerelosen Liebesromans ebenso überfordert sein dürfte wie eine Legehenne, die einen Transatlantikflug absolvieren soll. Aber nur keine Panik. Noch ist alles drin, und wenn er nicht spurt, werde ich ihm schon Beine machen.

Man muß mit dem Training früh anfangen, am besten schon in der Vorschule, will man es in der Disziplin des Eiskunstlaufs, des Hammerwerfens oder des Freistilringens zu etwas bringen. Für Liebhaber gilt diese Altersempfehlung nicht, weil das Liebhaben kein Hochleistungssport, sondern ein Vergnügen ist, mit dem sich ein junger Mann ruhig Zeit lassen sollte, oder, wie der Volksmund sagt: Gut Ding will Weile haben. In Italien qualifiziert sich der Liebhaber durch den Besitz eines parkscheibengroßen, in die dichte Brustbehaarung eingearbeiteten Marienmedaillons und die Verführung mindestens einer Pauschaltouristin; der Franzose sollte in der Lage sein, eine Flasche Cognac in einem Zug zu leeren; der Engländer muß die Meile unter vier Minuten laufen; in Amerika gibt man sich mit den Kfz-Papieren zufrieden; dem Eidgenossen wird die erfolgreiche Bedienung von Geldwaschanlagen und Sennerinnen abverlangt; der deutsche Gegenwartsjüngling muß neben dem polizeilichen Führungszeugnis das Attest seiner geistig-sittlichen Reife beibringen; in Holland darf jeder, der kann; der katholische Ire und der stolze Spanier halten sich lange bedeckt, kurzum: Im westlichen Mittel gilt die Vollendung des sechzehnten Lebensjahres als angemessener Zeitpunkt für den ersten Ausflug in die zaubrische Welt der Genitalität. Wie alles auf der Welt ist auch dieses Datum heftig umstritten, es wird, kann ich mir vorstellen, von der sorgeberechtigten Mutter einer Tochter eher verworfen als vom unbekümmerten Vater eines Sohnes, stößt bei der deutschen Bischofskonferenz auf eisige Ablehnung, wird von den Managern der Beate Uhse GmbH anders diskutiert als von den letzten Mohikanern der antiautoritären Kinderladenbewegung, und dann meldet auch die evangelische Akademie Bad Boll gewisse Bedenken an, und der Bundesjugendbeauftragte fällt mir gleichfalls ins Wort. Unter dem Druck der öffentlichen Moraldebatte setze ich also das Eintrittsalter herauf

– also sei's drum: siebzehn oder achtzehn mag gerade noch angehen, wer sich jedoch heute mit neunzehn seiner Jungfräulichkeit brüstet, hat beinahe schon das Verfallsdatum erreicht, mit zwanzig sieht er bereits ziemlich alt aus, und der enthaltsame Einundzwanzigjährige beginnt unter dem zu leiden, was im deutschen Liedgut von einer sitzengelassenen Baltin, einem gewissen Ännchen von Tharau, so treffend als fortschreitende «Verknotigung» des Innenlebens besungen wird.

Vor dem Hintergrund dieser kurzgefaßten Neurosenlehre erscheint es schier unglaublich, daß ein ganz normales, mit Hand, Fuß und einem heißen Herzen ausgestattetes männliches Wesen, und um ein solches handelt es sich doch wohl auch bei Ferner, daß der nämliche Paul aus dieser Fabel nicht zwanzig, nicht einundzwanzig, nicht zweiundzwanzig, sondern dreiundzwanzig zähe und verzweifelte Jahre lang vergebens in den Startlöchern scharrte, oder um ein angemesseneres Bild zu gebrauchen: auf sein Stichwort wartete und nach der ersten Naßrasur sieben mal dreihundertfünfundsechzig Nächte hindurch auf den Knien lag und sein Debüt als Liebhaber herbeisehnte. Daß er über der Erfolglosigkeit seiner Bemühungen seine Kleider zerriß, Gelübde ablegte, gotteslästerliche Verwünschungen ausstieß, der Welt den Krieg erklärte und Zeter und Mordio schrie, ändert nichts an dem bedauerlichen Sachverhalt: Die Premiere seines Stückes stand tatsächlich erst auf dem Sommerspielplan des Jahres 1968. Theaterkritiker und Zeitspione treten aus den Kulissen. Sie schwärmen aus, fahnden nach den Verursachern der schändlichen Verspätung und werden fündig: der Weltgeist, die Vorsehung, der Korea-Krieg, das geduckte kleine Haus, das bedrückende Sexualklima, die toten Nibelungen, die schlimme Siglinde, mit einem Wort: es wird wohl die allgemein herrschende Lieblosigkeit gewesen sein, die den rechtzeitigen Auftritt des jugendlichen Liebhabers verhinderte und mich jetzt zwingt, mich so lange damit aufzuhalten.

Was die allgemeinen Verhältnisse aus Paul Ferner machen, ist mithin verständlich und einfühlsam zu beschreiben. Aber was macht Paul aus den Verhältnissen? Und was macht er aus sich selbst? Ginge Paul in den Verhältnissen auf, wäre er ihr Opfer. Auch heute noch soll es ja verhinderte Liebhaber geben, die sich tränenselig hinter Schnapsflaschen, Lebensumständen und Entlastungstherapien verschanzen, um ja nicht zu sehen, was sie, von den bösen Verhältnissen abgesehen, aus sich selbst und der Liebe gemacht haben. Wenn man aber Paul nimmt und ihn in Gedanken einfach der ihn umhüllenden Verhältnisse entkleidet, stellt sich nicht nur heraus, warum er mit keinem Mädchen ein Verhältnis hat, sondern auch, was von ihm nach Abzug aller Verhältnisse übrigbleibt, was ihm unverwechselbar eigen ist. Wie er da zu Beginn der Sechziger am Eingang seines Liebeslebens herumlungert, womöglich handelt es sich gar um die Schwingtür einer jener karg möblierten, damals von sehnsüchtigen jungen Menschen gern frequentierten italienischen Eisdielen, kann man sehen, was dem siebzehnjährigen Paul eigen ist: braune Sandalen, eine dunkelgraue Gabardinehose, ein grün-gelb kariertes Hemd, mittelblonde Haare, blaue Augen und deutlich verbiesterte Gesichtszüge. Das alles kann man sehen.

Zweierlei kann man nicht oder nur auf den zweiten Blick sehen: seine in ihm kauernden, brachliegenden Liebesüberschüsse und sein kleines Problem. Pauls Problem besteht darin, daß er nicht nein sagen kann. Und weil er nicht nein sagen kann, ißt Paul ohne Widerrede, was auf den Tisch kommt. Tag für Tag. Die Unvereinbarkeit einiger deutscher Gemeinplätze zeigt, daß das nicht gutgehen kann. Einerseits soll Essen und Trinken Leib und Seele zusammenhalten, andererseits gilt: Ein guter Hahn wird selten fett, und jeder weiß auch: Ein voller Bauch studiert nicht gern. Einer sagt: Die Liebe von Zigeunern stammt. Dann wieder heißt es: Sie geht durch den Magen, den man sich aber verrenken soll, weil dem Wirt nichts geschenkt werden darf. Petting, Necking oder Schwarzwälder Kirsch? Nein danke. Ja bitte. Das Durcheinander ist komplett, das Chaos vollkommen, der Kalorienumsatz überwältigend.

Am 22.11.1963 kommt es zu einem ersten Schlagabtausch zwischen dem Vielfraß Paul und dem Liebhaber Paul, die zusammen in einem geräumigen Hautsack stecken, der Ferner heißt. Der fröhliche Wecker reißt den übergewichtigen jungen Mann aus dem Tiefschlaf, und noch ehe er mit dem falschen Bein aus dem Bett steigt, eröffnen die Gonzbachlerchen die Mainzer Fassenacht. Schade, Soraya kriegt kein Kind, der Schah hat Luft im Spind, Ilse Werner pfeift den River-Kwai-Marsch, Gitte will einen Cowboy als Mann, Frau Mende zieht ihrem Erich den Wasserscheitel mit Pitralon nach, aus den Geigen des Orchesters Mantovani träufelt Kunsthonig, der Himmel hängt voller Lockenwickler, und Lilo Pulver ist so anziehend wie Kohlliesels Tochter.

Zwischen Frühstück und Mittagessen führt sich der Oberprimaner vier Leberwurstbrote und einen Liter Vollmilch zu, erörtert in einem vierstündigen Besinnungsaufsatz die Aktualität der Merseburger Zaubersprüche, beschreibt den Zusammenbruch des römischen Imperiums aus Sicht des Petronius Arbiter, zermartert sich das Hirn über der von Assessor Dr. Manske erläuterten Infinitesimalrechnung und erfährt in der großen Pause, daß sein schneidiger Banknachbar am Vorabend Hand an des Oberstudiendirektors Töchterlein gelegt haben will, was aber erstunken und erlogen ist.

Gegen vierzehn Uhr steht Paul am heimischen Herd und dickt den wäßrigen Pichelsteiner Topf mit einer hellen Grundsoße ein. Während er nach einem Rezept des von Herrn Dr. Oetker herausgegebenen Schulkochbuchs aus fünfzig Gramm Biskin, einer Tasse Wasser und zwei Eßlöffeln Mondamin eine Mehlschwitze zubereitet und sein Bruder Peter den Tisch deckt, verblutet in Dallas auf dem Rücksitz des schwarzen Cadillac die Hoffnung der freien Welt. Gestern war er noch ein Berliner, morgen wollte er auf den Mond, heute ist er tot, und Paul heult in die Suppe, von der er aus Verzweiflung drei Teller hinunterwürgt.

Siglinde Ferner weint nicht. Als Geschäftsführerin

einer Baustoffgroßhandlung ist sie nicht nur der einzige Mann im Betrieb, sie kennt sich auch in der Politik aus. Ich fresse einen Besen, sagt sie, wenn dahinter nicht der Russe steckt. Siglindes Verschwörungstheorie bleibt unwidersprochen. Peter serviert seiner Mutter den Kaffee. Die Sammeltasse hat einen Sprung und stammt aus der Manufaktur Fürstenberg. Paul eilt mit Sahne und Würfelzucker herbei, stolpert über die Teppichkante und denkt sich seinen Teil. Gangster drängen zur Macht. Die Gewerkschaften haben daran gedreht. Oder Fidel Castro. Oder Lyndon B. Johnson. Oder die trauernde Witwe. Vielleicht hat sie herausbekommen, daß er etwas mit Marilyn Monroe hatte. Der wäre Paul nicht von der Seite gewichen. Hier bin ich, und hier bleibe ich und lese dir jeden Wunsch von den Lippen ab, so wahr mir Gott helfe, hätte er gesagt. Sie starb im August an einer Überdosis Schlaftabletten. Norma Jean ist tot, doch Ruth Leuwerik lebt. Und Maria Schell auch.

Paul hört Radio. Der Rhein bei Kaub plus drei. Karlsruhe Maxau minus vier. London nachgebend. Zürich behauptet. Schenkt man sich Rosen in Tirol. Ganz Paris träumt von der Liebe. Gut, daß es Nivea gibt. Alles in Butter. Wir sind wieder wer. Panikkäufe. Fachwerkhäuser. Fußballplätze. Kühlschränke. Streuselkuchen. Paul stellt sich die Liebe vor und lutscht Vollmilchschokolade. Er denkt an Hilde Krahl, die er neulich im Kino sah. Sie war die erste nackte Frau in seinem Leben. Sie spielte in einer 1940 verfilmten Puschkin-Novelle eine unschuldige Posthalterstochter, die mit ihrem verwitweten Vater in ländlich-sittlicher Eintracht lebte, bis ein schmieriger, verschlagener, aber bestechend gutaussehender Adliger in einer Husarenuniform einhersprengte und das Mädchen ins ferne und verkommene St. Petersburg lockte, um sie dort zur Mätresse zu erniedrigen. Der täppisch-naive Vater reiste ihr in die Metropole nach, um nach dem Rechten zu sehen; die unter die Räuber gefallene Hilde Krahl spielte Heinrich George ihre Hochzeit mit dem abgefeimten Herzensbrecher vor und verübte nach seiner Abreise Selbstmord. In der Schlußszene krönte das halbentblößte Mädchen das Trinkgelage der grölenden Soldateska mit einem pirouettenhaften Tanz über die Tische, und mit jeder Umdrehung ihres Körpers trieb sie näher auf den Abgrund zu und beschleunigte ihren Untergang, der von ihrem Vater und dem vor sich hinbibbernden Paul nicht verhindert werden konnte. In der Schwärze des Lichtspielhauses versunken, dämmerte ihm die ungeheure Süße ihres Leibes, er überhäufte sie mit Koseworten, nannte sie ein Herzblatt und einen Augenstern, er belagerte Babylon mit Schlachtschiffen, legte Rußland in Schutt und Asche, trieb die zaristische Offiziershorde mit schweren Maschinengewehren vor sich her und befreite die bedrohte Unschuld aus den Klauen des pomadisierten, doppelzüngigen und aalglatten Husaren. Nach dem Abspann fiel der Rächer in sich zusammen wie ein mißratenes Kartoffelsoufflé, aber die Wünsche fressen sich noch immer durch die Seele wie ein Schwelbrand.

Siglinde ahnt, daß Paul nichts lieber täte, als gedemütigte und selbstmordgefährdete Mädchen zu retten, und versucht das Feuer mit einem Gegenprogramm zu löschen. Das erscheint jetzt nach der zweiten Tasse Kaffee unaufgefordert bei Tisch und heißt Hedwig von Marwitz. Ihre Kopfbedeckung besteht aus einer Betondauerwelle, sie trägt einen weißen Einsteckkragen, einen aschgrauen Shetland-Pullover und einen gleichfarbigen Bleyle-Rock. Fräulein von Marwitz arbeitet unter Siglinde in der Buchhaltung, stammt aus einem uralten baltischen Adelsgeschlecht und hat Vater und Mutter im Osten verloren, sagt Siglinde. Paul sagt nichts. Nachdem Siglinde Fräulein von Marwitz Kaffee eingeschenkt und die Schale mit Knabbergebäck gereicht hat – greifen Sie nur tüchtig zu, es ist noch reichlich draußen –, weiß sie zu berichten, daß Fräulein von Marwitz im Kirchenchor singt und sich oft genauso einsam fühlt wie Paul, nicht wahr, Fräulein von Marwitz? Die Kandidatin nickt und geht Siglinde nach Aufhebung der Kaffeetafel unaufgefordert beim Abräumen des Geschirrs zur Hand. Dann verplaudert sie mit ihr den halben Nachmittag: es geht um Häkelmuster, pflegeleichte Diolengardinen und Drogerien, in denen ein Karton Persil für unter zehn Mark zu haben ist. Paul schweigt wie weiland Moltke. Nach dem Abschied lobt Siglinde Hedwig über den grünen Klee: Sie sei kein bißchen eingebildet, sei so anstellig, so adrett, so natürlich und mit Sicherheit eine gute Kameradin. Paul stimmt seiner Mutter in allen Punkten zu und bittet sie, ihn in Zukunft mit verarmten Landadligen zu verschonen, die aussehen wie Johanna von Koczian und jeden Tag in Sagrotan oder anderen Desinfektionsmitteln baden. Siglinde hat es nur gut gemeint und ist verstimmt.

Paul geht mit einem dicken Buch in den Wald, um sich vor dem um fünf Uhr anberaumten Tanztee Fragen der Etikette zu widmen. Ein guter Tänzer ist ein erfolgreicher Mann, liest Paul. Da die dauerhaftesten Erfolge über die Erringung der Gunst der Damen erzielt werden, ist es wichtig, der Dame eine ruhige und sichere Führung zu bieten; das läßt darauf schließen, daß man diese Führung auch im Lebenskampf zu bieten weiß. Wer die Dame so packt, daß ihr die Luft wegbleibt oder sie dem Atem des Tänzers ausweichen muß, kann als ein ausgemachter Flegel gelten. Der gute Führer nimmt die Dame zart an: Mit der flachen rechten Hand halte man sie oberhalb der Taille fest, ohne sie zu drücken. Ist die Dame sehr klein geraten, so halte man sie in Schulterhöhe. Dabei ist darauf zu achten, daß sich ihr Kleid nicht nach oben, nach unten oder zur Seite verschiebt und zerknittert. Bei tiefen Rückenausschnitten weicht die rechte Hand des Tänzers auf eine bedeckte, tiefer oder seitlich gelegene Stelle aus, während der linke Arm unter leichter Beugung des Ellbogengelenks in horizontaler Lage seitwärts gehalten wird und auch bei schnellem Tanztempo ein ruhender Pol bleibt, wobei die Aufführung gewisser gliederverrenkender, im Ausdruck blödsinniger oder lächerlicher Negertänze zu unterbleiben hat. Der Dame steht es gut zu Gesicht, sich der Führung des Herrn zu überlassen und seine Tanzbewegungen in nicht übertrieben schwungvoller, aber graziöser und leichter Weise mitzumachen. Sie muß aus dem Bewegungsansatz des Herrn den nächsten Schritt herausfühlen und plaziert die rechte Hand vollkommen gewichtslos in seiner linken. Tänzerinnen, die sich ziehen lassen, mit dem linken Arm rudern oder den Takt geben, ermüden den Partner. Wenn der Herr eine sogenannte feuchte Hand hat, trage er dünnzwirnige Handschuhe oder bleibe dem Tanze fern. Ist es schon unangenehm, einem solchen Mann die Hand zur Begrüßung zu reichen, so kann das Unlustgefühl der Berührung der schwitzenden Hand bei längerer Dauer, also auch beim Tanz, so gesteigert werden, daß die Dame es einfach nicht mehr aushält und ohnmächtig wird. Auch muß der Herr, der mit solchem, häufig krankhaftem Übelstand geschlagen ist, bedenken, daß er mit der Rechten mitunter minutenlang an der Rückenpartie der Dame haftet und diese Stelle beschmutzt.

Paul hat dieses in der Ratgeberliteratur thematisierte Problem gründlich bedacht und seine tropfnassen Hände vor Beginn des nachmittäglichen Tanztees unzählige Male erfolglos mit essigsaurer Tonerde, Talkumpuder, Kölnischwasser und hydrierter Gerbsäure behandelt und dabei herausgefunden, daß seine Schweißabsonderung im direkt proportionalen Verhältnis zur abnehmenden Häßlichkeit seiner Tanzpartnerinnen steht. Wenn Paul, um zwei von der Natur besonders vernachlässigte Vertreterinnen des schönen Geschlechts zu nennen, etwa das silberblikkende Fräulein Wesendonk oder das knöpfchenmundige Fräulein Weitemeyer zum Tanz auffordert, erweist er sich als schwerfälliger, aber durchaus passabler Partner: Er tritt ihnen nicht auf die Füße, sein Puls geht ruhig und gleichmäßig, er beherrscht die Regeln gepflegter Konversation, und seine Hände bleiben bis zum letzten Walzertakt staubtrocken und strahlen jene angenehme Kühle ab, von der sich keine Tänzerin unangenehm berührt fühlen muß. Im Umgang, oder früher noch: beim Anblick der liebreizenden Mareike Wehrhahn jedoch, der nach der sechsten Schulstunde vor dem Portal des Ina-Seidel-Lyzeums ganze Jahrgänge von Jungtänzern auflauern, um sie nach Hause zu begleiten, ist es um seine Contenance ungleich schlechter bestellt. Gelingt es ihm nach einem Spurt über das gähnendweite Rund der Tanzfläche wirklich einmal, seine Mitbewerber aus dem Feld zu schlagen, indem er ihnen ein Bein stellt, sie an der Krawatte festhält oder ihre Oberbekleidung mit koffeinhaltigen Erfrischungsgetränken befleckt, verliert er beim Anblick der schönen Mareike prompt den Verstand; der Atem stockt, die Gedanken stieben auseinander wie ein Bienenschwarm, aus den Manschetten des luftdicht verschlossenen Synthetik-Hemdes quillt der kalte Schweiß in breiten Rinnsalen und verwandelt den Sieger in eine schleimige Kröte. Natürlich sagt Paul nicht «Quack», und Mareike wirft ihn nicht an die Wand. Es gibt keinen Brunnen, keine goldene Kugel, keine Prinzessin, keinen Froschkönig und keine Erlösung von dem Übel. Die Kapelle intoniert die schöne blaue Donau, und das Parkett knarrt unter dem Gewicht eines Tänzers, der im Dreivierteltakt die dahinfliegenden Paare rammt, anschließend vor Scham im Boden versinken möchte und über diesem Wunsch Mal um Mal auf den zierlichen Füßen Mareikes landet. Weil das sehr weh tut und Paul Mareike nicht weh tun will, bescheidet er sich und liebt

Mareike vorwiegend aus der Ferne. Seine Bescheidenheit geht allerdings nicht so weit, daß er die Taube auf dem Dach an die Spatzen in der Hand und Mareike an die Wesendonks oder Weitemeyers verriete, die in ihren plissierten Röcken und lustlosen Konfirmandenblusen so verklemmt auf ihren Stühlen hocken, als wollten sie ihr Unglück durch eine schnelle Heirat krönen.

Wenn Paul an diese und andere Hochzeiten denkt, denkt er an den kleinen Gemüsegarten hinter dem Elternhaus. Er sticht Löwenzahn für den Stallhasen. Er legt Beete an und schützt die Erdbeerstauden mit Holzwolle gegen Schnecken. Es ist kälter geworden, sagt Paul zu seiner Frau, wenn er abends von der Arbeit nach Hause kommt. Sie öffnet den Mund und sagt: Das Essen steht auf dem Tisch. Und: Morgen ist Dienstag. Dann schließt er sich in der Toilette ein und liest den Sportteil.

Mareike ist keine Hausfrau und sieht aus wie Ava Gardner in der barfüßigen Gräfin. Sie ist ganz warm, und in ihrer Brust schlägt kein Teppichklopfer, sondern ein richtiges Herz. Paul hat es beim Tanzen ganz deutlich gespürt und kann es nicht vergessen. Wenn Mareike Paul berührte, nur so ganz obenhin mit der Fingerkuppe seine Wange streifte, stellt Paul sich vor, dann wäre er glücklich und würde auf der Stelle sterben, ohne mit der Wimper zu zucken.

Heute, am 22. 11. 1963, spielt die Kapelle In the mood. Kennedys Sarg wandert nach Arlington. Paul ißt, was auf den Tisch kommt, Mareike trägt ein eng anliegendes moosgrünes Musselinkleid und duftet mitten im November nach Pfirsichblüten, was an ein

Wunder grenzt. Sie lacht so hell, daß Paul die Augen tränen. Beim Lachen schimmern Mareikes Zähne auf, die glatte Haut zwischen Kinnspitze und Granatkette bildet ein kleines dreieckiges Segel, ein schneeweißes, rotgesäumtes Segel, das Paul so gern mit Küssen bedecken würde.

Aber wie geht das, küssen?

Heute will Paul es wissen. Er überprüft den Sitz seines Fertigbinders, frottiert die Handflächen an der Hosennaht und träumt sich mit dem Startschuß des Zeremonienmeisters an der Spitze der geschniegelten Jungmänner in tadelloser Haltung dem Ziel seiner Wünsche entgegen. Es waren zwei Königskinder, flüstert Paul, die hatten einander so lieb, daß es weh tat, aber dann hieß es plötzlich: Das Wasser ist viel zu tief, und die Nonne ist viel zu böse, und das Parkett ist viel zu glatt, und überhaupt: Was sollen die Leute denken? Seit ewig und drei Tagen drehe ich mich im Kreis, plaudere aus Verzweiflung über den Fänger im Roggen, die Zeugen Jehovas, die Hallstein-Doktrin und Gustav Adolfs Pagen. Ich spendiere dir eine Sinalco, versorge dich mit Salzstangen, helfe dir in und aus dem Mantel, liefere dich bei deinen Eltern ab und warte vor der Haustür, bis in deinem Zimmer das Licht angeht. Anschließend tappe ich in der Dunkelheit zwischen Aral-Tankstelle und Bismarck-Denkmal hin und her, her und hin und durch die leprösen Platanenalleen bis zum Ortsausgang und zurück, und der Regen regnet, und die Nässe juckt, und der Hemdkragen scheuert, und der Traum sumpft, und der Kopf denkt in einem fort nur an dich, an das Segel, das Feuermal, den Nakkenflaum, die Innenseite deiner Armbeuge hinauf denkt sich der Kopf bis zum Mund, der sagt DU BIST DIE WELT FÜR MICH und ganz schnell ICH LIEBE DICH HEISSER ALS JE DIE SONNE IM ZENIT. Weil ich achtzehn bin, weil ich billig bin, weil mein Preis fällt, weil ich um meine Verkäuflichkeit bange, weil ich am Ende einer Kette von blassen Morgenlichtsekunden sowieso ins Gras beißen muß und deshalb vorher, koste es, was es wolle, geliebt werden will, trage ich dir Herz und Haut an und bitte dich um einen einzigen Kuß und diesen und alle nachfolgenden Tänze.

Daß man beim Tanzen nicht raucht, ist wohl selbstverständlich; ebenso, daß die Tanzpartner nicht die Köpfe aneinander schmiegen. Zärtlichkeiten gehören nicht in die Gesellschaft. Daß manche Damen grundsätzlich ein Taschentuch in die Hand nehmen, damit sie die womöglich etwas feuchte Hand ihres Partners nicht unmittelbar zu berühren brauchen, ist eine Unart, weil nicht jeder Herr schwitzige Hände hat. Nach jedem Tanzvergnügen werden die Damen, und nicht nur die jüngeren, heimgeleitet. Die Herren vereinbaren das still mit den Damen, die Gastgeber vermitteln. Wer eine Dame mitgebracht hat, kann sich für die Heimbegleitung nicht gut einer anderen Dame antragen, die ihm unterdessen ein größeres Interesse abgewonnen hat, es sei denn, daß die erste Dame bereits eine andere Begleitung angenommen hat, was in diesem Fall zutrifft. Paul, eigentlich sind Sie ganz nett, sagt Mareike im Hinausgehen, aber leider viel zu dick.

Nett und fett: Mareike hatte mit ihrer beiläufig ausgesprochenen Feststellung recht. Paul war tatsächlich zu dick. Aber hätte Mareike ihm diese Nachricht nicht ein wenig schonender beibringen können? Der Korb, den sie ihm gab, wäre nicht um einen Deut kleiner ausgefallen, wenn sie sich dazu hätte durchringen können, ihre Zurückweisung in eine allgemein gehaltene Frage zu kleiden, etwa die nach dem durchschnittlichen Lebendgewicht oder der Konfektionsgröße deutscher Abiturienten. Was gab den Ausschlag, daß Mareike am Arm eines – der Neid muß es ihm lassen – wohlgestalten Begleiters davonging, der als Tormann des TuSpo Glashütten durch die hessische Fußballamateuroberliga hechtete und mit seinen eng beieinander liegenden Augen und den zusammengewachsenen Brauen nicht nur genauso beschränkt war, wie er aussah, und sich damit dem Vorurteil fügte, das ungelenke Kopfarbeiter über diese ballnärrischen Tatmenschen hegen, sondern darüber hinaus als dummdreister Mädchenleger im Ruch der moralischen Debilität stand. Was also konnte Mareike veranlassen, den zweifellos gutartigen und mit einer schönen Seele ausgestatteten Paul in Anwesenheit dieser charakterlich verkommenen Sportkanone an der Garderobe des Tanzinstituts abzukanzeln und auf seine überflüssigen Pfunde aufmerksam zu machen? War es die sprichwörtliche Grausamkeit der Jugend? Backfischhafte Gedankenlosigkeit? Früh erblühter weiblicher Sadismus? Es wird sich wohl um eine Mischung aller genannten Ingredienzien gehandelt haben, aber ehe man sich dazu hinreißen läßt, die

Gefühlskälte des jungen Mädchens zu beklagen und das Los des unerhörten Paul zu bejammern, bleibt festzuhalten, daß Mareikes rohe Abweisung therapeutisch durchaus angeraten ist, weil Pauls Übergewicht mit Freundlichkeit und Einfühlung einfach nicht beizukommen war.

Denn Paul lügt. Alle dicken Menschen lügen. Der dicke Mensch lügt, wenn er nur den Mund aufmacht. Der dicke Mensch lügt von Natur aus. Am Anfang belügt der dicke Mensch seine Mitmenschen, später sich selbst. Er faselt etwas von erblich bedingt schwerem Knochenbau, von Stoffwechselerkrankung und Schilddrüsenstörung, er trägt längsgestreifte Hemden und schwarze Anzüge, die angeblich sein Äußeres strecken, er manipuliert Personenwaagen, er tauscht Kleideretiketten aus, stellt in seinem Badezimmer Spiegel auf, die ihn bis zur Hohlwangigkeit verzerren, er speist in Gesellschaft wie ein Vögelchen und schaufelt des Nachts wie ein Bagger. Der dicke, heimlich essende Mensch gilt als besonders sensibel und möchte vor sich und der Welt schlimmstenfalls als üppig, mollig, pummelig, vollschlank oder stattlich erscheinen und auch so bezeichnet werden. Wer, der Euphemismen überdrüssig, den dicken Menschen dick oder gar fett nennt, wer ihn der haltlosen Gefräßigkeit bezichtigt, wird erleben, daß der dicke Mensch entgegen landläufiger Meinung sehr ungemütlich werden kann, wenn es um die Wahrheit geht. Wenn es überhaupt noch irgendeine Wahrheit gibt, dann ist es die augenfällige, mit Händen zu greifende Wahrheit des dicken Menschen.

Selbstverständlich erschöpft sich der dicke Mensch nicht im schieren Dicksein. Vor allem, und nicht nur nebenbei, ist er natürlich auch nur ein Mensch. Bedarf er als solcher nicht, und sei er noch so dick, wie alle anderen Menschen – und seinem Gewicht entsprechend womöglich mehr noch als alle anderen Menschen – der Liebe? Warum nimmt der dünne Mensch den dicken Menschen und dessen Gefühle nicht ernst, warum lacht er ihn aus, warum nimmt er ihn, bildlich gesprochen, andauernd auf den Arm, warum nimmt er ihm ein wirklich großes Gefühl, in diesem Fall die Liebe, nicht ab? Der dünne Mensch argwöhnt, daß der dicke Mensch das Liebesgefühl nur ausstelle, um die Abfuhr, mit der er aufgrund seiner Beleibtheit jederzeit rechnen muß, zum Vorwand zu nehmen, sich in den Schmollwinkel beziehungsweise die Speisekammer zurückzuziehen, dort noch mehr zu essen und noch trauriger, dicker und unliebenswürdiger zu werden, als er eh schon ist. Man könnte also durchaus sagen, daß der liebende Dicke mit dem geliebten Wesen indirekt wie mit einem Aperitif, wörtlich übersetzt: einem alkoholhaltigen Magenöffner umgeht, daß er es benutzt, um sein Selbstmitleid und seine Eßlust zu schüren, während er sein kleines, objektgerichtetes Triebdeputat im Krieg mit dem eigenen Leib verpulvert, was sich unschwer daran erkennen läßt, daß der Dicke nie aus der Haut fährt und ständig mit seinem Spiegelbild, seinen Körperzuständen, seinem Gewicht und dessen Ab- und Zunahme beschäftigt ist.

Wer je in die Verlegenheit geriet, als dicker Mensch von einem dünnen Menschen umarmt zu werden oder als dünner Mensch einen dicken Menschen umarmen zu müssen, kann ermessen, auf welche Schwierigkeiten der Versuch stößt, einem dicken Menschen eine Zärtlichkeit angedeihen zu lassen. Sobald man die Arme öffnet, um ihn zu liebkosen, stößt man auf eine mehr oder weniger nachgiebige bis zähe, aus Vorsprüngen, Ringmauern, Balustraden, Ausbuchtungen und Erkern bestehende, konturenlose Herberge des Fetts; ein Bollwerk, das buchstäblich unangreifbar ist und nach dem Willen seines Verteidigers auch unbegreiflich und uneinnehmbar bleiben soll. Gestaltet sich unter diesen anatomischen Bedingungen bereits die Aufführung des Vorspiels äußerst schwierig, gerät die Darstellung des sexuellen Akts im engeren Sinne, nämlich die angestrebte körperliche und möglichst lustvolle Vereinigung der Geschlechter, vollends zur Farce: In der Regel wirkt das Genital des dicken Mannes oder der dicken Frau im Verhältnis zur Leibesgesamtmasse derart unscheinbar, daß es, vom dünnen Partner übersehen, häufig das gleiche Schicksal erleidet wie die sprichwörtliche Nadel im Heuhaufen: entweder bleibt es unauffindbar, oder die Suche danach verlangt den Beteiligten zeitraubende und nervtötende Anstrengungen ab, über denen sie schließlich erschöpft in die Pfühle sinken und in den Schlaf flüchten.

Nach diesem Spaziergang durch das trübe Interieur des Suchtessers leuchtet es dem idealgewichtigen Leser sicher unmittelbar ein, daß der dicke Mensch, koste es, was es wolle, um seinen Krankheitsgewinn gebracht gehört, daß er nicht das geringste Quentchen Mitleid verdient, daß man sein dickes Fell, seine ledrige Schwarte durchtrennen und ihm mit einem scharfen Messer ordentlich tief in den Speck schneiden muß, um jenen fettbedrängten Muskel freizulegen, ohne den die Liebe und die mit ihr einhergehende Liebesgeschichte zum Stillstand verurteilt ist: kleines Herz in Not. Im nachhinein läßt sich sagen, daß die schöne Mareike gut daran tat, dem dicken Paul eine Verletzung zuzufügen; ihn mit einer Wunde zurückzulassen, die so weit klaffte, daß ihm der Rückweg in die Küche, poetischer ausgedrückt: in die Wonnen der Melancholie fortan versperrt blieb. Hätte es seinerzeit, so die kühne These, im Umfeld westdeutscher Tanzschulen, Lichtspielhäuser und Kühlschränke nicht eine, sondern Hunderte, ja Tausende begabter und sezierfreudiger Chirurginnen vom Schlage Mareikes gegeben, wäre es um das heutige, selbstzufrieden und tranig dahindümpelnde Liebesleben der Mittvierziger sicher besser bestellt, und Bücher, in denen sich Autoren die fetten Jahre der Republik aus der Seele schneiden, müßten demzufolge auch nicht geschrieben werden.

Apropos Bücher: Zwischen dem dramatischen Ende der Tanzstunde und dem Beginn der Großen Koalition waren es im wesentlichen drei Autoren, die den Rekonvaleszenten Mitte der Sechziger nachhaltig beeinflußten: Walter von Kamptz-Borken, Rainer Maria Rilke und Ulrich Klever. Herr von Kamptz-Borken hatte den bereits zitierten «Guten Ton von heute» verfaßt, mit dem Paul sich in die bürgerlichen Verkehrsformen einübte und aus dem er im Sinne einer Gebrauchsanleitung sein gesamtes Wissen über den zeitgemäßen Umgang mit Frauen bezog, während der elegische Herr Rilke das Herzleiden des armen Paul mit hohen und erhabenen Lyrismen unterfütterte, die vortrefflich mit der Vagheit seiner Empfindungen korrespondierten: ROSE; OH REINER WIDERSPRUCH; LUST, NIEMANDES SCHLAF ZU SEIN UNTER SOVIEL LIDERN. Ehe wir uns zu der Frage hinreißen lassen, was uns der unerträglich feinnervig-zartsinnige Prager Dekadent mit seinem parfümierten Grabspruch sagen wollte, ist es unumgänglich, die Aufmerksamkeit auf den Dritten im Bunde, Herrn Klever, zu lenken, der als ordinärer Kochbuchautor in Pauls Lesergunst durchaus – die Gemeinde möge die Blasphemie verzeihen – neben dem Dichtergott bestehen konnte. Ulrich Klever hatte nach Abklingen der ersten kollektiven Freßwelle die Zeichen der Zeit erkannt: die besinnungslose, im Dienst der Verdrängung stehende Nahrungszufuhr überforderte das Fassungsvermögen des deutschen Volkes bei weitem. Eine zähledrige, windhundschnelle und kruppstahlharte Rasse hatte sich binnen weniger Jahre in eine watschelnde, formlose, kurzatmige Masse infarktblau angelaufener Allesfresser verwandelt. Massivhölzerne Ehebetten zersplitterten unter der Last koitierender Gatten, im sozialen Wohnungsbau bogen sich die Balken und zersplitterten die Rigips-Wände unter der Last der Leiber, von den Fassaden der Villen lösten sich die Balkons und warfen sich mitsamt ihrer bräsigen Besatzung erleichtert in die Tiefe, ja selbst die legendären Volkswagen blieben zu Tausenden mit Achsbrüchen und verzogenem Chassis auf Bundes- und Landesstraßen liegen, und obwohl sich Paul mit seinem vergleichsweise bescheidenen, unter der Taille verankerten Rettungsring neben dem Doppel- bis Vierfachkinn Ludwig Erhards und anderer Normalverbraucher eines geradezu markanten Profils rühmen durfte, war er doch sehr froh, als der pfiffige Herr Klever mit seiner zwanzigseitigen, in einen grünen Plastikumschlag gehüllten Kalorientabelle auf den Markt drängte und sein Leben revolutionierte.

Im Zusammenhang mit der individuellen Reform der Ernährungsweise von einer Revolution zu sprechen, mag ein wenig vollmundig klingen, wenn aber das goldene Wort des verblichenen Schweizer Historikers Jacob Burckhardt zutrifft, wonach einer Revolution ein plötzliches, und wäre es auch ein nur dumpfes, Es-muß-anders-Werden vorausgeht, dann war der über die Kleverschen Kalorientabellen gebeugte Paul Ferner ein Revolutionär, ein unpolitischer, ein vorbewußter, meinetwegen auch ein dumpfer, aber zweifellos ein Revolutionär. Daß es anders werden mußte, daß *er* anders werden mußte, wenn er nicht ungeliebt ins Grab sinken wollte, nett aber fett, so Schön-Mareikes brutale Botschaft, hatte sich ihm eingebrannt wie das elfte Gebot: Der moderne Klassiker der Diätetik deckte Paul mit knappen, in Zahlen gefaßten Ausführungsbestimmungen ein, über deren Lektüre es ihm wie Schuppen von den Augen fiel.

Ich habe mich, seufzte er, bei einer Größe von einem Meter neunundsiebzig und einer Tonnage von hundertfünfundneunzig Pfund exakt achttausend Gramm vom Normalgewicht und sechzehntausendeinhundert Gramm vom Idealgewicht entfernt. Koche ich diese Masse auf hundertneunundsiebzig Pfund herunter, muß ich mich mit einer leidlich hübschen Brillenträgerin abfinden und werde Beamter im mittleren Dienst, gelingt es mir, den Ballast auf unter achtzig Kilo zu drücken, kehre ich auf der Siegerstraße zu meiner Mareike zurück und jage den Torhüter und alle Fußballspieler dieser Welt zum Teufel. Hält mein jetziges Breitenwachstum unvermindert an, gehe ich leer aus und werde grübeln und schlingen und nachts in mein Kopfkissen weinen bis ans Ende meiner Tage. Ich will nicht sterben. Ich will weder vom staubigen Fräulein Wesendonk noch vom mausgrauen Fräulein Weitemeyer erlöst werden. Ich liebe Mareike Wehrhahn. Neben meiner unerfüllten Liebe gehe ich einer vorwiegend sitzenden Tätigkeit nach, mein täglicher Grundumsatz beträgt fünfzehnhundert Kalorien, aber die mittägliche Pizza allein schlägt mit dreitausend Kalorien zu Buche, die Tafel Schokolade mit sechshundertfünfzig, die Currywurst mit vierhundert, die drei Zwiebäcke mit hundertzwanzig und das Stück Würfelzucker mit acht Kalorien. Wenn ich noch die drei Bananen, das Wurstbrot und den halben Liter Bier hinzurechne, müßte ich siebenmal wöchentlich sechzig Kilometer im Stechschritt durch den Taunus rasen, den Ärmelkanal in beiden Richtungen durchschwimmen oder regelmäßig den Mount Everest besteigen, um diesen Kalorienberg abzutragen. Es muß anders werden.

Als Paul acht Stunden später, flankiert von seinem lieben Bruder und seiner lieben Mutter, am Eßtisch saß und auf dem vor ihm stehenden Teller in gewohnter Weise ein reichhaltiges kontinentales Frühstück zusammenstellte, schien der umwälzende, am Studium der Kalorientabellen geschärfte Vorsatz über Nacht dahingeschmolzen zu sein wie der Schnee vom vergangenen Jahr: die aus Mehrfruchtmarmelade, Schleuderhonig, Rühreiern, rohem und gekochtem Schinken, vollfettem Streichkäse, sogenannter guter Butter und dreierlei Brotsorten bestehende Schwerstarbeiterration lachte ihm entgegen wie eh und je und wartete auf den prompten Umzug in den Verdauungstrakt. Das alles war Paul vertraut, so vertraut wie das gutmütig kauende Zwillingsgesicht seines Bruders und die schmalen, fürsorglichen, aus den Ärmeln der gestärkten Batistbluse hervorschnellenden Hände seiner Mutter, die ihm unaufgefordert die Zuckerdose und das Sahnekännchen zuschoben wie immer. Wie immer sagte Paul: Danke. Wie immer sagte seine Mutter: Bitte. Wie immer rührte er im Kaffee. Wie immer langte er hin wie ein Scheunendrescher. Aber als ihm an diesem Morgen nach dem ersten von mutmaßlich vielen Bissen die Butter, die gute Butter auf der Zunge zerging, schmeckte sie plötzlich bitter. Paul blickte überrascht auf, so als lausche er dem mißtönenden Nachhall einer unglaubwürdigen, zwischen Geschmackspapillen und Hirnstamm hin und her gehenden Botschaft. Indem er aufblickte, wurde er seines Zwillingsbruders gewahr, der ihn interesselos anstierte; in seinen sabbernden Mundwinkeln bewegten sich Brotrinden, Heubüschel und Kleeblüten langsam auf und ab, und während Paul seinen Blick von dem kuhäugigen, wiederkäuenden Weidetier abwandte, bemerkte er, daß sich der bittere Geschmack von der Zunge über den Gaumen auf den Rachen ausdehnte, er sah, daß die Mutter über einen kurzen, hakig gekrümmten fahlgelben Schnabel verfügte und die Ärmel der gestärkten Batistbluse in spitzen, gekrümmten Krallen endeten, die den appetitlich angerichteten rohen Schinken durchbohrten und dem niedlichen kleinen Sahnekännchen den Garaus machten: Die zwischen den Scherben aufspringende weiße Masse überschwemmte den Tisch, wälzte sich träge auf ihn zu, platschte auf seinen Schoß und verkleisterte seinen Unterleib. Paul wunderte sich über das Volumen des verwunschenen Sahnekännchens. Er schaute seiner Mutter in die lidlosen, habichtgrauen Augen und sagte: Das Mehl schmeckt bitter. Und die Mutter sagte: Wenn die Mäuse satt sind. Und Paul sagte: Du willst mich umbringen, Mutter. Und die Mutter sagte: Sei kein Suppenkasper, Junge. Und Paul sagte: Ich glaube, ich muß kotzen. Und die Mutter sagte: Nicht doch, Junge, auf den schönen Perser, aber da war er schon zur Tür hinaus und rannte anstandshalber zur Toilette, wo er sich mehrmals übergab, obwohl er an diesem Tag doch noch gar nichts gegessen hatte.

An diesem Tag oder einem anderen, sagt die Legende, sei hierzulande an vielen Tischen gekotzt worden, das große Kotzen der überfressenen Kinder habe am Beginn der Revolte gestanden, erzählt man sich heute bei Tisch, herrliche Zeiten seien das damals gewesen, endlich habe man sich erinnert, daß das Öffnen und Schließen des Mundes nicht nur der

Vernichtung von Nahrungsmitteln diene; manches sei zur Sprache gekommen, was beim Essen verschwiegen wurde, unter anderem die Vergangenheit, das Verbrechen, der Mord. Mit Marx- und Engelszungen, na, ihr wißt schon: die Jahre, die ihr kennt und so.

Aber Paul weiß hinterher von nichts. Die Kuh macht bim-bam und kehrt in den Stall zurück, der Vogel Greif dreht nach Norden ab, das Sahnekännchen wird gekittet, und nichts deutet darauf hin, daß Paul verrückt geworden sein könnte. Die Mutter heißt Siglinde, der Bruder Peter, Paul bleibt Paul und ernährt sich von Mineralwasser und Zwiebäkken. Der andauernde Verzehr von Zwieback kann von Menschen, die sich nichts aus Zwieback machen, als Geräuschbelästigung empfunden werden. Wenn die Backenzähne das trockene Gebäck zermalmen, knirscht es inner- und außerhalb des Kopfes eines solchen Zwiebackessers so laut, daß es den Zuhörern durch Mark und Bein geht. Morgens, mittags und abends erscheint Paul bei Tisch und ruft: Gegrüßt seist du, Mareike! Er stellt seine vier Zwiebäcke wie Dominosteine vor sich auf und verwandelt sie wie oben beschrieben in Paniermehl. Nach dem ersten sagt Paul: vierzig, nach dem zweiten: achtzig, nach dem zwölften und alltäglich letzten: vierhundertachtzig Kalorien. Zehn Tage und hundertzwanzig Zwiebäcke später wird es Peter zu bunt, und er stellt Paul zur Rede: Hör auf damit, du Idiot, herrscht er seinen Bruder an. Der küßt die Stirn des Diätkritikers, lächelt milde, blickt über die Schulter des Zwillings hinweg in die Ferne und sagt: Ich werde den

Gral schauen. Pauls drohende geistige Umnachtung vor Augen, kommen Siglinde und Peter überein, die Kalorientabelle zu verbrennen. Aber die hat Paul längst im Kopf, von A bis Z, von geräuchertem Aal bis zu gepökelter Zunge sind es gut und gern tausend Artikel, die ihm geläufig sind. Unverdrossen liest er den Familienangehörigen die inkorporierten Wärmeeinheiten von Gabeln und Lippen ab, liegt ihnen mit der Korrektur ihrer Eßgewohnheiten in den Ohren, verewigt die erhobenen Daten auf dem Küchenkalender, bilanziert wöchentlich alle Überschüsse und oralen Exzesse seiner Lieben und mahnt zu Mäßigung und Verzicht. Die Kleinfamilie ist nicht nur die Keimzelle des Staates: Zählebig wie eine Katze und strapazierfähig wie ein Fußabtreter gemeindet sie alles ein, zur Not auch Zwiebäcke und Zwangsneurotiker. Solange alles in der Familie bleibt, Pauls Zählwut sich lediglich gegen ihn selbst und sein eigen Fleisch und Blut richtet, nehmen seine Zellennachbarn das absonderliche Austeritätsprogramm klaglos hin, was ihnen um so leichter fällt, je häufiger sie den Umerzieher mit seinen Zwiebäcken allein lassen und im Schutz des Goldenen Löwen, eines am Stadtrand gelegenen Restaurants, nachholen, was ihnen daheim madig gemacht wird: das gutbürgerliche Essen.

Vier Wochen nach dem tierischen Tagtraum stellt der diätetische Proselytenmacher die Familie auf eine Geduldsprobe, der sie sich nicht gewachsen zeigt. Weil Paul bei der Abfassung von Besinnungsaufsätzen überdurchschnittliche Leistungen erbracht hat, wird ihm die Ehre zuteil, die diesjährige

Abiturientenrede zu halten. Der Schülerchor, ein aus brav gescheitelten Jünglingen bestehender Klangkörper, wird von Cäsar Wannegatt, dem zuständigen Musikpädagogen, mehr schlecht als recht durch Beethovens Hymne an die Freude geboxt – dirigiert wäre zuviel gesagt; Theoderich von Schmeling, Volljurist und Altphilologe, verbreitet sich anschließend zu dem Thema: Heinrich von Kleists Marquise von O. im Lichte des deutschen Sexualstrafrechts, und nachdem Lutz Müller, ein unglücklich dreinblickender, weil stimmbrüchiger Quartaner, das den modernen Materialismus geißelnde Gedicht von Theodor Storm aufgesagt hat, welches mit der unvergänglichen Zeile beginnt: «Wenn der Pöbel aller Sorte tanzet um die gold'nen Kälber...», taucht endlich Paul Ferner zwischen den Lorbeerbäumchen auf, tritt ans Rednerpult und verteidigt unter Hinzuziehung von Schillers Aufsatz «Über den Grund des Vergnügens an tragischen Gegenständen» den Beruf des Künstlers gegen die Fesselung an das moralisch Gute: Man glaubt ihnen, zitiert Paul, einen großen Dienst zu erweisen, indem man ihnen, anstatt des frivolen Zwecks, zu ergötzen, einen moralischen unterschiebt...

Paul trifft den richtigen Ton, er macht seine Sache gut, seine Mutter ist stolz auf ihn, das Lehrerkollegium verströmt Wohlwollen, und die dienstverpflichtete Schülerschaft dämmert gelangweilt dem Ende der Kundgebung entgegen, wie all die Jahre zuvor. Nach Abschluß des akademischen Teils dankt Paul den versammelten Erziehern für ihren selbstlosen fachlichen Einsatz, spricht liebevoll ihre kleinen menschlichen Schwächen an, reiht ihre Spleens, Marotten und Eigenheiten anekdotisch aneinander und krönt seine Ausführungen mit einer persönlich gehaltenen Einlassung: Bevor wir nun von Ihnen, hochverehrter Herr Direktor, geschätzte Damen und Herren, halb bangend, halb hoffend in das Leben entlassen werden, auf das Sie uns gütigerweise vorbereitet haben, erlaube ich mir, Ihnen das Ergebnis einer Beobachtung mitzuteilen, welche mich mit großer Sorge erfüllt und mich am gedeihlichen Fortbestand dieses Hortes, um nicht zu sagen: dieser Brutstätte des deutschen Geistes zweifeln läßt. Weil aber die Sorge so groß und der Zweifel ganz erheblich ist, möchte ich nicht um den heißen Brei herumreden und versteige mich zu der Behauptung: Sie alle, wie Sie da sitzen, meine Herrschaften, sind durch die Bank zu fett. Der Lehrkörper dieser Anstalt ist extrem aufgebläht und frißt sich in den großen und kleinen Pausen systematisch um das, was er uns einzutrichtern versucht: den Verstand. Schwerbekömmliche, zuhauf mitgeführte Hasenbrote, Napfkuchen und Fleischsalate verstopfen die Ganglien unserer Vordenker; ihr humanes Fühlen und Wollen droht im Hagel ungesättigter Fettsäuren zu ersterben. Sie, Herr Direktor, und Ihr Stellvertreter, um nur die schlimmsten Beispiele zu nennen, haben allein im abgelaufenen Schulhalbjahr zehn Kilo zugelegt und werden nach meinen vorsichtigen Schätzungen mit Hilfe Ihrer mastkundigen Gattinnen noch vor der nächsten Zeugniskonferenz die Dreizentnermarke passieren. Sie, Fräulein Dr. Tinappel, und Ihre unverheirateten, von einer Tortenschlacht zur anderen eilenden Kolleginnen bringen mit Ihrem unstillbaren Verlangen nach italienischen Eisbomben und biskuitunterfütterten Zitronenrollen über kurz oder lang die deutsche Miederwarenindustrie in Verlegenheit. Triumph krönt die Figur? Belügen Sie sich nicht länger! Sie haben doch längst keine mehr. Aber ich versichere Ihnen allen, die Sie in den süßen Brei gefallen sind, aus tiefstem Herzen und eigenem Erleben: Es ist nicht zu spät, es ist nie zu spät für die Umkehr. Glaube, Liebe, Hoffnung, diese drei, aber am Anfang aller Liebe stehet die Nulldiät…

Pauls Aufklärungskampagne endet in einem historisch verfrühten antiautoritären Tumult: Die aufgelöste Unter- und Mittelstufe geht lachend und kreischend über Tisch und Bänke; der Schülerchor stimmt spontan einen Gassenhauer an, unter dem die Täfelung der altehrwürdigen Aula erbebt: Ach sag doch nicht immer wieder Dicker zu mir, täglich eine rote Rübe, und das alles dir zuliebe…; der schweißüberströmte Institutsleiter schwört die Vertreter der Lokalpresse auf striktes Stillschweigen ein; Assessor Manske zerrt Paul am Fertigbinder vom Rednerpult und weissagt ihm die Aberkennung der Hochschulreife, das Eheweib des Pedells öffnet das Korsett des kalkweiß darniederliegenden Fräulein Tinappel und tupft ihre Schläfen mit Klosterfrau Melissengeist ab, Siglinde Ferner erstarrt inmitten des Tohuwabohus zur Salzsäule und schämt sich der Frucht ihres Leibes: Womit habe ich das verdient? fragt sie sich händeringend. Wie konnte er mir das antun? Was sollen die Leute von uns denken? Diese Schande überlebe ich nicht.

Aber nichts wird, um im Bild zu bleiben, so heiß gegessen wie gekocht: An der Schande allein ist noch niemand gestorben, auch die Witwe Ferner nicht. Die unabhängige Presse schweigt die Provinzposse tot, die Zeit heilt alle Wunden. Ruhig sitzen, nichts tun. Der Frühling kommt, und das Gras wächst von selbst. Übers Jahr geschieht ein kleines Wunder. Das reanimierte Fräulein Tinappel wird von einem zugereisten anatolischen Amateurringer namens Mesut Nüsügyn – er ist hauptberuflich bei der Rüsselsheimer Adam Opel AG in der Endmontage tätig – über die Schwelle ihres Vaterhauses gewuchtet und, den Fernerschen Unkenrufen zum Trotz, von Herzen geliebt und nach Strich und Faden glücklich gemacht. Auch der zweite Teil der Prophezeiung geht nicht in Erfüllung: Dr. phil. Leo Mazoschke, der ballonförmige Schulleiter, schwillt zwar weiter an, aber er platzt nicht. Das Gegenteil ist der Fall. Er steigt, mit künstlichen Herzkranzgefäßen und dem richtigen Parteibuch versehen, in der Kultusbehörde bis zum Ministerialdirigenten auf, ehe ihn nach vielen Jahren des wohlverdienten Ruhestands in einem Wiesbadener Massagesalon unter den Peitschenhieben einer strengen Erzieherin der erlösende Schlag trifft. Und die anderen? Mutter Siglinde, in wichtiger Position in der Baustoffbranche, rüstete den Betrieb per Prokura auf die Herstellung und den Vertrieb von Flüssigbeton um, kommandiert bis zum heutigen Tag eine aus vierzig Fahrzeugen bestehende Lkw-Flotte und läßt zur Zeit die Reste einer ehemaligen Arbeiter-und-Bauernrepublik versiegeln. Bruder Peter, seit Kindesbeinen ein begnadeter Bastler,

Tüftler und Modellbauer, fällt nicht weit vom Stamm, rückt als Offiziersanwärter zur Bundesluftwaffe ein, heiratet in Heide/Holstein die Tochter des Standortältesten, zeugt Zwillinge, pflanzt Eichen, fährt einen gebrauchten Jaguar und fliegt im Laufe seiner fünfundzwanzigjährigen Dienstzeit zwei Helikopter und drei Starfighter zu Bruch, ohne Schaden zu nehmen. Und Paul? Was macht der Prediger Paul aus seinem Leben? Er bleibt im Besitz seiner Hochschulreife, erreicht und hält sein Idealgewicht, löst sich nach überaus frostig verlaufenden Waffenstillstandsverhandlungen in beiderseitigem Einvernehmen aus der mütterlichen Umarmung und siedelt zu Beginn des Wintersemesters 1964/65 mit dem Nahverkehrszug von Bad Homburg vor der Höhe nach Frankfurt am Main über: ein trauriges Kapitel neigt sich dem Ende zu.

4

Die Sonne betritt ihre güldene Bahn. Der Computer summt sein eintöniges Lied. Der Kaffee ist schon lange kalt, und mir fallen gleich die Augen zu. Sich einzureden, daß Schulz im Grunde ein ganz armer Hund ist, der dem Leben anderer Leute hinterherhechelt, weil er den Leser mit jeder abgesonderten Zeile von seinem eigenen jämmerlichen Skribentendasein abzulenken sucht, macht seine Ausfälle nicht erträglicher. Daß er mich zu einem Idioten der Liebe stempelt, muß ich ihm nach unserem Deal wohl oder übel durchgehen lassen, und wenngleich es ja nicht ich war, der sich seinem Verleger als leichtverdauliche Schaumspeise angedient hat, kann ich ihm seinen Ärger über meine eher schwerfällig geratenen frühen Tanz- und Verführungskünste noch nicht einmal verdenken. Aber wie er mit meinen nächsten Angehörigen, mit meinen Erziehern und den jungen Frauen umspringt, für die ich damals entbrannte, das geht mir entschieden zu weit und stellt einen unzulässigen Eingriff in meine Intimsphäre dar. Wenn ich zulasse, daß er mit den Ausgeburten seiner deformierten Phantasie auf dem

Buchmarkt hausieren geht, brauche ich mich in Bad Homburg und im angrenzenden Hochtaunuskreis nicht mehr blicken zu lassen. Die entstellten, zu holzschnittartigen Karikaturen verkommenen Bürger und Honoratioren – an die Reaktion meiner armen, durch den Kakao und die kalte Küche gezogenen Mutter wage ich gar nicht zu denken – würden mich vor die Tore des properen Städtchens schleppen und wahrscheinlich vierteilen oder steinigen, und ich könnte es ihnen noch nicht einmal übelnehmen.

Hier ist eine Gegendarstellung fällig, in der die in seiner Seifenoper kaltschnäuzig kassierten Zwischentöne meines frühen Liebeslebens zur Sprache kommen werden. Mareike hat mich nämlich mitnichten wegen irgendeines popeligen hinterwäldlerischen Fußballers abblitzen lassen, sondern nach sorgfältiger Güterabwägung einem jungen Naturwissenschaftler namens Joachim den Vorzug gegeben, der es im Bundeswettbewerb «Jugend forscht» immerhin bis zur hessischen Meisterschaft brachte und heute in Tübingen einen Lehrstuhl für theoretische Physik innehat: ein bequemes und tragfähiges Möbel, um das ich ihn nicht beneide, das ich ihr aber niemals hätte bieten können. Nachdem ihre beiden Kinder aus dem Haus sind, hat Joachim ihr an der Südseite der auf den Höhen der Schwäbischen Alb gelegenen Villa einen Wintergarten eingerichtet, in dem sie Rosen züchtet, die auch im Winter blühen. Ich weiß das, weil sie mir manchmal schreibt, und manchmal schreibt sie mir, daß sie sich meiner gern erinnert und daß sie sich hin und wieder ein bißchen langweilt. Ich möchte sie nicht wiedersehen. Gram bin ich ihr nicht. Wie könnte ich auch. Ich habe nie aufgehört, sie zu lieben. Aber ich fürchte um den Verlust des Bildes, das ich von ihr habe. Sie ist in mir eingeschlossen wie der Bräutigam im Bergwerk von Falun, und da ich nicht weiß, ob das Mädchen die Gegenüberstellung mit der Frau überleben würde, weiche ich der Begegnung aus.

Wir waren eine kleine Schar, heute würde man sagen, eine Clique von Jungen und Mädchen, die sich unverabredet und wie zufällig an allen Wochentagen nach der Schule im Eiscafé «Dolomiti» hinter dem Rathaus trafen. Die verschiedenen, dissonanten, zwischen Besitzgier, Versagensangst und Ritterlichkeit schwankenden Gemengelagen, das Inferno der Gefühle, das die Mädchen inner- und außerhalb der Eisdiele in mir schürten, dies alles fügte sich in einen harmonischen Zusammenklang, wurde zugunsten von Mareike aufgelöst, und zwar an jenem Nachmittag, an dem Adriano Celentanos «Una festa sui prati» verklungen war und wir feststellen mußten, daß uns das Geld für die Jukebox wieder einmal ausgegangen war und jemand auf die verrückte Idee kam, ersatzweise «Ringlein, Ringlein, du mußt wandern» zu spielen. Natürlich war dieser Vorschlag mit der Würde unseres Alters unvereinbar, aber nachdem sich alle darauf verständigt hatten, daß dieses Spiel noch kindischer sei als die Reise nach Jerusalem, ging der Ring ganz ungestört auf die Wanderschaft.

Zwischen zwei Realschülerinnen sitzend, die eigentlich nicht dazugehörten, aber gnadenhalber zur Bereicherung des Spiels hinzugezogen wurden, hielt ich meine Blicke neidvoll auf Joachim gerichtet, der es verstanden hatte, sich in Mareikes Nachbarschaft niederzulassen, denn ich sagte mir, daß ich an seiner Stelle in jenen unverhofften Minuten Mareikes Hände hätte berühren können; Sekunden, die jetzt ungenutzt verstrichen und nie mehr wiederkehrten, obwohl sie mich vielleicht bei ihr bedeutend weitergebracht haben würden. Aber auch ohne diese Hochrechnung, ohne die wünschenswerten und möglicherweise sich daraus ergebenden Folgen wäre mir der reine, einmalige Augenblick der Berührung dieser Hände ganz wunderbar und erfüllend erschienen. Mag sein, daß es Mädchenhände gab, die schlanker und feingliedriger waren, aber von Mareikes schmalen, kraftvollen Händen ging ein sanfter Widerstand gegen die umschließende Hand aus, der eine ganz besondere Empfindung vermittelte. Ihr Händedruck verströmte eine sinnliche Süße, die sich auf den hellbraunen, ins Melangefarbene spielenden Hautton ihres Gesichts ausdehnte; der Gegendruck dieser Hände schien ebenso einen Pfad in ihr Inneres zu öffnen wie die Fülle ihres Lachens, das an den Rändern ein wenig unanständig klang wie das Gurren der Tauben oder die kleinen, plötzlich aus einem spaltweit geöffneten Fenster aufsteigenden, auf halbem Wege unterdrückten Schreie, die den unbeteiligten Passanten aufhorchen lassen, weil er nicht weiß, ob er sie dem Schmerz, der Lust oder beidem zuordnen soll. Mareike gehörte gewiß zu den Mädchen, die Marcel Proust zu der Feststellung veranlaßten, daß man der Kulturentwicklung dankbar sein müsse, weil sie das Shakehands zu einem erlaubten Akt der Begegnung zwischen jungen Männern und Mädchen gemacht habe.

Ich weiß es, der naßforsche, kodderschnäuzige Schulz weiß es auch: Meine Eisdiele lag nicht im Schatten junger Mädchenblüte, meiner bescheidenen Suche nach der verlorenen Zeit würde die Verbeugung vor dem historischen Formenreichtum der Geschlechterbegegnung zur unfreiwilligen Komik geraten. Dennoch scheue ich vor der Überhöhung dieser halb phantasierten, halb erinnerten Berührung nicht zurück, weil ich bei der Vorstellung, ich könnte als ihr Spielkamerad ihre Hände halten, mehr im Sinn hatte als die zeitweilige Besetzung der Innenfläche ihrer Hände: Alle Geständnisse, Erklärungen, Beschwörungen, die ich in meiner verklemmten Brust festgezurrt und archiviert hatte, hätte ich einem simplen Händedruck anvertrauen können, und wie leicht wäre es Mareike gefallen, mir durch die Erwiderung dieses Drucks zu signalisieren, daß sie mich verstanden habe; welch geheimes Einvernehmen hätte das begründet, wie hätten sie sich geöffnet, die Schleusen, hinter denen das Meer der nichtsprachlichen Verständigung liegt. Schulz läßt ja nichts unversucht, mich bei meinen ersten Gehversuchen auf dem immergrünen Feld der Liebe als absoluten Versager hinzustellen, dick, dumm, faul und kontaktarm stolpere ich durch seine Version meiner Biographie; dabei kann ich ohne Übertreibung sagen, daß ich immer jede Menge gutaussehender Freundinnen hatte, die mir sehr zugetan waren, die mir ihr Herz ausschütteten, die meine Nähe suchten, die bereit waren, sich mit mir zu jeder

Tages- und Nachtzeit zu verabreden, und von denen es der einen und anderen sogar gefiel, mich erst im Morgengrauen mit den zärtlichsten Worten zu verabschieden: Es war schön mit dir, du bist so verständnisvoll und klug, und man kann sich mit dir so gut über alles unterhalten. Daran war wirklich nichts auszusetzen, denn was kann für einen jungen Mann auf Erden schöner sein, als von einer schönen jungen Frau mit schönen Worten in einen schönen silberhellen Morgen entlassen zu werden? Es war schön mit dir.

Ein wenig stutzig wurde ich allerdings, als ich im Verlauf von mehreren hundert solcher nächtlicher Rendezvous herausfand, daß unsere guten Unterhaltungen nicht selten junge Männer zum Gegenstand hatten, die weder verständnisvoll noch klug waren und mit denen nach Auskunft meiner jeweiligen Gesprächspartnerinnen auch kein einziges vernünftiges Wort zu wechseln war. Zu dem Zeitpunkt, als ich mit meiner Clique im Eiscafé saß und wir das Ringlein kreisen ließen, hatte sich die Vermutung bereits zum Dogma verfestigt: Frauen ordnen die männliche Hälfte der Menschheit in zwei Güteklassen ein – taubstumme Männer, die man liebt, und freundliche Männer, mit denen man über alles reden kann. Mann oder Kummerkasten. Liebe oder Therapie.

Da ich mir von Mareike in dieser Ausnahmesituation die schnelle Versetzung von der zweiten in die erste Klasse erhoffte – das Gefühl, daß diese Minuten nicht von Dauer sein könnten, sondern mit diesem kleinen Spiel zu Ende gingen, und daß es zu spät sei, sobald wir damit aufhörten, steigerte sich in einem lautlosen Countdown –, verließ ich den mir zugefallenen Platz zwischen den kichernden Realschülerinnen, die in der Erregung des Spiels rosig erglühten. Den Ring, einen silbernen Delphin, der sich in die eigene Schwanzflosse biß, ließ ich mir absichtlich fortnehmen, und als ich in der Mitte stand und ihn vorbeilaufen sah, tat ich, als ob ich ihn nicht bemerkte, folgte ihm aber mit den Blicken bis zu dem Augenblick, da er in die Hände von Mareikes Nachbar Joachim gelangt war. Da sprang ich ihn so heftig an, daß er von seinem Stuhl zu kippen drohte, bog ihm unter Mißachtung seines Protestgeschreis brutal die Finger auseinander, brachte den Ring in meinen Besitz, schubste Joachim auf meinen Platz in der Mitte des Kreises und ließ mich erleichtert auf seinen Stuhl an ihrer Seite fallen.

Die Souveränität des Siegers hielt keine zehn Sekunden vor. Eben noch hatte ich den verfluchten Joachim beneidet, der, ganz aufgeregt und ohne mit der Wimper zu zucken, mit seinen leicht über die Schnur gleitenden Pfoten Mareikes zarte Hände berührte; jetzt, da die Reihe an mir war, spürte ich, zu benebelt, um den Kontakt zu suchen, und zu ergriffen, um ihn zu genießen, nichts als meinen Herzschlag – peitschenartige Hiebe, die aus der Brust aufstiegen und unüberhörbar laut durch die Halsschlagader zischten. Während ich noch mit der Stabilisierung meines Kreislaufs beschäftigt war, beugte Mareike sich mit einverständiger Miene zu mir vor und tat so, als halte sie den Ring, um den suchenden Joachim zu täuschen und zu verhindern, daß er nach der Seite schaute, wohin sie ihn gerade schob. Ich nahm an, daß sich das Verschwörerische in ihrem Blick auf dieses Ablenkungsmanöver bezog, aber mein aus dem Takt geratenes Herz begann vollends zu flimmern, als ich in ihren Augen das zu Spielzwecken vorgetäuschte Bild eines Bündnisses, einer stummen Übereinkunft sah, die zwischen ihr und mir nie wirklich bestanden hatte, mir aber nun in einem Licht erschien, demgegenüber die Sonne schlagartig zur Tranfunzel verblaßte. Von diesem Gedanken überwältigt und durchflutet, fühlte ich den leichten Druck ihrer Hand auf meiner, ihren scheinbar streichelnden Finger, der unter den meinen glitt, und im verklärten Aufschauen bemerkte ich, daß sie mir, um mein Glück vollkommen zu machen, ganz heftig und langanhaltend zuzwinkerte. Bei Gott und allen Heiligen, oder so ähnlich dachte ich, sie spielt dieses alberne Spiel ja nur mit, um mir zu zeigen, daß sie mich liebt und schon immer geliebt hat, dachte ich weiter und stürmte den windigen Gipfel der Gewißheit, von dem Mareike mich sogleich wieder wegscheuchte, indem sie mich genervt anzischte: Menschenskind, mir fällt gleich der Arm ab; wie lange soll ich dir das Ding eigentlich noch hinhalten?

Bei meinem Rücksturz in die Niederungen, aus denen ich kam, ließ ich vor Kummer die Schnur los, der quicke Joachim streckte seine Klauen nach dem Ring aus, das Gelächter der dämlichen Mittelschülerinnen durchbohrte meine Ohren, und als ich, zurück in die Mitte der Arena getrieben, von wo aus ich Mareike waidwunde Blicke zuwarf, das Erdgeschoß erreicht zu haben glaubte, mußte ich erfahren, daß es

Häuser gibt, in denen die Architektinnen unterhalb des Kellers noch eine Tiefgarage angelegt haben: Ich mag es nicht, wenn du mich so treudoof anguckst wie ein Schäferhund sein Frauchen.

Ich wollte Mareike entgegenbrüllen, daß ein verfluchter deutscher Schäferhund noch immer braune und keine blauen Augen habe und daß sie, Mareike, für mich auch kein Frauchen sei, sondern eine eingebildete Zicke, die mit ihrem schnellen Joachim schleunigst weitere Zicken zeugen und zur Welt bringen solle, aber da ich wußte, daß sie recht hatte, daß ich ihr wirklich in hündischer Ergebenheit entgegengekrochen war und in der Klasse der wortkargen männlichen Männer noch lange nichts verloren hatte, griff ich voller Dankbarkeit das Zitat eines verblichenen Franzosen auf, der auch ein Dichter war, aber mit dem primitiven Zeilenschinder Schulz weder identisch noch verwandt ist: Wir sind nur zwei Schritte von der Großstadt entfernt, die Sie so gern sehen wollten. Wissen Sie was, ich werde Sie auf dem direkten Weg in diese Metropole begleiten, während die törichten Jungfrauen hier weiterspielen, als ob sie Kinder wären.

5

Jesus kam nur bis Eboli, Casanova bis Dux. Und Ferner zu einem warmen Händedruck. Da ich seine Verführungskünste aufgrund ihres völligen Versagens in der Jugend bislang nicht hinreichend würdigen konnte, erinnert er mich nun daran, daß *er* der Frauenkenner sei und ich sein Liebediener Leporello. Also, meinetwegen. Ich werde nur noch aufschreiben, was ich sehe, und mich nach Möglichkeit aller wertenden Kommentare enthalten, Ihro Gnaden. Zusätzlich habe ich ab sofort auch ständig zu bedenken, daß Ferner ungeheuer sensibel ist und behandelt werden will wie ein rohes Ei.

Nach meinen ersten vorsichtigen Beobachtungen wage ich zu behaupten, daß die Halle des Frankfurter Hauptbahnhofs sehr groß ist und fünfundzwanzig Gleise überspannt. Dagegen läßt sich hoffentlich nichts sagen. Die Arme des Neubürgers ziehen sich in die Länge, weil die Koffer so schwer sind. Die Koffer sind vermutlich so schwer, weil sie alles enthalten, was ein junger Mann von Welt braucht, um im Lebenskampf nicht nur zu obsiegen, sondern auch stets eine gute Figur zu machen: zwei Dutzend Stofftaschentücher, sechs Garnituren doppelgerippter Herrenunterwäsche, sechs Diolenoberhemden mit der schwarzen Rose, vier Frotteehandtücher, acht Paar Socken, drei Paar Gabardinehosen, drei Hosenspanner, drei Kleiderbügel, ein Reisenecessaire, eine Kleiderbürste, eine Dose Schuhcreme, eine Tube Zahnpasta, einen Übergangsmantel, einen Bademantel, einen Regenmantel, einen Dufflecoat, einen Nierenwärmer, ein Staubtuch, eine luftgetrocknete Mettwurst, ein Päckchen Hansaplast, eine Tüte Em-Eu-kal, eine Kulturgeschichte der Neuzeit, ein Buch vom mönchischen Leben, ein Transistorradio, einen Satz frankierter Rückumschläge und weitere Gegenstände des täglichen Bedarfs, deren komplette Inventarisierung ich mir jedoch wegen akuter Raum- und Atemnot erspare. Des weiteren verzichte ich nach Inaugenscheinnahme des Kofferinhalts aus den eingangs genannten Gründen darauf, die gelungene Abnabelung des Reisenden von seiner liebwerten Mutter und seiner Homburger Vergangenheit ernstlich in Zweifel zu ziehen.

In Bad Homburg heißt es, daß Frankfurt ein ganz übles Pflaster sei. Es wimmele dort von Negern, Japanern, Trickdieben, Straßenräubern, Halsabschneidern, Kredithaien, Homosexuellen, Zuhältern und gefallenen Mädchen. Die Begegnung mit einem Mädchen, es dürfte ruhig auch ein gefallenes sein, käme Paul ganz gelegen, was ich daraus schließe, daß in Pauls linker Socke ein Präservativ steckt, das wohl nicht mehr in den Koffer paßte, als ihm seine Mutter beim Packen zur Hand ging, aber wenngleich Paul sich auf dem Bahnhofsvorplatz dreißig Minuten lang die Beine in den Bauch steht, wird er weder von einem gefallenen noch von einem aufrechten Mädchen belästigt, sondern lediglich von einem sprachbehinderten jungen Mann. Der hat, wenn Paul das Genuschel richtig versteht, seine Fahrkarte verloren, seit gestern nichts mehr gegessen, dafür aber einiges getrunken, und muß unbedingt nach Großostheim, wo sein über alles geliebter Vater im Sterben liegt. Paul nutzt die Gunst der Stunde, springt mit seiner kleinen Reisetasche in die Straßenbahn, und ehe noch der Stotterer die erste Silbe seiner Danksagung über die Lippen bringen kann, haben die belastenden Gepäckstücke ihren Besitzer gewechselt.

Im Studentenwohnheim wird Paul vom Hausmeister begrüßt, einem bärbeißigen Menschen, der ihn auffordert, die Hausordnung auswendig zu lernen, das Meldeformular abzugeben und nach zwanzig Uhr keinen Damenbesuch zu empfangen. Paul beteuert wahrheitsgemäß, daß er weder vor noch nach zwanzig Uhr mit Damenbesuch rechne, der Hausmeister äußert die Vermutung, daß sich das erfahrungsgemäß schnell ändere. Paul sagt: Ihr Wort in Gottes Ohr, der Hausmeister sagt: Kommen Sie mir nicht jetzt schon blöd, Sie Schnösel, und schiebt ihm die Schlüssel über den Tresen: Zimmer dreizehnfuffzig. Duschen am Ende des Gangs zwischen sieben und siebzehn Uhr. Keine Haustiere. Keine Zimmerpflanzen. Kein Remmidemmi. Keine brennenden Kippen in den Müllschlucker. Und montags Kehrdienst. Sonst rücke ich Ihnen auf die Bude. Noch irgendwelche Fragen? Keine Fragen, Herr Hauptfeldwebel.

Acht Quadratmeter. Hundert Mark kalt. Paul steht im dreizehnten Stockwerk am Fenster. Die Fallwinde aus dem Taunus reißen den Nebelvorhang vom Himmel. Über dem Rheingau kreist eine Lufthansa-Maschine: Rüdesheim Holding. Hinter ihm liegt Bad Homburg, vor ihm Frankfurt. Frankfurt gefällt ihm ganz gut. Mit jedem Blick aus dem Fenster gefällt ihm Frankfurt besser. Das Schönste an Frankfurt ist, daß es keine Vergangenheit hat. Paul ist froh, daß in Frankfurt alle an der Zukunft und nicht an der Vergangenheit interessiert sind, daß die Wahrscheinlichkeit, in Frankfurt auf die Vergangenheit angesprochen zu werden, sehr gering ist. Es müßte schon mit dem Teufel zugehen, wenn hier jemand auf ihn zukäme und ausriefe: Ja ist es denn die Möglichkeit, Paul Ferner! Was machst du denn hier. Laß dich doch mal anschauen, alter Junge! Ich hatte dich irgendwie viel fetter in Erinnerung. Mensch, das ist ja schon eine Ewigkeit her! Warst du damals nicht ganz verrückt nach dieser, ich komme ums Verrecken nicht auf den Namen, warte mal: Ulrike, Marlene, ist ja auch egal, irgendwas mit Ma jedenfalls. Meine Fresse, die hat dir ja damals im «Dolomiti» ein Ding verpaßt, das war nicht von schlechten Eltern. Steckt die eigentlich immer noch mit diesem Fußballer zusammen? Erzähl doch mal...

Das würde Paul nicht tun. Statt dessen würde Paul diesem klebrigen Provinzler die Zähne in den Hals schlagen, ihn zumindest gehörig abblitzen lassen: Ich wüßte nicht, in welcher Bierschwemme wir schon mal Brüderschaft getrunken haben sollten, Sie Prolet. So oder ähnlich würde er reagieren, wenn sich, womit Gott sei Dank nicht zu rechnen war, wirklich jemand erdreisten sollte, ihn mit den alten Geschichten zu behelligen. Vorbei ist vorbei. Das tut überhaupt nicht mehr weh. Das tut immer weniger weh. Das hat keine Spuren hinterlassen. Das schmerzliche Ereignis hat, je länger Paul sich einschärft, darüber nicht mehr nachdenken zu wollen, eigentlich nie stattgefunden.

In Frankfurt, aus dem dreizehnten Stockwerk des Studentenwohnheims betrachtet, sind die Menschen wohltuend klein. Ginge die Vergangenheit, ginge die vergangene Liebe in Gestalt Mareikes zufällig unten vorbei, wäre sie mittlerweile sicher ebenso klein und unbedeutend wie all die anderen Menschen auch. Im Herbst des Jahres 1964 steht Paul häufig bereits in aller Frühe am Fenster und erwartet den Aufgang der Sonne. Transparenter und größer als von unten gesehen schwebt sie über der Wetterau empor, wirft ihre ersten Strahlen auf den entrückten Studienanfänger, spiegelt sich in ihrer erhabenen Schönheit zuallererst in seinen blauen Augen wider, während es zu ebener Erde, im Parterre, in Frankfurt, in Hessen, ja vermutlich in ganz Deutschland, noch lange stockduster ist. Unter Sonneneinfluß, unter optimalen Witterungsbedingungen, wird derjenige, der das Große erblickt und dem Gewimmel entsagt, selber groß und läßt sein Licht leuchten in der Finsternis, ja, ich finde, daß eine solche Aussicht von einem hohen Berge außerordentlich viel zur Erweiterung der Begriffe beiträgt: so summiert Paul seine im dreizehnten Stock des Studentenwohnheims gewonnenen Eindrücke. Die Tatsache, daß es nicht Paul Ferner, sondern der junge Arthur Schopenhauer ist, den es am 3. Juno des Jahres 1804 auf einer Anhöhe namens Pilatus drängt, seinem Reisetagebuch diese erhebende Sicht der Dinge anzuvertrauen, schmälert Pauls tiefempfundene Teilhabe am Höhen- und Erkenntnisrausch des philosophischen Düsterlings nur unwesentlich. Dem autodidaktischen Studium dieser und anderer Weltanschauungspartikel ergeben, verbringt er, umstellt von Zwieback- und Magermilchvorräten, den nachfolgenden Winter ohne nennenswerte Außenkontakte, mal wachend, mal schlummernd, mal knabbernd, am Schreibtisch seiner Kemenate. In unregelmäßigen Abständen zieht er ein schwarzledernes Notizbuch mit Goldschnitt aus der Innentasche seiner bügelfreien Kunstfaserjacke und kopiert die großen Gedanken, die sich die europäischen Geistesfürsten über Gott, die Welt und das Menschengeschlecht gemacht haben. Mit ihnen beklagt Paul den ausbrechenden Massentourismus, den Verlust der Mitte, das Ende der Lesekultur, die Diktatur der Halbbildung sowie die «Entbergung» und «Geworfenheit» des vereinzelten Einzelnen in der nivellierten Mittelstandsgesellschaft.

Ungeborgen, geworfen und extrem vereinzelt, von Eisdielenbesucherinnen verhöhnt, von Tanzschulabsolventinnen zurückgewiesen, von Petticoatträgerinnen übersehen, dürstet es Paul Ferner fernab gemeiner Belustigungen nach ewigen Wahrheiten. Deren Haltbarkeit und Qualität mißt er an ihrer Kürze: Wahrheiten, die mehr als einen Satz in seinem Notizbuch beanspruchen, traut er nicht über den Weg und verwirft sie als unwesentlich. Pauls Hitliste ewiger Wahrheiten wird von Blaise Pascal angeführt, einem im 17. Jahrhundert verstorbenen französischen Klosterinsassen, der herausgefunden hat, daß das Unglück der Gattung aus der Unfähigkeit erwächst, das Leben in den eigenen vier Wänden zu verbringen – in zeitgemäßer Übersetzung: nach Feierabend fällt dem gottlosen Menschen die Decke auf den Kopf; er flieht sein Heim, rennt ins Kino, besäuft sich, geht fremd, sieht fern, und statt ein gutes Buch zu lesen, verstrickt er sich tagaus, tagein in profane Liebes- und Raufhändel.

Die Menschen in den Tälern sind beschränkt, und Paul thront auf dem Bücherberg. Er erweitert täglich seinen Wortschatz, er hortet Zitate, tunkt Trockengebäck in teilentrahmte Flüssigkeiten, schlendert durch die Universitätsbibliothek, macht Kniebeugen, schaut aus dem Fenster und erhofft den Untergang des Abendlandes. Ob die Studienstiftung des deutschen Volkes e. V. mit dem Tagesablauf ihres weltfremden Stipendiaten einverstanden ist, sei dahingestellt; ob er ernsthaft annimmt, auf dem Weg der intellektuellen Kleinkriminalität einen akademischen Grad erringen zu können, darf bezweifelt werden; daß es dieser überhebliche Kotzbrocken verdient, bis zum Jüngsten Gericht im eigenen Saft zu schmoren, wird von keinem seiner Zimmernachbarn, insgeheim nicht einmal von ihm selbst bestritten; und die Vorstellung, daß dem verklemmten Paul, der sich selbst als heroischen Pessimisten zu bezeichnen pflegt, in diesem Kapitel oder gar im wirklichen Leben die Metamorphose vom Engerling zum Herzensbrecher vergönnt sein könnte, erscheint bei aller gebotenen Zurückhaltung nach Lage der Dinge einfach lächerlich.

Der Karfreitag ist wieder so ein Tag. Ein Weberknecht überquert die Zimmerdecke, schlingert auf dünnen Beinchen abwärts und verschwindet hinter dem Abreißkalender: 7.4.'65. Mit der Verschonung des Insekts geht die Rührung über das der armseligen Kreatur bewiesene Erbarmen einher. Nach dem spartanischen Frühstück absolviert der Tierfreund zwanzig Klimmzüge an der Schreibtischkante. Auf dem Schreibtisch harrt der dichtende Denker Martin Heidegger der Aneignung durch den jugendlichen Eklektiker, der schon nach wenigen Seiten fündig wird: DIE BEIDEN SEINSMODI DER EIGENTLICHKEIT UND UNEIGENTLICHKEIT GRÜNDEN DARIN, DASS DASEIN ÜBERHAUPT DURCH JEMEINIGKEIT BESTIMMT IST. Die Uneigentlichen übersehen das Eigentliche und lassen sich das Dasein von der Anonymität des Man vorgeben. Man spielt Skat, man sieht fern, man fährt in Urlaub, man heiratet Physikstudenten, man bekommt Kinder, man lacht über das Ohnsorg-Theater, man liest keine Bücher, man verachtet die Hochkultur, und man oder wer auch immer dreht an gesetzlich geschützten Sonn- und Feiertagen ganz ungerührt sein Kofferradio bei geöffnetem Fenster auf volle Lautstärke: Die Jemeinigkeit dröhnt durch den Raum, Love hurts, wimmert es durch die Stille, Cathys clown bedrängt die Vita contemplativa der widerwilligen Jungfrau, und die ganze schöne kathedralenhafte Erhabenheit fällt in sich zusammen wie ein zerschossener Fesselballon.

Paul spielt einen Augenblick lang mit dem Gedanken, sich beim Hausmeister über den barbarischen Gesang zu beschweren. So geht das ja nicht. Wo sind wir denn hier. Wenn das jeder machen wollte, und überhaupt. Stellen Sie das augenblicklich ab. American Forces Network, Professor Heidegger und die Everly Brothers. In Paul findet ein Zusammenstoß statt, in ihm kollidieren Welten, die alte und die neue. Ein zähes, verzweifeltes Ringen setzt ein, Kulturindustrie versus Geistesadel. Im Zweikampf erweisen sich die schluchzenden amerikanischen Counter-Tenöre als ebenbürtige Gegner. Sie erwischen den gepanzerten Literaturknappen ober- und unterhalb der Gürtellinie und holen ihn mitsamt seiner Aphorismensammlung vom hohen Roß: Bye bye love, bye bye happiness, hello loneliness, I feel like I'm gonna die. Der Evergreen erweist sich als Smash-Hit und schlägt ein, wo es am meisten weh tut. Ansatzlose Jabs. Beidhändig links und rechts. Der pomadisierte, philosophisch verkleisterte Schädel pendelt unter den Hieben hin und her wie ein Punchingball. Neben dem Solarplexus ist die Herzspitze ein besonders heikler Punkt. Das Männlein gehört aus dem Ring genommen. Sieht denn keiner, daß der Typ völlig fertig ist. Dreh doch endlich den Kasten ab. Die Musik verebbt. Paul wird stehend ausgezählt. Er umklammert die Fensterbank und weint mit unbewegtem Gesicht, genauer gesagt, irgend etwas weint ihn, ohne daß er wüßte, was ihn weinen macht. Es weint einfach aus ihm heraus, einfach so. Auf immer und ewig eingesperrt hinter der bröckelnden Fassade, weint er lautlos vor sich hin, bis es dunkel wird. Keiner kommt hier lebend raus. O Herr, hilf mir durch die Nacht, laß Feuer vom Himmel fallen oder laß es Madonnen, Krankenschwestern und meinetwegen auch gottverdammte Landadlige regnen, nimm endlich diese Kälte von mir, überzieh mich gefälligst mit warmen Mündern und zarten Häuten; für eine Nackenbeuge biete ich dir meine rechte Hand, für eine Achselhöhle überlasse ich dir meinen Kopf, du bescheuerter Alter, hörst du mir überhaupt zu? Dieser Apparat ist vorübergehend nicht besetzt. Es wird darum gebeten, die Geschäftszeiten einzuhalten. Indianer kennen keinen Schmerz. Germanisten weinen nicht. Wozu gibt es Tempo-Taschentücher. Paul strebt das höhere Lehramt an. Er spuckt aus dem Fenster und hört aus Köln das Echo des Tages: Und die Bibel hat doch recht. Jesus lebt. Die Bäume schlagen aus. Der stille Don erhält den Nobelpreis. Die zweite Elisabeth wird Königin von Deutschland. Albert Schweitzer kommt in den Himmel. Der Bürgermeister von Hamburg heißt Weichmann. Das Wetter ist weiterhin unbeständig und kühl, und Paul entdeckt zu später Stunde eine unter der Tür seiner Zelle durchgeschobene Nachricht auf weißem Karton:

Lieber Kommilitone!
Bitte verzeihen Sie die nächtliche Störung. Da ich gesehen habe, daß in Ihrem Zimmer noch Licht brennt, erlaube ich mir folgende Frage: Haben Sie zufällig meinen Goldhamster gesehen? Er hat schwarze Knopfaugen, hört auf den Namen Benvenuto und mag Rock 'n' Roll-

Musik, vor allem Duane Eddy, die Everly Brothers und Johnny and The Hurricanes. Auch wenn Sie sich nichts aus Rock 'n' Roll und Goldhamstern machen sollten, wäre ich Ihnen dankbar, wenn Sie nach ihm suchen könnten: Benvenuto hält sich gern in Bettkästen und Schuhschränken auf, und Sie können ihn mit einem Stückchen Edamer ohne weiteres aus seinem Versteck locken – zur Not tut es auch eine saure Gurke oder ein Zwieback. Sie müssen wissen, daß ich sehr an Benvenuto hänge, weil er ein Abschiedsgeschenk meines Vaters ist. Falls er nicht bei Ihnen untergekrochen ist, helfen Sie mir doch bitte, ihn wiederzufinden, bevor ihn der gräßliche Hausmeister entdeckt. Herzlichen Dank für Ihre Bemühungen. Vielleicht kann ich Ihnen irgendwann ja auch einmal aus einer Verlegenheit helfen.

Mit freundlichen Grüßen
Maria Pausewang
Zimmer 1301

Paul wittert eine Chance. Er sucht den Hamster. Er findet ihn weder im Bettkasten noch im Schuhschränkchen. Aus dem Winkel hinter dem Feuerlöscher leuchten ihm keine schwarzen Knopfäuglein entgegen, und daß sich der putzige kleine Ausreißer weigert, in der schmutzstarrenden, von klebrigen Spaghetti, getrocknetem Tomatenmark und leeren Lambrusco-Flaschen verunzierten studentischen Gemeinschaftsküche Quartier zu nehmen, kann Paul verstehen. Er hat getan, wozu man ihn schriftlich aufgefordert hat. Nun trottet er den vom blassen Notlicht kaum erhellten Gang hinunter, um der weiblichen Phantomgestalt Maria Pausewang Bericht zu erstatten, aber wie soll er's anfangen?

Gestatten, mein Name ist Ferner, Wabe 1350. Bedingt witzig, klingt nach schlagender Verbindung.

Guten Morgen, ich heiße Paul, stamme aus dem Vordertaunus und studiere Germanistik: dummläppischer Anbahnungsversuch, Bauernhochzeit.

Erlaube mir, mich zu vorgerückter Stunde vorzustellen, Paul Ferner, stets und ständig Ihr ergebener Diener. Dumpfer Casino-Ton, rührt euch und weggetreten!

'n Abend, ich komme zufällig vorbei und dachte, ich könnte, ich meine, ich wollte nur fragen, ob Sie mir nach Lage der Dinge, Sie wissen schon, I feel like I'm gonna die, wie versprochen aus meiner Verlegenheit helfen würden, nachdem ich Ihnen hamstermäßig zur Hand gegangen bin, könnten wir doch, sozusagen Zug um Zug, nicht wahr, eine Hand oder eine Krähe wäscht der anderen ja gern den Pelz, quod erat demonstrandum, irgendwie handlich, lieblich, zärtlich oder irgendwas in der Richtung stelle ich mir vor, wobei ich nur deshalb, ich weiß nicht genau, erbleiche oder erröte, weil Ihr Mund so rot wie Blut, Ihr Gesicht so weiß wie Schnee, Ihr Haar so schwarz wie die Nacht, weil Sie wider Erwarten so schön sind, Maria, so wunderschön, und ich mich über dem Anblick Ihrer unverhofften Schönheit andauernd frage, warum mir so kalt ist, warum mir so heiß ist oder was ich eigentlich sagen wollte, denn eigentlich wollte ich überhaupt nichts sagen, geschweige denn anrichten, eine solche Katastrophe anzurichten liegt mir völlig fern, das müssen Sie mir glauben, jedenfalls müssen Sie mich jetzt entschuldigen und mir die Belästigung verzeihen, zumal es schon ausgesprochen spät ist, ach du lieber Himmel, o mein Gott, ein flüchtiger Blick auf die Armbanduhr verrät mir, was und wem die Stunde geschlagen hat, es ist zu spät, viel, viel zu spät, wahrscheinlich ist jetzt alles zu spät, nicht wahr, Maria, oder etwa nicht?

Spätestens zu diesem Zeitpunkt und an dieser Stelle gerät nicht nur Pauls Rede endgültig ins Stocken, im Auditorium macht sich ein gewisses Unbehagen breit, die Aufmerksamkeit läßt nach, die Augen tränen, die Schuhe drücken, die Nasenschleimhäute schwellen an, die geneigte Femme de lettre flüchtet sich in Morpheus' Arme, und schon droht diese schwerbekömmliche Nachtlektüre ihren zarten Händen zu entgleiten. Derlei heftige psychosomatische Reaktionen deuten nicht nur auf den bevorstehenden Ausbruch einer Allergie hin, sie sind gerechtfertigt und leider allzu verständlich. Eine vorwärtstreibende Eroberung, selbst ein bescheidener Landgewinn, nachgewiesen durch die Berührung eines kleines Feldes entblößter Haut, durch den Raub eines winzigen Kusses, ist noch immer nicht in Sicht, der verdatterte Held schrumpft zwischen den Zeilen zur allseitig reduzierten Persönlichkeit und geht wie alle nicht gedeckten Wechsel zu Protest: Der Mann, der auf Frauen flog, Ausfahrt mit geblähten Segeln nach Kythera via Osten und Ungefähr. Up up and away. Und das Ganze im Hardcover für schlappe vierzig Mark? Da steige ich zu, das lasse ich nicht anbrennen, der Trip wird noch heute gebucht. Aber bitte schön, doch nicht etwa mit dem da? Mit diesem legasthenischen Grübelzentrum, diesem Steinzeitlover vom Stamme der Stöhner und Stotterer, diesem radebrechenden zwiegebackenen Erbsenzähler von einem Mann? Was heißt denn hier überhaupt Mann?

Wenden wir uns einmal von der Etymologie des Begriffes ab – dort, im siebten Band der Dudenredaktion, ist die Welt noch in Ordnung, dort sind Mann und Mensch noch identisch, dort wird seiner umfassenden, im unbestimmten Pronomen «man» aufscheinenden Bedeutung als Manus, als Stammvater der Menschheit noch gehuldigt, dort bleibt die weibliche Rippe großherzig entäußerter Bestandteil der männlichen Anatomie –, wenden wir uns also mit nostalgischem Bedauern von der Lektüre des Herkunftswörterbuches ab und aus Gründen der Komplexitätsreduktion dem Studium des Alltagsjargons zu, wird der Mann hier in den sprachlichen Niederungen mehr platt als prägnant als ein Wesen beschrieben, das, anders als die Frau, immer und überall, zu Lande, zu Wasser und in der Luft, weiß oder zu wissen glaubt, wo es langgeht. Daß diese schlichte Definition höheren Ansprüchen nicht zu genügen vermag, räume ich sofort ein; für die Vergegenwärtigung des lebensgeschichtlichen Engpasses, man möchte beinahe sagen: des erzählerischen Nadelöhrs, in dem Ferner und ich uns befinden, reicht diese Minimalanforderung jedoch völlig aus: Der Mann muß wissen, wo's langgeht. Ich vor dem jungfräulichen Papier: sprachlos, Ferner im Angesicht seiner Kommilitonin: ratlos, beide auf dem Holzweg, beide ohne Überblick; der Tatbestand bedarf keiner weiteren Erörterung. Ich bin kein richtiger Mann, und er ist kein richtiger Mann. Daß wir, ein gebeuteltes und desorientiertes Gespann, unter dem Eindruck dieses Befundes dennoch nicht dazu verdammt sind, uns auf halber Strecke, ungeküßt von Musen und Mädchen, aus der Geschichte zu stehlen wie Diebe in der Nacht, verdanken wir weder einem dummen noch einem glücklichen Zufall, diesen willfährigen, gern herbeizitierten Nothelfern aller vernagelten Kulturschaffenden, sondern dem Ewig-Weiblichen, das uns, die deutschen Männer, bekanntlich seit Beginn der deutschen Klassik unentwegt hinanzieht und dem es manchmal gefällt, neben den berühmten Vertretern des starken Geschlechts auch ganz gewöhnliche Hornochsen auf Trab zu bringen.

Ob das Weibliche in Fräulein Pausewang, die um des Wohlklangs willen fortan nur noch Maria genannt wird, ob das Weibliche in und an Maria ewig oder nur vorübergehend ist, muß hier nicht geklärt werden, von Interesse ist lediglich die Beantwortung der Frage, ob, wie und wann es dem Weiblichen im vorliegenden Fall gelingt, das beschädigte Männliche hinanzuziehen.

Der Hinweis auf die mit dem rapiden Gewichtsverlust einhergehende Leichtigkeit des Kandidaten – Paul ist einsneunundsiebzig groß, wiegt knapp siebzig Kilo und macht Maria in schlotternden Beinkleidern der Konfektionsgröße 50 seine Aufwartung –

verkennt den Ernst der Lage und reduziert das Problem auf seinen technisch-physikalischen Aspekt. Man sollte sich nicht blöder stellen, als man ist; schließlich weiß jeder, der schon einmal in den Brunnen gefallen ist, daß die Entscheidung der Frau, den Betroffenen hängenzulassen oder ihn an Land zu ziehen, nicht von ihrer Muskelkraft, sondern von dem Gefühl abhängt, das der Ertrinkende in seiner Retterin auslöst oder, um abschließend einen zweiten Klassiker zu zitieren: Wo es nicht liebt, hat schon gerichtet das Weib.

Daß Maria den Stammler nicht auf der Schwelle ihres Zimmers verhungern läßt, ja daß es gerade die beanstandete Umstandskrämerei des Studienanfängers ist, die Maria veranlaßt, ihm im Morgengrauen eines Apriltages des Jahres 1965 Einlaß und Zuflucht zu gewähren, hat mit dem Bild zu tun, das sich Maria vom Mann macht, und mit der Tatsache, daß Paul in dieses Bild nicht hineinpaßt. Genaugenommen ist es unzutreffend, von Marias Männerbild zu sprechen, denn zum einen ist es eher das Männerbild ihrer Mutter, und zum anderen handelt sich bei dem, was die Mutter der Tochter kurz vor der Expedition ins südhessische Babylon ins Gepäck steckte, weniger um ein farbenfrohes, halbwegs realistisches Porträt des empirischen Mannes als vielmehr um ein unterbelichtetes und zudem völlig verwackeltes Jugendfoto ihres Gatten, um eine Karikatur des Vaters. Dies wirft ein bezeichnendes Licht auf den desolaten Geisteszustand einer nachkriegerischen Müttergeneration, die, mit der Hervorbringung und Abrichtung von Jungfrauen beauftragt, für ihre Töchter allemal das Beste wollten und das Schlimmste taten: Maria wurde ermahnt, sich vor den Männern zu hüten, weil diese stark behaarten Jäger und Sammler von ihr immer nur das EINE wollten, nur das EINE im Sinn hätten und im Schilde führten. Hätten sie sich des EINEN bemächtigt, zögen sie weiter und suchten das EINE bei einer anderen. Marias verzweifelte Frage: Was ist denn um Himmels willen unter dem zu hütenden EINEN zu verstehen, habe oder will ich es auch, oder darf ich es nur verwalten? wurde mit einer tautologischen Beschwörung beantwortet: Das EINE ist das EINE und EINZIGE, was man als Frau bis zum Ja-Wort vor dem Standesamt bewahren und mit Zähnen und Klauen verteidigen muß. Es macht weiß Gott keinen Spaß, aber es ist ein Wechsel auf die Zukunft, ein Unterpfand, ein Gütesiegel, das zu brechen, eine Konserve, die zu öffnen dem meistbietenden EINEN und EINZIGEN vorbehalten bleiben muß, sonst sitzt du im Schlamassel. Hätte ich mich von deinem Papa Pausewang nicht zur Unzeit beschwatzen lassen, hätte ich ihm das EINE noch ein Weilchen verweigert, wer weiß, Kind, vielleicht säße dann heute Dieter Borsche oder Heinz Rühmann am Frühstückstisch und nicht dieser griesgrämige Pantoffelheld. Hüte dich vor allem vor den Studenten, unter denen die Germanisten die Schlimmsten sind: Sie überziehen dich mit aalglatten Komplimenten, schmieren dir Honig ums Maul, widmen dir selbstverfaßte Gedichte und unaufführbare Theaterstücke, erpressen dich mit Selbstmorddrohungen und reden und lügen wie gedruckt. Das kommt denen ganz leicht über die

Lippen, das können die auswendig, den Text haben sie zigmal aufgesagt, und ehe du dich versiehst, sitzt du mit dickem Bauch in der Ecke und bist todunglücklich. Hörst du mir überhaupt zu?

Maria war ganz Ohr. Obwohl das Mysterium der Strategie und Taktik weiblicher Vermögensverwaltung weiterhin im dunkeln blieb und die Mutter ihrer Tochter den Beweis für die Behauptung, daß zwischen der Schwangerschaft einer Frau und der Beredsamkeit eines Mannes ein ursächlicher oder gar zwangsläufiger Zusammenhang bestehe, vorenthielt, beugte sie sich dem mütterlichen Ratschlag und schlug eloquente Verführer schon nach dem zweiten Satz mit einer direkten Frage in die Flucht: Ich will Ihnen ja nicht ins Wort fallen, aber gehe ich recht in der Annahme, daß Sie von mir nur das EINE wollen? Auf diese Weise dämmte sie den aufspringenden Redefluß interessierter Kommilitonen bereits an der Quelle ein und verteidigte ihre Jungfräulichkeit in vorbildlicher Haltung. Daß es einem Mann bei ihrem Anblick neben dem Atem auch die Sprache verschlägt, ist für Maria neu, und daß Paul unter dem Eindruck des ersten Blickwechsels die Fähigkeit eingebüßt zu haben scheint, sich in zusammenhängenden Sätzen zu äußern, gereicht ihm in ihren Augen zur Ehre und zum Vorteil: Paul ist nicht der Mann, vor dem ihre Mutter sie gewarnt hat.

So kommt es, daß Maria nicht nur an Pauls stockender Rede und seinem mißlungenen Auftritt, sondern im Fortgang der Begebenheiten auch an einer Gestalt Gefallen findet, deren Gesichtsausdruck in der Morgendämmerung weniger an einen jugendlichen

Liebhaber als an einen gescheiterten Handelsreisenden erinnert, der sich am Ende eines langen Tages aus lauter Verzweiflung selbst zum Verkauf anbietet und mit niedergeschlagenen Augen auf das Urteil des Kunden wartet. Ja, es ist viel zu spät, sagt das Mädchen und bestätigt seine schlimmsten Erwartungen, und ihr schlaftrunkenes, zugleich hübsches und herbes Gesicht hat einen schön geschwungenen, stolzen Mund, aber morgen ist Ostersonntag und auch noch ein Tag, ein schöner Tag, sagt der rote Mund, wir könnten spazierengehen und müssen keinen Hamster suchen, denn der Hamster ist wieder da, und als Paul Maria ansieht, wendet sie ihren warmen samtbraunen Blick nicht von ihm ab und sieht ihm gerade in die Augen, als ob sie eine Antwort erwarte. Gegen drei am Uhrtürmchen? fragt Paul, gegen drei am Uhrtürmchen, sagt Maria, und Paul löst seine Augen von Marias Augen und wünscht ihr zum Abschied eine gute Nacht.

In den folgenden vierunddreißig Stunden beschäftigt sich Paul mit der Vorbereitung des Rendezvous. Weil es sich um sein erstes handelt, fallen die Vorbereitungen entsprechend aufwendig aus. Seit Erreichen seines Zimmers fühlt er sich der Ohnmacht nahe und ertastet immer wieder seinen Puls. Weil er nicht sofort findet, was er sucht, gerät er in Panik und wird von der Vorstellung übermannt, er werde sterben, versäume folglich die Verabredung, sehe Maria am Uhrtürmchen erscheinen, sei als verblichener Bewohner des Jenseits aber nicht in der Lage, ihr den Grund seiner Verhinderung mitzuteilen, oder habe die ganze Verabredung und damit auch Maria nur erträumt oder einer überirdischen Eingebung zu danken. Beim Versuch, sich die Fingernägel zu stutzen, fällt ihm mehrmals die Nagelschere aus der Hand. Daß seine Hände zittern wie Espenlaub, nimmt er als untrüglichen Beweis seiner Lebendigkeit, und gerade will er erleichtert aufatmen, als er feststellen muß, daß mit seinen Händen etwas nicht in Ordnung ist. Seine Finger sind im Verhältnis zur Handfläche zu kurz und zu plump, und durch die Kürzung der Fingernägel sehen sie vollends aus wie Maulwurfsklauen. Die Hände von Clark Gable in «Vom Winde verweht», das sind Hände, von denen sich Maria sicher berühren ließe, kräftige, sehnige, feingliedrige Chirurgenhände sind das, weltläufige, hochmusikalische Pianistenhände, die aus schneeweißen Manschetten hervorragen und dazu geschaffen sind, Bäume auszureißen oder zerbrechliche Mädchentaillen zu umfassen, während man solche Schaufeln am besten in den Hosentaschen verbirgt. Was aber soll Maria von einem Menschen halten, der mit in den Hosentaschen vergrabenen Händen am Uhrtürmchen herumlungert? Die unförmigen Pratzen müssen zweifellos so ans Tageslicht, wie sie sind, und eine davon wird er Maria zur Begrüßung reichen müssen. Paul kommen Fox' tönende Wochenschau und der englische Prinzgemahl Philip in den Sinn, der vor lauter Bescheidenheit die Hände auf dem Rücken zu verschränken pflegt. Aber nachdem er in dieser gravitätisch-storchenähnlichen Haltung mehrmals im Zimmer auf und ab gestelzt ist, findet er sich damit ab, daß auch das keine Lösung ist – schließlich hat er keinen Staatsbesuch zu absolvieren, sondern in möglichst ungezwungener Haltung zu einem Stelldichein zu erscheinen.

Während seiner Wanderung durch das Zimmer häufen sich in seinem Kopf weitere Aufgaben an, die bis 15 Uhr unbedingt erledigt werden müssen. Überall liegen die Fingernagelreste herum, in den Ecken lauern Natowölfe, und seit seinem Einzug hat sich auf dem Kleiderschrank und dem Kofferradio jede Menge Staub angesammelt. Natürlich sieht sie den Staub als Frau auf Anhieb, sie wird mit der Spitze des Zeigefingers über die Gardinenleiste fahren wie ein Unteroffizier und sich angewidert von ihm abwenden: Das hätte ich nicht von Ihnen gedacht, Paul, daß Sie in einer solchen Räuberhöhle hausen. Schauen Sie: Da drüben liegt der Kamm, gleich daneben die zerknüllten Socken, und in dem Nyltest-Hemd steckt der Gilb. Sie scheinen sich ja ganz wohl zu fühlen in dem Dreck. Hier sieht es ja aus wie bei Hempels hinterm Sofa. Sagen Sie mal, haben Sie eigentlich gedient? Was sollte er sagen? Ja? Nein? Leider nein, infolge damals gewichtsbedingter Wehruntauglichkeit: Ersatzreserve zwo. Zivilschutz, Etappe, Landsturm, letztes Aufgebot.

Sie würde ihm seine kleinen und großen Geheimnisse zu entlocken wissen, wenn er nicht augenblicklich Abhilfe schaffte. Er mußte nur systematisch vorgehen und sich nicht verrückt machen lassen, er mußte die Bude unter Wasser setzen, den ganzen Raum zwischen Fensterbank und Zimmertür fluten, um den Schmutz und die Spuren der Vergangenheit zu tilgen. Oder sollte er ihr doch besser gleich reinen Wein einschenken? Ja, ich habe immer alles unter den Teppich gekehrt; weil ich so unglücklich war, habe mich früher häufig gehenlassen, hin und wieder auch ein bißchen zuviel gegessen, aber das wird jetzt alles anders.

Aber vielleicht wollte sie das gar nicht hören, womöglich machte sie sich gar nichts aus Reserveoffizieren und Raumpflegern, er mußte aufpassen, er war dabei, sich in irgend etwas hineinzusteigern, eine fixe Idee, er lag mit Sicherheit völlig falsch oder daneben, er lag auf den Knien unter dem Schreibtisch und überlegte, ob er die dort seit Januar angesammelten Exemplare der «Frankfurter Allgemeinen» wegwerfen oder chronologisch ordnen sollte, und las in der Ausgabe vom 2. Februar, daß Finanzminister Karl Schiller in Bonn mit den Sozialpartnern die zweite Gesprächsrunde zur Vorbereitung der konzertierten Aktion anberaumt habe, aber was hieß denn hier «anberaumt» und «konzertierte Aktion» und «zweite Gesprächsrunde», er war mit Maria ja noch nicht einmal über das erste Gespräch hinausgekommen, von dem ihm überhaupt nicht mehr einfiel, ob es um einen Hamster, einen Spaziergang oder eine Liebe gekreist hatte. Doch letzterer, das wußte er, konnte er nur sicher sein, wenn er jetzt äußerst penibel und ohne weitere Fisimatenten die sechsundneunzig Exemplare der Tageszeitung in zeitlich korrekter Folge aufeinanderstapelte, vom 2. Januar bis zum 4. April, das würde ihm Glück bringen, das würde ihn retten, auf der Spitze des massiven Papierturms wüchse ihm die Liebe entgegen, eindeutig, unverrückbar und über jeden Zweifel erhaben. Natürlich war es ein verwegener Einfall, diese Altpapiersammlung zum Gottesgericht zu erheben und sein Schicksal der FAZ zu überlassen, dahinter steckt immer ein kluger Kopf, daß ich nicht lache, er hatte sich mit Maria ja schließlich nicht unter seinem Schreibtisch, sondern am Uhrtürmchen verabredet, den halben Tag hatte er bereits mit diesen sinnlosen Desinfektions- und Ordnungsmaßnahmen verplempert, dabei kam es doch vor allem und zuerst darauf an, etwas für sein Äußeres zu tun, und das macht, wie Paul bei einem Blick in den Spiegel feststellen muß, einen ziemlich verheerenden Eindruck. Die Haare stehen ihm zu Berge, sie stehen senkrecht vom Kopf ab und umrahmen ein übernächtigtes Gesicht: Die einstmals hellschimmernden blauen Augen liegen tief und trübe in den Höhlen, die rotgeränderten Lider scheinen entzündet, die hie und da aufsprießenden Bartstoppeln umrahmen einen breitlippigen, negroid wirkenden Mund, der Paul an einen dunkelhäutigen Haremswächter erinnert, welcher als Frauenschreck in der «Entführung aus dem Serail» eine üble Rolle spielt und den entsprungenen Sklavinnen lauthals droht, ihnen die Kehle zuzuschnüren. Eingedenk dieser Oper preßt er die eunuchenhaft-unmännlich wirkenden Lippen zusammen, zieht sie mit den Schneidezähnen nach innen und nimmt sich vor, in Marias Gegenwart möglichst wenig zu lachen, zu sprechen oder gar zu singen, um den gewinnenden Eindruck beherrschter Schmallippigkeit über die Zeit zu retten. Diese Pose läßt sich nicht länger als drei, höchstens vier Minuten durchhalten, wie Paul nach einem Blick auf die Armbanduhr feststellt, und führt unweigerlich zur

Verkrampfung der gesamten Mund- und Backenmuskulatur. Danach bricht sich das afrikanische Erbe Bahn, die Lippen werfen sich auf, und Paul vermag nicht zu entscheiden, ob das grimassierende Gesicht einem Stadtstreicher, einem malariakranken Neger oder einem Sittlichkeitsverbrecher gehört.

Was bleibt jetzt, nach der kritischen Begutachtung seines Äußeren, von Paul noch übrig? Was könnte er in die Waagschale werfen, um das drohende Desaster abzuwenden? Sein Profil. Sein linksseitiges Profil macht sich vor dem Spiegel ganz gut. Sein Profil ist erträglich. Die dargebotene Seitenansicht wird Maria über seine angeborene Häßlichkeit hinwegtäuschen. Er wird, im Profil gegen das Uhrtürmchen gelehnt, zur Statue erstarrt, auf sie warten, Stunde um Stunde wird er, zur Statue erstarrt, gegen das Uhrtürmchen gelehnt, mit dem linksseitigen Umriß seines Gesichts im Gegenlicht in eine ferne Ferne starren und dabei ganz ungezwungen eine Zigarette rauchen und den Rauch durch die Nase ausstoßen. Er wird sich eine Packung Peer de Luxe kaufen, weil das Goldmundstück bei heftigen Bewegungen das Abreißen der Lippenhaut verhindert und zudem gut und teuer aussieht. Allerdings schließt die metallische Glätte des Filters die lässige Aufbewahrung der brennenden Zigarette im Mundwinkel aus. Paul ist entschlossen, das Affentheater vor dem Spiegel über dem Waschbecken augenblicklich zu beenden.

Die Zeit verrinnt.

Die Zeit steht still.

Als ob sich ein Mädchen wie Maria von solch leicht

durchschaubaren Halbstarkenallüren beeindrucken ließe. Die Vorstellung, daß Marias braune Augen die ganze Zeit über unablässig auf ihm ruhen und das irrsinnige Treiben des Schmierenkomödianten von Anfang an aufmerksam verfolgen könnten, raubt Paul den Atem, sein Puls schnellt in die Höhe, sein Herzschlag dröhnt durch den Raum, Ruhe muß her, Stille soll einkehren in Null Komma Nichts, und in fiebriger Hast fahndet Paul in seinem Kulturbeutel nach erregungsdämpfenden Medikamenten. Brom oder Baldrian? Baldrian oder Brom. Am besten beides. Er mischt den Inhalt der Flaschen im Zahnputzbecher und gießt das Gebräu mit Todesverachtung in sich hinein, ohne einen Tropfen zu verschütten.

Doch die Präparate versagen ihren Dienst oder scheinen sich in ihrer Wirkung aufzuheben. Nur der Himmel wechselt in ein anderes Grau. Über das Bockenheimer Tor streift ein Tiefausläufer. In Frankreich regnet es häufig. Vor allem an der Atlantikküste. Barbara, o Barbara, weißt du, was damals in Brest geschah? Jacques Préverts Gedichte, in denen Menschen im Regen stehen und irgendwann im Meer verschwinden, sind sehr schön. «Bonjour, Tristesse» oder «Lieben Sie Brahms», egal: Ingrid Bergman sitzt im Auto, umklammert das Lenkrad und weint Anthony Perkins nach. Die Tränen sammeln sich in den Augenwinkeln und laufen über. Sie betätigt den Scheibenwischer. Aber der Asphalt ist trocken. Der Regen findet lediglich auf der Netzhaut statt. Paul blättert im Playboy und starrt über die Häuserschluchten hinweg in das erleuchtete Zimmer einer Frau, weil er glaubt, daß sie sich dort nackt bewege. Weil er sie nicht richtig erkennen kann, spürt er das Verlangen, durch nächtliche Wiesen zu springen und Gras zu kauen. Er tummelt sich zwischen Löwenmäulchen und Lupinen und freut sich über den grünen Klee. Plötzlich wird von der Straße her das Feuer auf ihn eröffnet. Querschläger pfeifen ihm um die Ohren; er rennt hakenschlagend auf das Haus mit den erleuchteten Fenstern zu und trifft dort auf die Frau, die er beobachtet hatte. Er fragt, warum sie ihn erschießen wolle, und sie meint spöttisch, er solle sich über die Schüsse nicht wundern, er sähe doch einem Hasen zum Verwechseln ähnlich, die Ohren, die Zähne, er solle doch nur einmal in den Spiegel sehen, er sei zum Totlachen komisch. Paul rennt zur nächsten Pfütze, beugt sich darüber, fällt kopfüber hinein und wacht auf. Er reibt sich die Augen. Es ist kurz vor drei. Höchste Zeit. Es ist Ostern, und die Liebe ist eine Himmelsmacht.

6

Maria. Weshalb ist sie hier und ausgerechnet jetzt? Was hat sie hier verloren, nach all den Jahren? Warum schlendert sie mir nichts, dir nichts durch meinen verkehrsberuhigten, verschlafenen Vorort? Frankfurt Jottwede, Postzustellbezirk 50, keine Galerie, kein Theater, kein Kino, kein Restaurant, komplett tote Hose. Diesem Urteil wagt niemand zu widersprechen, selbst die Eingeborenen nicht, die im Februar regelmäßig mit Pappnasen, Schwellköppen und mächtigen Apfelweinfahnen durch die Gassen wanken, damit sie wenigstens einmal im Jahr was zu lachen haben, Fassenacht. Danach ist mir kein bißchen zumute. Ich bin ganz aufgeregt. Eben habe ich mich bei dem Versuch ertappt, meine Pulsfrequenz von der Armbanduhr abzulesen. Aber vielleicht sind solche Geräte längst auf dem Markt. Mein Herz rast, als sei es gestern gewesen. Ich irre mich nicht. Sie ist es. Sicher war sie es auch, die gestern abend hier vorbeiging, als ich während des unerquicklichen Abendmahls mit meinem Mitesser Schulz das Fenster aufriß, um Luft zu schnappen. Sie müßte jetzt vierundvierzig, fünfundvierzig sein.

Ich nehme mich zusammen und gehe ihr entgegen. Erkennt sie mich nicht? Mit leicht federnden Hüften, gefaßt und gedankenvoll geht sie ihren Weg und trägt die mittlerweile brandrote Mähne hocherhoben auf dem schlanken Hals. Ich lasse mich durch die Künste ihres Friseurs nicht täuschen. Ich grüße und nenne sie beim Namen. Hallo, antwortet sie leise. Sie macht keine Anstalten, stehenzubleiben, und ich gehe stumm vorbei. Nach der Dauerquerele mit der Kanaille Schulz sehe ich sicher aus wie Günter Wallraff oder Urs Jaeggi oder das Leiden Christi, was ungefähr auf dasselbe hinausläuft. Achtzig Jahre und kein bißchen weise. Warum sollte sie sich von einem törichten Greis in ein Gespräch verstricken lassen. Am Ende der kleinen Straße bleibe ich stehen, hefte meine Augen auf den Boden und würde auf ihre Frage, was ich da so angelegentlich suche, ganz schnell antworten: meine Wagenschlüssel, ich suche meine Wagenschlüssel. Fünf Minuten später hätte sie spitz, daß ich noch nicht einmal einen Führerschein habe, sondern nur ein Fahrrad. Sie würde ganz laut lachen und fragen, ob ich sie auf dem Gepäckträger nach Madagaskar entführen wolle. Ich bin total meschugge, der ganze alte Film läuft noch mal von vorne ab. Ich sehe auf. Sie ist vor einem Fenster stehengeblieben. Soll ich mich seitwärts in die Büsche schlagen beziehungsweise in die Parallelgasse? Wo sind wir denn hier? Wer bin ich denn, daß ich mich so aufführe? Eine interessante Frage. Weshalb steht sie da und starrt in die Auslage? Was gibt es da schon zu sehen? Das Schaufenster ist ärmlich. Eine Tchibo-Filiale. Will sie ein Pfund Beste

Bohne erstehen oder ein Strandlaken aus Hongkong oder zwei kunterbunte Jogginganzüge im Partnerlook? Bitte, tu mir das nicht an. Vielleicht sollte ich einfach abbiegen und zu dem von Schulz verpfuschten Manuskript zurückkehren.

Jetzt sieht sie mich an und kommt mir von neuem entgegen. Sie geht rasch, als habe sie sich ein Herz gefaßt, und als sie spricht, hat sie Mühe, Atem zu holen. Hallo. Es tut mir leid, daß ich eben an dir vorbeigerannt bin. Ich war ein bißchen durcheinander. Das macht doch nichts. Eine besonders geistreiche Antwort. Gleich wird mir das Herz aus dem Hemd springen. Wenn es wenigstens ein Hemd wäre. Es ist ein verknittertes, mit faustgroßen knallbunten Lettern geschmücktes T-Shirt: GIVE A MAN A LUCKY. Ich will etwas sagen, es gelingt mir nicht, die Lippen bewegen sich lautlos. Hellgrauer Mantel, meergrün ausgeschlagen; Metallplättchen, darunter hohe meergrüne Schuhe, kurzes, auf die Außenfarbe des Mantelstoffs abgestimmtes Kleid, eine Schattierung dunkler; schwarzer Gürtel mit silberner Schließe, erlesene Schlichtheit, die mit Sicherheit nicht aus den Grabbelkisten von Hertie stammt... Gut, daß sie nicht in meinen Kopf schauen kann. Sie verströmt einen dezenten Duft, der die Straße überfliegt und augenblicklich verweht. Und ich stehe da mit krauser Nase, wie ein Köter, der Witterung aufnimmt. Sie lächelt und sagt: Fendi. Passione di Roma. Auch kein Gelegenheitskauf – mein Gott, sie kann es wirklich. Paß auf, du Idiot.

Ich habe in diesem Augenblick noch keinen festen Eindruck von ihrem Gesicht, aber ich erkenne sie an der Art, wie sie sich mit der Hand durchs Haar streicht. Es ist ihre rechte Hand. Die Hand trägt einen Ring. Nimm den goldenen Ring von mir, damm, damm. Drafi Deutscher. Marmor, Stein und Eisen bricht, und ihr legendärer Verlobter hieß Ulrich, kam aus Südtirol, war Skilehrer und hatte noch nicht mal Abitur. Komisch, auf den zweiten Blick sind es zwei Ringe, hintereinandergesteckt. Mir will partout nicht einfallen, was das zu bedeuten hat. Jedenfalls nichts Gutes. Sie bewegt unter Mühen ihre Lippen und sagt ganz deutlich: Wir hatten vor drei Jahren einen Autounfall. Während sie das sagt, blickt sie durch mich hindurch in einen entlegenen Winkel der Straße. Wir haben uns überschlagen. Wir haben uns so geliebt. Er war sofort tot. Ich habe drei Monate in Bozen im Krankenhaus gelegen. Sag nichts, sagt ihre Hand, die ganz kurz meinen Unterarm umklammert und sofort wieder losläßt. Keine Bange. Ich habe nichts zu sagen. Ich suche auf dem sichtbaren Teil ihres Körpers fieberhaft die Spuren von Verletzungen. Aber ich finde nichts. Ich empfinde kein Gefühl von Unglück, kein Gefühl von Glück, ich empfinde nichts. Sie ist einfach da und wird mir irgendwann schon sagen, was sie herführt. Ich wollte dich nicht anrufen. Ich wollte dich zufällig treffen. Ich bin seit einer Woche in Frankfurt, aber ich habe dich nicht gesehen. Kunststück, sage ich, wahrscheinlich ist keine Stadt besser dazu geeignet als Frankfurt, sich zu verpassen und aus dem Weg zu gehen. Wie lange bleibst du? Das hängt davon ab… Noch ein, zwei Tage. Nicht länger. Ich muß wieder nach Hause. Wir haben ein kleines Hotel in

Nova Levante, und meine Tochter hat mir am Telefon gesagt, daß alles drunter und drüber geht ohne mich. Sieht sie dir ähnlich? Wie eine Fotokopie aus den Sechzigern, sagt sie und lacht hell auf. Pause. Und was machst du? Nichts Besonderes. Außer daß ich zufällig seit Tagen versuche, mich an dich zu erinnern. Nun bist du da, und ich begleite dich, wenn ich darf. Ein, zwei Tage, wenn du magst. Sie nickt zustimmend, hängt sich bei mir ein, und wir gehen. Ein paar Monate nach meiner Entlassung aus dem Krankenhaus habe ich aufgeräumt und dabei deine Briefe gefunden. Ich habe alles stehen- und liegengelassen und deine Briefe gelesen. Du hast mir wunderbare, herzzerreißend schöne Briefe geschrieben. Ich erröte hold. Ich gerate ins Stolpern.

Mein Name ist Ferner, ich habe einen Baum gefällt, drei Kinder gezeugt, fahre keinen Jaguar, bremse auch für Frauen, stamme aus einer atomisierten Kleinfamilie am Rande der mitteleuropäischen Zeit und habe mir die seltsame Angewohnheit bewahrt, nach jeder Umarmung zu sterben. Mein Bruder schafft bei Stoltenberg, mein Vater war nach seinem Absturz ein lachender Vagabund, ich träume von einer Jahresnetzkarte der Deutschen Bundesbahn, verliere den Faden, ziehe die Notbremse, erwache am Fuße meines Schreibtischs und schwöre dir: Ich war immer ein großer Briefeschreiber vor dem Herrn. Wenn mir alles so leicht gefallen wäre wie das Briefeschreiben, dann müßte ich heute nicht ständig mit meinem drittklassigen Ghostwriter Schulz herumzackern und wäre der König meiner Geschichte. Wir gehen ganz selbstverständlich die

Straße hinunter. If I were a carpenter and you were a lady. Sie sagt: Ich habe beim Lesen deiner Briefe geheult und wollte dich fragen, was davon noch gilt. Lange Pause. Lange Straße. Schritt für Schritt. Ich denke: das Herzzerreißende der Dinge. Und: eine nachgetragene Liebe. Und: Keiner stirbt. Ich sage: Das hängt davon ab. Ich glaube: Alles. Aus einem Tor kommen ein paar Männer, sie tragen ein Klavier und versperren das Trottoir. Sie weicht aus, lehnt sich einen Augenblick an mich und sagt: Reiner Zufall. Ihr warmer Atem liegt auf meinem Gesicht, und ich sage ganz schnell: Ich habe was verloren. Komm, wir müssen noch mal zurück.

Ich sitze am Fuß des Uhrtürmchens und warte auf dich. Ich bin die Ruhe selbst. Die nackten weißen Arme kräuseln sich gänsehäutig, aber da nun endlich der Wind steht, sammelt sich die Sonnenwärme im Nacken und fließt über die Schultern bis in die Fingerspitzen hinein. Über die Rhododendronsträucher fliegen Federbälle hin und her. In der schattigen Mulde unterhalb des Pavillons parken hochrädrige Karossen: die neugeborenen Kinder verschlafen und verdauen die Welt. Die stolzen Eltern fläzen sich auf rotlackierten Gartenstühlen, der Kellner serviert Kaffee und die ausgeruhte Höflichkeit der Frühsaison. Hinter den Taxushecken lagert ein gigantisches amerikanisches Orchester und intoniert unter Leitung von Phil Spector You've lost that lovin' feeling. Drei Flügel setzen ein, ein halbes Dutzend Schlagzeuge wirbelt los, Rasseln und Baßtrommeln scheppern, Rhythmusformationen dröhnen, Hintergrundchöre schluchzen, eine Armee von Streichern bringt den Himmel zum Einsturz und bahnt den Weg, auf dem du mir entgegenkommst: ganz langsam, ohne Hast, Schritt für Schritt. Die Musik klingt so hoch, so weit und so süß, dein Mund leuchtet so rot, die Haut schimmert so weiß, und deine Sommersprossen sind schöner als die Sterne der Milchstraße. Später, in einem anderen Leben, einem anderen Kapitel, war ich manchmal versucht zu sagen: ein wenig zu süß, zu rot, zu weiß; zu schön, um wahr zu sein – nüchtern betrachtet: eine einzige Entgleisung. Jetzt und hier aber, in der puren Vergegenwärtigung des Vergangenen, hat der gute Geschmack glücklicherweise ausgedient. Es ist ein Geschenk des Himmels, begleitet von den Klängen eines wahnhaft aufspielenden Streichorchesters eine Sehnsucht befördern zu dürfen, von der niemand mehr zu sprechen wagt. Es ist wunderbar, zugleich hüben und drüben, zugleich Paul und Maria zu sein, noch einmal als argloser Liebhaber, als unschuldige Geliebte an einem Frühlingsnachmittag unter einem Baldachin grüner Blätter durch einen lichtdurchfluteten Park aufeinanderzu zu gehen; es ist wunderbar, am Anfang zu stehen: ein unbeschriebenes Blatt, ein grüner Zweig, ein leichter Wind, ein geflüstertes Wort zu sein und den blauen Himmel mit einer Sonne zu versehen, die sehr warm ist und die die erwartungsvollen Augen schließt. Unter feingeädertem Pergament pulsiert das Licht mit jedem Herzschlag. Du und ich. Maria und Paul. Adam und Eva. Romeo und Julia. Tristan und Isolde. Eine Auferstehung? Ein Absturz? Ich bange der nächsten Sekunde entgegen, ich kenne mich im deutschen Volkslied aus, ich kann es im Schlaf singen: Es waren zwei Königskinder, die mußten jämmerlich ertrinken. Obwohl sie einander doch so lieb hatten, konnten sie nicht zusammenkommen, sie konnten, wollten, durften ums Verrecken nicht zusammenkommen, mein Gott, das hat mir gerade noch gefehlt: bitte bitte bitte, nein nein nein. Aber meine Angst vor falschen Nonnen und tiefen Wassern ist völlig unbegründet. Weit und breit ist keine tückische Geistlichkeit, sind weder schwarze Soutanen noch reißende Flüsse in Sicht. Harmlose Stiefmütterchen kauern in den Rabatten, lässige GIs in sandfarbenen Uniformen lungern am Springbrunnen herum und pfeifen zweistimmig My little chickadee, du trägst ein taubenblaues Sommerkleid und lachst mir entgegen, und deine schmale weiße Hand beschreibt von der Hüfte aufwärts einen sanften Bogen und legt sich auf meine Wange. Es macht nichts, daß mein Gesicht gezeichnet ist von den Blessuren der nächtlich verzitterten Naßrasur; niemand bemerkt, daß meine unbeholfene, zur handschlagartigen Begrüßung ausgestreckte Rechte auf halber Höhe in die Luft ragt und nicht so recht weiß, wo sie hin soll; es ist nebensächlich, daß ich in diesem Augenblick wie vom Donner gerührt, mithin ausgesprochen blöde dreinschaue – das alles ist völlig unerheblich. Für mich ist nur wichtig, daß sich dein Mund zum «Du» öffnet, daß sich deine Hand an meine Wange schmiegt, daß sich deine halbgeöffnete Hand, in die ich einen Augenblick lang meine Wange zu betten wage, nicht schließt.

Was ich als großes Glück erinnere, läßt den Zeitgenossen Schulz kalt. Denn was ist schon dabei, wenn eine Frau einem Mann das «Du» anbietet, nörgelt er dazwischen, das kriegt man heutzutage an jeder Ecke im Dutzend nachgeschmissen, dieses «Du» hat doch längst nichts mehr zu sagen, wertloses, abgegriffenes Kleingeld, nach dem sich niemand bücken mag, und ich weiß nicht, die Entdeckung der Langsamkeit in Ehren, eine nicht entzogene Hand, eine vorübergehende Zärtlichkeit, meinetwegen: inniglich & minniglich, das ist ja alles schön und gut, aber man darf doch nicht übersehen, daß wir mittlerweile ein bißchen weiter sind: Ich duze meine Steuerberaterin und tausche mit meiner Putzfrau Wangenküsse aus; zwischen Frühschoppen und Mitternachtscocktail, vom ersten Hahnenschrei bis zum letzten Tango herzen und kosen wir wildfremde Menschen und fallen von einer Umarmung in die andere, ohne das gleich als erotisches Feuerwerk auszugeben. Ich bin ja kein Unmensch und leiste mir hin und wieder ein nostalgisches kleines Déjà-vu: Manchmal gehen sie mir schon nahe, die verunglückten Premieren; es war beim Bal paré, draußen lag schon der erste Schnee, das summe ich gern vor mich hin, Herrenschokolade, Geschmacksrichtung bitter-sweet, schmilzt auf der Zunge, und dann ist mir, als sei es gestern gewesen: das erste Auto, das erste Bier, der erste Kater, der erste Kuß, der erste Pariser, die erste, selbstredend große und wenn's denn unbedingt sein muß: wahre Liebe, gar keine Frage, aber ich verspüre überhaupt keine Lust mehr, noch länger in diesem jugendfreien Poesiealbum zwischen den Zeilen zu lesen: Da gehört endlich mal satt Fleisch auf den Tisch, kurzum: Zwischen den beiden geht mir einfach zuwenig ab.

Danke, Schulz. Sie haben mit Ihren freundlichen Einlassungen dafür gesorgt, daß das Leben, so wie es ist, platt, ausgewrungen und abgedroschen, zwischendurch mal wieder zur Sprache drängt. An Ihren wurmstichigen Sottisen ist nicht zu rütteln. Es tut sich wirklich nicht viel. Eine Berührung. Mehr nicht. Der Pfeil steht im Zenit. Die Zeit steht still. Die Erinnerung führt in eine Zeit zurück, in der das Wünschen noch geholfen hat. Weil ich mir dringend wünsche, daß die Zeit stillstehen möge, verstellt sie sich und tut so, als sei sie mir gewogen. In Wirklichkeit vermag niemand, auch ich nicht, sie anzuhalten. Während ich mich an den Augenblick klammere, schreitet die Zeit fort und reißt alle mit, die sich dem Fortschritt verschrieben haben: die Uhr geht weiter, der Krieg geht weiter, die Musik geht weiter, die Sonne, die Blätter, der Wind, die Wolken, die vorüberziehen… dort… dort oben, die wunderbaren Wolken, auch sie ziehen weiter, nur ich schlage der Zeit ein Schnippchen, indem ich mich ihr nicht etwa entgegenstemme, sondern ihr lediglich die sechzig Sekunden entreiße, die ich benötige, um zu merken, was mir geschieht. Sechzig Sekunden geben wenig her. In sechzig Sekunden kann man einem überflüssigen Gedanken nachhängen, einen schlechten Witz erzählen, eine Treppe herunterfallen, ein Telegramm aufgeben oder absichtslos glücklich sein. Wenn das Glück an die Zeit rührt – sechzig Sekunden reichen da völlig aus –, herrscht, wie beim Zusammentreffen von Brausepulver und Wasser, die pure Chemie. Fügt man der Zeit ein Quentchen Glück bei, verändert sie ihren Aggregatzustand, schäumt im Gegensatz zum Brausepulver allerdings nicht auf, sondern mindert ihr Tempo, verdichtet sich.

Nach diesem etwas dröge geratenen Exkurs in die Naturwissenschaft kommst du wieder ins Spiel, Maria. Denn ich verdanke mein Glück schließlich nicht irgendeiner abstrakten chemischen Verbindung, einem unanschaulichen Zusammentreffen mit dem Faktor Zeit, sondern der Begegnung mit dir, die du lebendig bist, die du mich liebkost, die du meine Wange berührst und am Ausgang der durchbettelten Nächte, der gepreßten Tage, der furchtbaren Jahre auf mich wartest. Da stehst du, Maria, an mich gelehnt, inmitten eines prächtigen, von entspannten Tänzern bevölkerten Gartens; in einem Meer von Blüten, das die geduckten kleinen Häuser unter sich begräbt und das Brackwasser und den Alpdruck aus den Türen schwemmt. Da steht Maria, und ihrem Kleid entströmen dort im Nacken, wo zwischen blauem Batist und schwarzen Flechten eine weiße, von dünnem Flaum bedeckte Lücke klafft, die wunderlichsten Düfte, die kommen halb aus der Ferne, halb aus der Nähe, changieren zwischen Seewind und Lilien, Rosmarin und Nußöl, Limetten und Moschus, ziemlich weit droben Tausendschön und Mandel, aus den Achselhöhlen eine Spur von Schweiß, nicht mehr, ein Hauch, ein Mädchennakken, ein Frauenhals hebt sich aus den Schultern, Bart- und Nackenflaum berühren sich zum Kuß, Salz ohne Tränen, Lippen und Lippen, Augen und Augen kollidieren dreitausend Meilen südwestlich von Goa, Genua, Gibraltar, so what, die Bordkapelle schluchzt und schleudert die Akkorde über Deck. You really got me oder I've got you under my skin oder Stand by me oder I, who have nothing, was weiß ich, am Ende ist alles eins, wenn es nur ordentlich brennt und reißt, das tut so wohl und weh, Hit & Hymne, Sirup & Diamant, Weitdraußen & Tiefdrunten, das dehnt die Zeit, und die unberührte Haut dehnt sich unter ihren Fingerkuppen, löst sich auf zwischen den warmen Handflächen, die mein Gesicht umfangen, und der Zauderer gibt sich ihren Händen anheim, vergeht unter ihnen wie Schnee unter der Sonne. Ich wäre gern der Schnee, die Asche oder auch der Mond, wenn du das Feuer oder die Sonne wärst. Es machte mir gar nichts aus, tagsüber als sternferne Geröllhalde unbeleuchtet durch den finsteren Kosmos zu schlingern, solange ich hoffen dürfte, allnächtlich unter deinen Strahlen aufzugehen, wieder und wieder. Mit einem Wald nähme ich auch vorlieb, oder einem See. Begraben unter meterhohem Kinderschnee zwischen November und Januar: schwarz und schweigend, still und starr läge ich da und wanderte mit dir durch die Jahreszeiten: Im März bräche das Eis, im April rückte ich mein dünnes Geäst in ein günstiges Licht, im Mai schlüge ich kräftig aus, im Juni schmölze ich dahin, im August erreichte ich den Siedepunkt, und man wäre versucht zu sagen: seltsamer Vogel. Irgendwo zwischen Edelfichte und Bienenwachs. Läßt alles mit sich machen. Ziemlich unkonturiert. Mit Passivität geschlagen. Paßt nicht mehr so recht in die Landschaft. Die Doppeläxte haben Rost angesetzt, die Damen proben die Rückkehr zur deutschen Eiche und stoßen beim Revival der Kanthölzer kleine spitze Schreie aus. Ps-stolze schmallippige, scharfrasierte Krieger vom straighten Stamm der Broker & Banker überschwemmen Vernissagen und Foyers; die tragen ein Glaskinn, schußfeste Kettenhemden aus kalter Wolle, faxen und reden ausschließlich Klartext, beschleunigen in zehn Sekunden von null auf hundertfünfzig, jagen zwischen zwei Warentermingeschäften mit geschlossenem Visier, kondomisierter Lanze und durchgedrücktem Gaspedal durch die Futonbetten und wechseln im Nebel auf die Überholspur, bevor der Morgen graut.

Ich bin kein Kämpfer. Ich kann keinen Kompaß lesen, kein Auto frisieren, kein Pferd satteln, keinen Börsenbericht entschlüsseln, kein Wässerchen trüben. Ich bin in grauer Vorzeit mit Unmassen giftiger Äpfel gefüttert worden, dämmere hinter den sieben Bergen bei den sieben Schwestern in einem gläsernen Sarg vor mich hin und markiere den toten Mann. Schneepaulchen und Rosenrot. Ich bin langsam. Ich mache mich rar. Ich will überrascht, geweckt und heimgeholt werden von den Frauen. Das sind sie mir schuldig, die Frauen. Zweiundzwanzig Jahre bin ich durch ihre Hände, ihre Küche, ihr Herdfeuer und ihre Schule gegangen, und nach erfolgreichem Abschluß meiner Grundausbildung sehe ich mich in diesem lichten Moment mit den Augen der Frau, die mich berührt. Ich will nur das sein, was du in mich hineinsehnst, was du in mir zu erblicken wünschst, und deute dir an, daß ich mich dir so gerne hingeben würde, Maria. Die Handlung nimmt eine überraschende Wendung: Ich spiele verrückt. Ich wage den

Einbruch in eine Frauendomäne. Schließlich lungern seit Penelope die Frauen in den Häfen, vor den Fabrik- und Kasernentoren, in den Bahnhöfen und Raumfahrtzentren herum und brennen darauf, sich den Helden, soweit sie den Fronteinsatz überlebt haben, sofort und bedingungslos hinzugeben. Warum das so ist, weiß niemand. Auch ich nicht, der den Spieß umdreht, weil er nicht anders kann. Ich, der ich ja nicht nur ein hochgestochener und verklemmter Junggermanist, sondern auch ein naturwüchsiger Hingeber bin, ahne nichts von der Hingabe, und das ist gut so. Je weniger man davon weiß, desto besser. Denn man kann sich ihrer nicht bedienen, man kann sie nicht in der Volkshochschule lernen, sie ist kein Partnerschaftsratgeber, kein Tantraschwachsinn, kein Knüppelausdemsack, kein Tischleindeckdich, kein Wechsel auf die Zukunft und noch nicht einmal eine Beziehungstechnik, sie stellt sich ein, oder sie stellt sich nicht ein, man gibt sich hin, oder man läßt es bleiben. Das ist alles.

Du und ich. Maria und Paul. Hier fällt eine Maske, dort häutet sich ein Gesicht, ein Sturm zieht auf, ein vernebeltes Gehirn wird geöffnet, der Rausch einer wolkenlos klaren Nacht, Könige wandern in ein samtenes Blau, die Kuppel des Himmels ist mit Sternbildern tapeziert, der kleine Bär strebt durch ein ausgetrocknetes Flußbett, in mir aufgehäuftes totes Gestein, losgetretene Lawinen donnern ins Tal, und die Ebene erstreckt sich, du, du siehst sie, ja, ja, ich sehe sie, die Ebene, ausgebreitet in meiner Brust, die sich weitet und öffnet in staunendem Entzücken, weit erstreckt sich die Ebene mit den leichten Zeichen, den zitternden Buchstaben, Alpha und Omega, die Inschrift, die dein Mund in meine Armbeuge brennt, Zeile um Zeile, phantastische Wörter, Tätowierungen, Feuermale, Narben, Umzüge, Auszüge, Exzerpte, eine schöne Geschichte.

How to do things with words? Diese Frage verweist darauf, daß unsere Geschichte einen Haken hat. Diese Geschichte, in der, wie in allen schönen Geschichten, ein Wort das andere gibt, eine zu Herzen gehende Begebenheit, eine hochfliegende Bildsequenz sich zwanglos an die andere reiht, diese Geschichte krankt daran, daß die beteiligten Personen mit ihrer Sehnsucht nicht Schritt halten können, daß den Worten keine Taten beziehungsweise den richtigen Worten die falschen Taten folgen. Gewiß: Wir lachen uns über ihre Fremdheit hinweg, wir tauschen unsere stickigen Kindheiten aus wie Briefmarken, wir spielen uns die Top ten der amerikanischen Charts zu und fahren vierspännig durch die Carnaby-Street, wir stecken Ted Herold und Rex Gildo in hölzerne Kästen und sägen die dummdeutsche Schlagerbranche ritscheratsche entzwei, wir lassen Doktorväter durch brennende Reifen springen und auf ihren Kathedern Männchen machen, wir schikken die hochglanzversiegelten Hausdrachen zum Friseur und verpassen ihnen stabile Betondauerwellen, wir mißbrauchen den Hausmeister als Trampolin und schießen mit ihm prallärschige Studienoffiziere auf den Mond, wir hetzen den Nager ins Hamsterrad und halten ihn mit Russisch Brot bei Laune, wir versteigen uns in Ingardens Grundbehauptungen über den wesenseigenen Aufbau des literarischen Kunstwerks, bewegen uns in der theoretischen Erörterung der Zentralbegriffe von Treue und Demut auf der Vorstufe des Minnesangs, und obwohl ich mit dir völlig darin übereinstimme, daß die Liebeslieder eines gewissen Dietmar von Eist weniger galant, sinnlich und vital anmuten als die seiner französischen Zeitgenossen, erscheinen sie mir, weil in ihnen die Liebeswerbung ausschließlich von der Frau ausgeht, ungleich reizvoller. Die Gnade des Herrn besteht darin, daß der bis zum Rand mit dickmachenden Schokoladenhasen und hartgekochten Hühnereiern gefüllte Kelch in diesem Jahr zum erstenmal an mir vorbeigeht, daß mir statt dessen das Fest der Auferstehung in deiner Gestalt ein Mädchen beschert, ein schönes und liebreizendes Mädchen, das sich mir gewogen zeigt durch ein tiefes und warmes Lächeln; aber wie du jetzt, in der Abgeschiedenheit der studentischen Wohnzelle, die Hände um meinen Nacken geschlungen, vor mir stehst und zu erkennen gibst, daß du damit einverstanden bist, die historische Vorlage auf die gegenwärtigen Minneverhältnisse anzuwenden, bin ich mir nicht mehr ganz sicher, ob ich nicht doch lieber noch hundert Jahre hinter der Dornenhecke oder in dem von den sieben Zwergen bewachten Glassarg verschlafen sollte, weil ich eine Entdeckung fürchte, die hinabführt von den unangreifbaren Höhen der im dreizehnten Stock archivierten Sekundärliteratur in die Niederungen des praktischen Mangels: Ich habe noch nie... Einen Lidschlag lang liegt mir das Bekenntnis meiner Jungfräulichkeit auf der Zunge, aber da deine Lippen die meinen schließen, bricht der Satz auf halber Strecke ab, bleibt das Überflüssige ungesagt, und angesichts der Blöße, die du dir gibst, gehen mir die Worte aus.

Na endlich, das wurde aber auch höchste Zeit, wird man erleichtert aufseufzen. Alle Märchen werden wahr. Aber selbst wenn sich der vorliegende Text als Dreigroschenroman entpuppen sollte, was heftig bestritten wird, und du eine erfahrene, in der Rückverwandlung quakender Frösche geübte Prinzessin wärst, die mich mit einem kraftvollen Wurf durch ihr damastenes Himmelbettchen schleuderte – das eine ist nicht der Fall, das andere wenig wahrscheinlich –, so müßtest du nach erfolgreichem Abschluß des Recyclingverfahrens nicht nur einen prächtigen Königssohn von der Wand deines Schlafgemachs kratzen, sondern leider immer auch einen von Grübelzwängen verfolgten Jungakademiker.

Sicher, ich halte auf dein Anraten den Mund, aber wie sollst du die in meinem Kopf sich überschlagenden Gedanken aufhalten? Ich sehne mich nach der fremden Haut, die mich berührt; warm atmende, sanft lockende Haut, aber an dem Ufer, das der verzagte Entdecker betritt, bietet seine Rüstung keinen Schutz, führen die ihm bekannten Zeichen in die Irre, wird seine Sprache nicht gesprochen, wird furchtbarerweise überhaupt nicht gesprochen. Fühlst du dich durch mein Gerede angeödet? Was willst du mir mit dem Kuß sagen, der meinen Mund versiegelt? Warum schließt du dabei die Augen? Willst du dir meinen Anblick ersparen? Ist meine Nase zu groß? Denkst du an etwas anderes? An eine vergangene Tanzstunde, einen treulosen Fußballspieler, an die zähe Zeit, die nicht vergehen will in meiner Anwesenheit? Fallen deine braunen Augen, deine bodenlos braunen Augen, in mich hinein, oder siehst du durch mich hindurch und gehst hinter meinem Rücken das Bücherregal ab? Wenn aber dein Blick wirklich mir gilt, wen oder was siehst du in mir? Die wirklich große, am äußersten Rand des Denkbaren gelegene, völlig vermessene Liebe, die mich zerreißt? Liegt es nicht sehr viel näher, in mir den angenehmen Zeitvertreiber zu sehen, den artigen, eloquenten Feiertagsverplauderer, den guten Freund, den man mit einem kumpelhaften Schlag zwischen die Schulterblätter zu verabschieden pflegt, den hochedlen Old Shatterhand, einen Mann, mit dem man Pferde stehlen, Ideale diskutieren, Mittelgebirge erwandern und bis tief in die Nacht Blindekuh oder Mensch-ärgere-dich-nicht spielen kann, ohne den Verdacht der mißtrauischen Zimmerwirtin zu erregen: Diesen freundlichen jungen Mann, Fräulein Maria, ja diesen Herrn Harmlos, der kein Wässerchen trüben kann, den können Sie ruhig häufiger einladen.

So könntest du über mich denken, denke ich, und während ich dich im Arm halte und mich von dir küssen lasse, spukst du ganz aussichtslos in meinem Kopf herum. Nur gut, daß ich den Kopf nicht verliere. Mein Kopf weiß alles über Frauen. Mein Kopf gilt als belesen. Mein Kopf wird schon wissen, wo es langgeht. Mein Kopf ist so dick wie der Große Brockhaus und so aufgeräumt wie eine Mülltonne. Die unbefleckte Madonna aus der Kinderbibel überragt den Kölner Dom, Trotzkopf und Heidi blättern im Decamerone und rennen laut schreiend zum Alm-Öhi zurück, Nesthäkchen heiratet Doktor Sauerbruch und gibt sich im zwölften Band dem Führer hin, die von Turandot geköpften Freier werden von Florence Nightingale zusammengeflickt, der Engel von Sibirien ist für die Rückführung von Kriegsblinden zuständig, Hilde Krahl tanzt mit Heinrich George nackt durch eine Puschkin-Novelle, Cand. med. Helene Willführ wird mit Brigitte Horney auf der untergehenden Wilhelm Gustloff verfilmt, auf dem Sonnendeck singen Luise von Preußen, Roswitha von Gandersheim, Rita Hayworth und die Königin von Saba das Hohelied a capella, und während sich Scarlett O'Hara, Lady Chatterley und Madame Bovary über flanierende Blockadebrecher, Stallburschen und Landärzte ereifern, greift Professor van de Velde zum Kinsey-Report und diskutiert, an die Jukebox gelehnt, mit Oswalt Kolle und Frau von Pappritz die Formen des weiblichen Sexuallebens. Tired of waiting, brüllen die Kinks, und ich weiß nicht, was es bedeuten soll, im Schatten junger Mädchenblüte die sensorischen Endorgane zu stimulieren, vom Winde verwehte dreiundsechzigprozentige Streuung der koitalen Gesamt-Triebbefriedigung durch schweres Petting, was interessiert mich, daß Rhett Butler in Georgia jede Menge oral herbeigeführter Orgasmen kumuliert, daß die Säule silbern, die Decke gülden und der Sitz purpurn verzieret ist um der Töchter Zions willen; ich will dich erobern und dir beweisen, daß ich ein Mann bin, ich will nicht viele, sondern eine, und von der einen will ich endlich alles, und damit schlage ich das Buch der Bücher prompt an der falschen, von mütterlichen Einflüsterungen zensierten Stelle auf.

Wild entschlossen werfe ich die Präsenzbibliothek über Bord und versuche mich in der Rolle des Draufgängers. Dabei mache ich binnen kürzester Frist drei entscheidende Fehler: Ich vergesse, daß mir die gelassene Absichtslosigkeit entschieden besser zu Gesicht steht als der verbiesterte Eroberungsdrang; in meinem blinden Kraftakt übersehe ich nicht nur, wen ich vor mir habe, sondern auch was in mir selbst steckt: ein Häufchen Elend, ein furchtsames Kind unbeholfener Eltern, der Schrecken des in den deutschen Leibern nistenden Notstands, frostklamme, zerbrechliche Blätter im Wind. Was kümmert's mich? Ich stehe unter Druck. Ich überfahre alle Signale, und zu böser Letzt vergesse ich den auf Stirn und Handflächen ausbrechenden Angstschweiß, löse meine Lippen ruckartig von deinem Mund, bewege mich mit dem Mut der Verzweiflung auf dem einmal eingeschlagenen, unabänderlich starren Kurs nach Süden, pflüge mir über deine bebende Flanke auf der Direttissima einen Weg durch die reichsortierte Ober- und Unterbekleidung, zerreiße mit klatschnassen Fingern und vor Aufregung zerbissenen Lippen den gordischen Knoten des BH-Verschlusses, und plötzlich übernimmst du das Kommando und befiehlst mir wie aus heiterem Himmel den sofortigen Abbruch des Unternehmens: Hör auf, du machst alles kaputt, flüsterst du und drehst dich mit einer schnellen Bewegung unter mir weg. Ich wollte dir die ganze Zeit über schon sagen, sagst du ganz schnell und bedeckst dabei hastig deine entblößte, im Halbdunkel aufleuchtende Haut mit den umherliegenden Wäschestücken, ich hätte dir von Anfang an sagen sollen, daß ich das nicht will, daß das nicht geht, daß das nicht recht ist, weil ich mich versprochen habe, verstehst du?, weil ich beinahe vergessen habe, daß ich in festen Händen bin, weil ich schon ganz lange verlobt bin, und morgen will er mich besuchen, mein Verlobter.

Nach diesem Bekenntnis sieht sich nicht nur der Spanner Schulz um seinen bescheidenen Lustgewinn betrogen; auch der aus dem Jenseits angereiste Humphrey Bogart, der bereits Woody Allen auf die Sprünge half, springt mir bei und ruft mir zu: Man ist ja einiges gewöhnt, aber das ist ja wohl die mit Abstand dümmste Ausrede, die seit langem an das Ohr eines Liebhabers drang. Wo leben wir denn? Aus welchem verstaubten Regal der Geschichte kramt sie denn diesen Ersatzspieler hervor? Was ist das eigentlich, ein Verlobter? Sind das nicht diese händeringenden, auf der äußersten Stuhlkante herumrutschenden Gestalten, die von züchtig waltenden Hausmüttern und streng dreinblickenden Familienoberhäuptern mit Hilfe von Blumengebinden und Havannazigarren den Segen für eine lebenslänglich unglückliche Verbindung einholten? Wurde diese Spezies nicht bereits in Thomas Manns «Buddenbrooks» zu Grabe getragen, und für den wenig wahrscheinlichen Fall, daß ein solches Gespenst in Marias Leben tatsächlich sein anachronistisches Unwesen treiben sollte: seit wann stellt der abwesende Dritte – der liebe Gott, die Schwiegermutter, der Ehemann oder gar der Verlobte – für die von der

Schlange gebissenen Beteiligten ein ernstzunehmendes Hindernis dar? Glaub ihr kein Wort, Paul, laß dich nur nicht irremachen, das Ganze ist ein durchsichtiges Manöver, selten bedeutet das «Nein» ein «Nein», im Zwielicht klingt es schon wie «Jein», und dir steht es frei, es in ein klares und deutliches «Ja» zu verwandeln, wenn du nur dranbleibst und nicht lockerläßt.

Zu verstehen sind diese Unmutsbekundungen schon, doch sie erreichen den Adressaten nicht – glücklicherweise, möchte man angesichts solcher geballten Stammtischweisheiten hinzufügen, denn dieses kriegerische, mantel- und degenbewaffnete Drauf und Durch ist meine Sache nicht, und obwohl ich nicht glaube, daß es diesen Verlobten gibt, dessen Auftritt angedroht wird, ist es mir entsetzlich, daß Maria einen solchen Pappkameraden erfinden muß, um meinen krampfhaften alpinistischen Bemühungen zu entgehen. Im Moment des Absturzes werde ich der Kluft inne, die zwischen der angelesenen Unbeschwertheit der Umarmung und ihrer praktischen Ausführung herrscht: Ich wollte doch nur die Entdeckung einer Farbe mit ihr teilen, ein anderes, ein lichtes, beinahe körperloses Blau hatte mir vorgeschwebt, eine luzide Kuppel aus wohlklingenden Worten und flaumfederleichten Zärtlichkeiten hätte ich über ihr ausbreiten mögen, Auge und Ohr wollte ich ihr leihen, Schild und Speer wollte ich ihr sein und hatte mich unbegreiflicherweise zu diesem gemeinen landsknechthaften Beutezug gegen ihren mattschimmernden weißen Leib hinreißen lassen.

Als ich am nächsten Morgen schluchzend in den Trümmern meiner Liebe erwache und im Spiegel über dem Waschbecken die Reste meiner unwürdigen Existenz einer schonungslosen Musterung unterziehe, blickt mir kein hochwohlgeborener Ritter der Tafelrunde entgegen, sondern ein triefäugiger Sittenstrolch, ein sabbermäuliger, in flagranti ertappter Triebtäter, vor dem jede Frau nur laut schreiend wegrennen kann. Die Widerlichkeit meiner nackten, demaskierten Gesichtszüge wird nur noch von den Händen übertroffen, unförmige Baggerschaufeln, schweres, in den Scharnieren knirschendes Werkzeug, Klauen, die dringend amputiert werden müßten, um weiteren Schaden von der dünnen, durchscheinenden Mädchenhaut abzuwenden. Das Handgemenge. Die Handgreiflichkeit. Das ganze Elend geht von den Händen aus, ich habe es immer geahnt. Wäre ich als Mann doch nur nicht mit diesen Händen gestraft, mit diesen Armen, diesen Beinen, den plumpen Gliedmaßen, dem bleiernen Körper: die Seele flöge auf, meine Seele kreiste über dir Tag und Nacht, ein Leben lang. Perdu. Gewogen und für zu schwer befunden. Gehen Sie nicht über LOS! Streichen Sie keinen Lottogewinn ein! Gehen Sie direkt in die Gefängnisbibliothek…

Das ist lange her. Das geht nie vorbei. Ich habe dich verloren. Ich habe dich gefunden. Ich suche deine Liebe. Ich versuche mich an meiner Liebesgeschichte. Meinem Wunsch geht kein klares und eindeutiges Verständnis voraus. Es gibt keinen Schlüssel und kein Schloß, es gibt kein Fenster und keine Tür, und gäbe es ein Haus, so könnten wir es nicht sehen, weil das Licht über den Städten längst erloschen ist. Es gibt einen geschlossenen Raum, der mich bedroht durch die Erinnerung an deine Abwesenheit. Auf der Oberfläche der Zeit zeigen sich Risse, der geschlossene Raum weitet sich zum Spiegelsaal, Myriaden rotierender Prismen tragen meine Sehnsucht in entlegene, elende Provinzen, vergessen, verschüttet, zerbrochen. Ich haste durch ein Trümmerfeld, eine Wüste aus Scherben, drehe sie mit wachsender Verzweiflung um, krieche durch Millionen zertretener Hoffnungen und finde auf der Rückseite der unwiderruflich letzten von allen: dich. Es gibt am Ausgang der Vergangenheit eine Gegenwart: deine. Es gibt dort eine belebte Landschaft mit deutlichen Konturen, offenen Passagen, feucht-wärmenden Winkeln, verzweigten Höhlen und kalten Höhenlinien: deinen Körper. Im abgrundtiefen Staunen, im himmelhochjauchzenden Entzücken darüber, daß es dich gibt, wie es dich gibt, wirklich, ergreifend, berührbar, breche ich in Tränen aus. Und im Schluchzen zeichnet mein verschwimmender Blick dich nach: als Gang, als Betonung, als Gesicht; die aufstrebenden Rippenbögen, die unter der Berührung sich dehnende Haut, der halbgeöffnete hungrige Mund, die erlösende rote Pracht der sich auffächernden Haare, über, unter, neben mir, ein sanft rieselndes Wasser, das sich über Nacken, Achsel und Scham ergießt, eine einzige große, alle Regungen umfassende atmende Bewegung. Das ist alles. Und es ist mehr als alles. Es ist der endlich einfache und ruhige Kern: die angstenthobene Berührung der Haut, der Augenblick der Abwesenheit von Wächtern, Schildwachen, Worten, Geboten und Gedanken.

Schau, Maria, was uns geschieht: Wir fallen in uns zurück, wir fallen übereinanderher, wir breiten uns ineinander aus wie Echos und bilden, in Flüssen treibend, über Täler fliegend, seltsam zerfließende Formen aus Händen und Häuten, Schatten und Geruch. Alles widerfährt uns ohne unser Zutun, weiche, gleitende Schwingungen, ein Stakkato von schneidender Heftigkeit, zwischen Demut und Gier treiben wir sicher und selbstverloren auf die Spitze zu. Die Wut. Die Höhe. Der Schrei. Das Erbarmen. Die Kehre. Kein Absturz. Eine kaum spürbare Neigung nach unten, der ruhiger werdende Atem auf dem flacher werdenden Strom, auf dem wir durch die Nacht treiben, du & ich, endlich.

7

Hübscher Einfall oder billiger Trick? Purer Zufall oder allzu durchsichtiger Einsatz der Dea ex machina? Ich freue mich natürlich, von meinem überaus geschätzten Vorredner zu erfahren, daß ihm die Witwe soeben gewährte, was ihm die Jungfrau damals versagte; jeder der fähig ist, einen Griffel zu halten, darf die Zeitmaschine auf Trab bringen und hemmungslos und ungeniert Schicksal spielen, so gut er eben kann, aber wenn *ich* mir einen unwahrscheinlichen Plot reinziehen will, gehe ich doch lieber gleich ins Kino: Zurück in die Zukunft Teil I bis III. Aber was soll's. Ich mache meinen Job und bleibe bei der Chronologie, eisern, unbestechlich und ohne sentimentale Fisimatenten.

An einem kalten Jännertag des Jahres 1910, vier Jahre vor der Ermordung des österreichischen Thronfolgers in Sarajewo und zirka achtzig Jahre vor Paul Ferners gewaltsamer Vergangenheitsbewältigung, wird der Wiener Neurologe Sigmund Freud beim Studium einer Kindheitserinnerung des Leonardo da Vinci der erstaunlichen Geschmeidigkeit des menschlichen Geschlechtslebens gewahr:

Der Sexualtrieb, heißt es im neunten Band der Gesammelten Werke, stellt der Kulturarbeit außerordentlich große Kraftmengen zur Verfügung, und dies zwar infolge der bei ihm besonders ausgeprägten Eigentümlichkeit, sein Ziel verschieben zu können, ohne wesentlich an Intensität abzunehmen. Man nennt diese Fähigkeit, das ursprünglich sexuelle Ziel gegen ein anderes, nicht mehr sexuelles, aber psychisch ihm verwandtes, zu vertauschen, die Fähigkeit zur Sublimierung.

Es ist nicht zu bestreiten, daß Paul nach der gescheiterten Eroberung Marias alle Anstrengungen unternimmt, die aus der Unterdrückung seiner Sexualerregung gewonnenen Ersparnisse an anderer Stelle vermögenswirksam anzulegen, aber macht man am 31. 12. '67 eine Zwischenbilanz auf – Jahreswechsel sind wegen des erhöhten Alkoholkonsums für das Ablegen von Gelübden und das Abwägen lebensgeschichtlicher Guthaben und Verbindlichkeiten besonders gut geeignet –, bleibt für Paul unterm Strich nicht allzuviel übrig. Seine jahrzehntelangen, bereits kurz nach der Geburt einsetzenden Bemühungen um das andere Geschlecht sind ohne nennenswerten Widerhall geblieben, seine affektiven Investitionen in die Gegenstände seines Begehrens kann er getrost abschreiben: Siglinde, seine Mutter, hat ihn mit den allgegenwärtigen Fleischtöpfen aus dem kuscheligen Elternhaus vertrieben, was im Ergebnis völlig in Ordnung geht, weil eine allzu lange Verweildauer im mütterlichen Dunstkreis unter eingeweihten Freud-Kennern wegen der möglichen Verletzung des Inzest-Tabus als ungesund gilt; der lebenslustigen Mareike ist nichts Besseres eingefallen, als ihn mit der Aufforderung zum Abspecken aus ihrem Herzen zu kehren, und als es ihm dann schließlich gelingt, seinem massigen Äußeren eine passable, von der Damenwelt erwünschte Façon abzutrotzen, steht er mit seinem entschlackten und entfetteten Leib schon wieder unbeweibt und traumverloren in der Gegend herum, weil die platonische Maria auch von den nunmehr verschönten und erheblich reduzierten fleischlichen Bestandteilen seiner Zuneigung verschont bleiben will.

In dieser Lage, die dadurch gekennzeichnet ist, daß Paul nicht nur an den Frauen und seinem Verstand, sondern auch an sich selbst zweifelt und drauf und dran ist, mit dem maroden Liebesleben auch gleich seinen überflüssigen Körper an den Nagel zu hängen, bleibt ihm gar nichts anderes übrig, als den Königsweg der Sublimierung zu beschreiten und sich neben der Stundung der Zielvorstellungen mit einem Wechsel des Objekts abzufinden. Offen bleibt allerdings, auf welche Tätigkeiten und auf welches Objekt seine Umtriebigkeit in Zukunft zielen sollte. Er ist mit dem 1962 im Insel Verlag erschienenen «Cornet» wieder und wieder hinaus in die rauschende Welt geritten, hat den letzten Früchten mehrmals befohlen, voll zu sein, ist, als die Blätter trieben, der literarischen Vorlage gemäß, unablässig in den Alleen hin und her gewandert und hat die zwitterhafte kosmische Vagheit des Rainer Maria Rilke und mit ihm die ganze verblasene Zettelkastenwirtschaft nach siebenmaliger Lektüre gründlich satt. Die für fortgeschrittene Semester vorgeschriebene Beschäftigung mit den sieben Grundtypen der ästhetisch wertvollen Qualitäten des epischen Kunstwerks läßt ihn ebenso kalt wie das Waltharilied und die hundertste philologische Durchforstung des Kriemhild-Hagen-Komplexes; der Plan, ersatzweise seine völlig heruntergekommene und verwohnte Studentenbude zu renovieren, scheitert an der Konsistenz des angerührten Tapetenkleisters und dem Zusammenbruch der sechsstufigen Trittleiter; die spontane Idee, mit der Axt in der Hand durch den Taunus zu streifen und über die Dezimierung der Fichtenbestände zur Katharsis zu gelangen, wird alsbald von der Vorstellung abgelöst, sich als Trommler bei einer Rock-Band zu verdingen. Dann wieder will er als Leichtmatrose bei der christlichen Seefahrt sein Glück machen, tags darauf zieht er einen Ikebana-Kurs an der örtlichen Volkshochschule in Erwägung und fährt zwei Stunden später im Geiste nach Straßburg, um die dort stationierten französischen Landstreitkräfte um die sofortige Aufnahme in die Fremdenlegion zu bitten, mit einem Wort: Paul ist ziemlich durcheinander. Er denkt schon darüber nach, seine Suche nach einer zugänglichen Frau und der mit ihrem Erscheinen möglicherweise verbundenen Bedürfnisbefriedigung ein für allemal einzustellen, als sich ihm im letzten Augenblick in Gestalt des Proletariats ein geradezu ideales Ersatzobjekt und mit dem organisierten Klassenkampf eine nicht weniger attraktive Ersatztätigkeit offenbart: DEM VOLKE DIENEN!

Wem Pauls Sprung von den Duineser Elegien ins Kommunistische Manifest ein wenig gewagt, übereilt oder gar unglaubwürdig erscheint, der sei daran erinnert, daß sich seinerzeit 98 Prozent der dem Studium der Geistes- und Sozialwissenschaften ergebenen jungen Menschen nolens volens ihre Jungfräulichkeit bewahrt hatten, infolgedessen andauernd über Unpäßlichkeiten, Juckreiz, Waschzwang, Spätakne und ähnliche Hysterica klagten und mithin froh sein konnten, ihr zutage getretenes Leid – einfältige Zeitgenossen sprachen von Orgasmusschwierigkeiten – unter dem Banner des Marxismus verschwinden lassen zu dürfen.

Da es hier nicht um die Errichtung einer Wiederaufbereitungsanlage für ausgebrannte APO-Veteranen geht, sondern um Aufbauhilfe für einen deutschen Liebhaber, braucht der Leser keine langatmigen Schwanksammlungen à la Als-wir-dem-US-Imperialismus-einmal-zeigten-was-eine-Harke-ist zu befürchten: Pauls vorübergehende Vermählung mit der Arbeiterklasse bahnte sich ganz einfach dadurch an, daß ihm eines schönen Tages in einer Vorlesung plötzlich die Galle überlief oder, um im Bild zu bleiben: daß er rot sah. Zwar hatten sich Paul und mit ihm die meisten seiner Kommilitonen damit abgefunden, daß der Lehrstuhlinhaber Jan-Willem van der Meulen, ein würdiger germanophiler Greis holländischer Herkunft, dem Namensgeber der Universität, Johann Wolfgang von Goethe, in besonders inniger Weise zugetan war; sie ertrugen es klaglos, daß er an dem größten Sohn Frankfurts einen Narren gefressen zu haben schien und es sich nicht nehmen ließ, seine Studenten seit der Währungsreform alle Jahre wieder voller Emphase mit einer Werk und Leben des Weimarer Titanen gewidmeten Vorlesungsreihe zu überziehen; als er an diesem Tag jedoch seinen in Einsamkeit und Freiheit gefaßten Beschluß verkündete, das versammelte Auditorium während des gesamten Sommersemesters mit Goethes Wolkenlehre zu behelligen, war das Ende der Fahnenstange erreicht.

Drei junge Männer, darunter Ferner, stürmten das Rednerpult und machten ihrem Unmut Luft. Der Sprecher des RCDS näherte sich dem Vertreter des akademischen Establishments auf der für seine Verbindung reservierten rhetorischen Kriechspur, er ließ den hochverehrten Herrn Professor wissen, daß seine Vorlesungen unter den genuin germanistischen sicherlich zu den hörenswertesten zählten, erlaube sich aber dennoch die Frage, ob philologische Probleme, und fänden sie sich noch so geistvoll dargestellt, in der gegenwärtigen Lage nicht doch ein wenig der gesellschaftlichen Relevanz gebrächen; der Mann vom SDS, ein düster dreinblickender Mensch im schwarzen Rollkragenpullover, bat den Vorredner, sein liebedienerisches Geschwätz einzustellen, sie würden hier als bloße Konsumenten des wissenschaftlichen Warenangebots behandelt, als passive Objekte eines Prozesses, der sich als Lernprozeß gar nicht konstituieren könne, solange die Agenten des gesellschaftlichen Systems auch das Sprechen in Mikrofone monopolisierten, um die Massen ohne theoretisches Instrumentarium und unter Umgehung ausgearbeiteter soziologischer Kategorien für dumm zu verkaufen und unmündig zu halten; Ferner, auf den ersten Blick als Angehöriger der Lederjacken-Fraktion zu erkennen, donnerte in den Saal, daß man den Auftritt eines Universitätsprofessors, der einen Vortrag über Goethes Wolkenlehre halten wolle, während das Kapital weltweit von einer Verwertungskrise in die andere taumele, fast für eine Metapher, eine literarische Erfindung halten müsse: Gegen die Klarheit des drohenden Generalstreiks kann der säuselnde Kapitalistenknecht in letzter Minute wirklich nur noch die Wolke, den Inbegriff des Verschwommenen, Flüchtigen, Formlosen ins Feld führen, eine Strategie, die sich von selbst disqualifiziert, denn wie können wir als Vorhut der Arbeiterklasse ein Interesse am Unklaren und Wechselhaften haben? Und deshalb, Genossen, kann unsere Antwort nur lauten: HAUT WEG DEN SCHEISS! STÄRKT DEN HEROISCHEN KAMPF DER REVOLUTIONÄREN GEWERKSCHAFTS-OPPOSITION! GOTT SCHÜTZE STALIN, LUNATSCHARSKI UND DEN AUFBAU DER KPD/ML – FRANKFURTER LINIE!

Wie Jan-Willem van der Meulen sich der Attacken der germanistischen Brüderhorde erwehrte, ist nicht überliefert; ob Sigmund Freud angesichts der plötzlichen Verrohung des Paul Ferner noch von einer gelungenen Sublimierung hätte sprechen mögen, sei dahingestellt. Fest steht, daß der Klassenkampf des Proletariats ein Gehäuse ist, in dem Paul Trost und Schutz findet, dem er sich in seinem Verhalten anpaßt, dem er seine Lebensgeschichte unterordnet, in dem er seine unerwiderte Liebe zum Verschwinden zu bringen sucht. Daß dieses philosophische Gebäude, zusammengeschnurrt auf die Denkverschläge von Diamat und Histomat, angefüllt ist mit dem beklemmenden Mobiliar seines Begründers, eines unglückseligen, gesellschaftlich ausgegrenzten, rassisch verfolgten, von Geldnöten, Furunkeln und Ehrgeiz zerfressenen Menschen, dessen Versuch, sich selbst zu transzendieren, genialisch gescheitert war und der deshalb kompensatorisch seine eigene Erfindung, das auserwählte revolutionäre Subjekt umarmte, macht Paul überhaupt nichts aus, im Gegenteil: daß im Marxschen Gesellschaftsentwurf das real existierende Individuum nicht vorgesehen war, kommt Paul sehr entgegen, weil er – seiner freudlosen Realexistenz überdrüssig – in diesem Entwurf einer am Sankt-Nimmerleins-Tag am Horizont der Geschichte heraufziehenden sozialistischen Morgenröte endlich von sich absehen darf und die Serie seiner Liebesunfälle bis zur Errichtung der Diktatur des Proletariats zu den Akten legen kann.

So gehen die Tage dahin. Der junge Morgen sieht Paul mit Flugblättern bewaffnet vor den Werkstoren der Vereinigten Deutschen Metallunion, wo er einem Komplott von sozialfaschistischen Betriebsräten und lumpenproletarischen Elementen zum Opfer fällt und im Handgemenge einen Schneidezahn verliert. Ab neun Uhr reinigt er Campus und Hörsäle von den letzten Statthaltern der bürgerlichen Wissenschaft. Zwei Stunden später wandert er mit dem Klingelbeutel in der Hand durch die Bockenheimer Landstraße und bittet die werktätigen Massen um einen kleinen Beitrag zur Finanzierung von Schnellfeuergewehren und Kettenfahrzeugen für die Khmer Rouge. Mittags kauft er sich eine Salzbrezel und agitiert bei dieser Gelegenheit ein ahnungsloses Lehrmädchen, das sofort nach dem kleinkapitalistischen Bäckermeister schreit. Um Punkt eins holt er beim ZK die von Mao Tse-tung ausgegebene Wochenlosung ein: Alle Reaktionäre sind Papiertiger. Bis siebzehn Uhr studiert er Kalinins «Wie ein Kader sein soll». Vor Beginn der Kapitalschulung beantwortet Genosse Hai Yu Wong, Kandidat des ZK der KPCH, die Frage: Urlaub vom Klassenkampf oder Urlaub für den Klassenkampf? Und ab zweiundzwanzig Uhr läßt Paul sich bei der aus achtzehn Funktionären und einem arbeitslosen Elektroinstallateur zusammengesetzten Parteivollversammlung im «Roten Bembel» planmäßig mit Radeberger Pils vollaufen, um sich die letzten Reste des falschen, weil tradeunionistischen Bewußtseins aus dem Hirn zu schwemmen. Aber in manchen Nächten stößt ihm die bittere Traditionsdroge der Arbeiterbewegung sauer auf und verweigert ihre sedierende Wirkung. Dann kommt es vor, daß er sündigt in Worten und Gedanken, daß er, im Rückgriff auf die in Familie, Oberschule und Universität indoktrinierte individualistische Ideologie, der duftenden Haut Marias nachjammert und, getrieben von romantischen Ressentiments, die bitteren Tränen des betrunkenen Kleinbürgers weint:

Die kullern einfach so aus mir heraus, die dummen kleinen konterrevolutionären Salztröpfchen aber auch, und fragen nicht nach dem Mehrwirt und dem tendenziellen Fall der Profilrate, solange noch das Lämpchen glüht und der Humpen kreist, Herr Oberst ein Bier, oder besser gleich eine Klassenlage für alle, die reinen Herzens sind und trinken, bis sie unter den Tisch fallen, denn welches Schwein pfeift denn eigentlich noch nach dem Bewußtsein, der Schein oder das Sein ist eh sternhagelvoll und kann meinetwegen auf der Stelle absinken in die Basis oder den Körperbau, wohingegen der Fußpilz und die Poesie und das Wetterleuchten um Marias feingeschwungenen weißen Schwanenhals letztinstanzlich samt und sonders gesellschaftlich vermittelt sind, wenngleich ich nicht verleugnen will, Genossen, daß mir der objektive Faktor Subjektivität, es kann aber auch die altböse Bourgeoisie gewesen sein – an und für sich eine ganz üble parasitäre Klasse –, bei einem Glaserl Wein einen kleinen Renegaten ins Ohr gesetzt hat, der Bursche will immerzu Marketenderinnen vernaschen und Zuckererbsen nicht minder, der Suffkopp, der hat doch gar keinen Sinn für das Exekutivkomitee der Komintern oder für die Kontratieffschen Langwellen, für den Großen Vaterländischen Krieg oder für die unaufhaltsame Zuspitzung des mehr oder weniger antagonistischen Hauptwiderspruchs von Kapital und Freizeit, der leider erst nach der Registratur des Pontifikats seiner dreifaltigen Aufhebung entgegendämmert, wobei sich die mir unter den Nägel brennende, höchst nebenwidersprüchliche Frauenfrage noch vor der Enteignung der Schlüsselindustrien geschichtsautomatisch in der gesunden proletarischen Geschlechtergemeinschaft von selbst erledigen wird – und bis dahin, Freunde, Römer, Bürger, Trinker, hört mich an, leeren wir noch einen Dujardin und springen noch ein wenig über den Feuerbach mitten hinein in den soundsovielten Brumaire des Louis de Cognac und fragen uns mit dem mumifizierten Uljanow in einer Tour: Was tun? Die dritte Periode liquidieren, die Germanistik erschießen, das Winterpalais stürmen oder saufen, bis die Hutschnur reißt?

Gegen Mittag findet Paul seinen zerborstenen Schädel im Bettkasten wieder und rührt sich zur Strafe mit kaltem Wasser eine Kanne Pulverkaffee an. Nach der dritten Tasse sieht er klarer und zweifelt keinen Augenblick daran, daß Kater und Sodbrennen nichts mit dem nächtlichen Aufenthalt in der Bierschwemme zu tun haben, sondern einzig und allein auf den in seinem Kopf tobenden Kampf zweier Linien zurückzuführen sind. Paul ist entschlossen, diesen Kampf auf der Seite der Sieger zu beenden, und entdeckt unter Einfluß der Gegendroge den Ablenkungscharakter seines Liebeskummers im besonderen sowie die Hemmschuhfunktion der Frau in der politischen Arbeit im allgemeinen. Nach Instandsetzung seiner alkoholverwüsteten Fassade eilt er zum Plenum der ROTZGERM (Rote Zelle Germanistik), um den Angehörigen der Frankfurter Schule die Leviten zu lesen. Die adornitischen Kriecher und Wolkenschieber seien nichts als orientierungslose Kapitalmarionetten, die die Kämpfe der Arbeiterklasse ignorierten, weil die Kritischen Theoretiker ihren ohne schlechtes Gewissen genossenen Status als akademische Profiteure unangetastet ließen, wohingegen die oppositionelle Literaturwissenschaft in eine fortschrittliche Perspektive münde: Was der klassenbewußte Arbeiter der Stirn in Zukunft studieren müsse, seien die von der KPD in der

Weimarer Republik organisierten Arbeiterkorrespondenzen, die von ihr ausgehende proletarisch-revolutionäre Literatur. Die Literatur des antifaschistischen Widerstands müsse der systematischen Aneignung zugeführt werden und sonst gar nichts. Als sich ein Angehöriger der befeindeten Fraktion zu Wort meldet, den parteikonformen Schematismus, den ästhetischen Schwachsinn dieser Art von Literatur geißelt und den Verdacht äußert, der Sektierer Ferner und die maoistische Clique, für die er spreche, sehne sich insgeheim danach, selber so durchsichtig, schematisch und funktional zu werden wie die leblosen Gestalten der proletarischen Groschenheftchen, um damit das Diffuse und Nebelhafte ihrer eigenen dumpfen Kleinbürgerlichkeit aufzulösen, läuft der peinlich berührte Paul zu klassenkämpferischer Höchstform auf. Wenn windelweiche Liberale, in diesem Fall der berüchtigte Überläufer und Arbeiterverräter Klaus-Dieter Trescher, hebt Paul an, über die Abstraktheit dieser Romane jammern wie die Waschweiber und sich weigern, deren völlige Transparenz für die Strategie und Taktik der KPD als künstlerisch anzuerkennen, so kennzeichnet das nur ihre ausweglose Lage, in der sie immer nur Selbstporträts abgerichteter Kapitallakaien «realistisch» finden und die unbewußte Parteinahme für die sieche Bourgeoisie «objektiv». Seit diese Ideologen dumpf ahnen, daß sie mitsamt ihrer todgeweihten Klasse unaufhaltsam in Verwesung übergehen, halten sie den positiven Helden überhaupt für unmöglich; und wo sie ihn antreffen wie zum Beispiel in Genosse Grünbergs «Brennende Ruhr», kreischen sie immer nur: «Plakativ, plakativ!» Ich kann dem feinen Herrn Trescher seitens der einzigen marxistisch-leninistischen Partei auf deutschem Boden versichern, Sie werden der Arbeiterklasse diese Literatur nicht vermiesen, denn nur eine Art Mensch kommt auf dem Weg zum Tod ohne überkommenen Trost und schöngeistigen Tand über die Runden: der rote Held. Indem er sich bis zu seiner Ermordung konsequent zu der Sache bekennt, für die er gelebt hat, geht er kalt, klar und bewußt in das Nichts, an das er als Freigeist zu glauben gelernt hat. Ob im Leben oder im Roman, ob unter dem Zaren, Hitler, Franco, Salazar oder Kurt Georg Kiesinger: der kommunistische Held opfert sich ohne Hoffnung auf Auferstehung. Sein Karfreitag ist durch keinen Ostersonntag gemildert oder gar aufgehoben, an dem er wieder zum Leben erwacht. Die Literatur ist tot. Der Westen wird rot. So soll es sein. So wird es sein, oder wir werden nicht sein. Auf, auf zum Kampf, zum Kampf sind wir geboren.

Amen.

Der Klassengegner lacht Tränen. Die Genossen klatschen Beifall. Die Genossin Juskowiak ist begeistert, mehr noch: sie ist hingerissen. Die Genossin Juskowiak sieht so aus, wie sich Paul, seit er rot geworden ist, das Proletariat in seinen kühnsten Träumen vorgestellt hat. Sie heißt mit Vornamen Helga, ihr Vater hat als Hauer auf Zeche Siegfried geschafft, ihr Körperbau ist unübersehbar athletisch, ihre sturmfeste Kurzfrisur ist der von der Partei diagnostizierten revolutionären Lage angepaßt, ihr Gesicht wirkt immer wie frisch gewaschen, sie trägt kein

Make-up und keinen Büstenhalter und ist im Zentralkomitee für die Entlarvung von Provokateuren und Charaktermasken zuständig.

Weil sich der vormals kleinbürgerliche Paul gern mit dem blütenweißen proletarischen Stammbaum der Genossin Juskowiak brüsten würde, trägt er sie seit Wochen auf Händen, bildlich gesprochen. Er steht ihr zur Seite, wenn es um die theoretische Beflügelung ihres naturwüchsigen Klasseninstinkts geht, erscheint mit der Taschenlampe, wenn sie sich im Dickicht der Kapitalschulung verlaufen hat, und hilft ihr pausenlos und systematisch bei der Überwindung der vom Klassenfeind errichteten Sprach- und Bildungsbarrieren.

Unter der fulminanten Rede des Genossen Ferner springt jetzt ein kleines, an sie gerichtetes Leuchtfeuer aus seinen marineblauen Augen, die Genossin Juskowiak hat die Botschaft empfangen, und dabei sinken ihr die Kaderakten in den Schoß. Nach erfolgreicher Sprengung der Veranstaltung tritt Helga auf Paul zu, spricht ihm seitens der Partei ihre Anerkennung aus und schließt ihre wohlwollenden Ausführungen mit der weithin deutlich vernehmbaren Frage: Willst du mit mir ficken?

Der rote Paul wechselt in tieferes Rot, hat das Gefühl, daß die fünfhundert Menschen, die sich nach ihm umdrehen, dringend auf eine Antwort warten, und streift sich schnell die abgelegten bürgerlichen Verkehrsformen wieder über die Schulter: Wie bitte? Ich glaube, ich hab dich nicht ganz verstanden. Willst du mit mir vögeln? habe ich gefragt, fährt die Genossin in unverminderter Lautstärke fort, du bist doch sonst nicht so schwer von Begriff, du brauchst doch nur mit Ja oder Nein zu antworten, mein Lieber. Nun ja, selbstverständlich gern, warum auch nicht, und wann, hast du gedacht, wann sollen wir, wann möchtest du? stammelt er mit gedämpfter Stimme. Jetzt, jetzt gleich natürlich, sagt sie ganz freundlich und marschiert zum Ausgang des Hörsaals. Dort dreht sie sich nach dem zurückgebliebenen Revolutionär um und lacht: Na, komm schon, stell dich nicht so an. Oder hast du's noch nie gemacht? Paul geht bei Fuß und ist heillos verblüfft.

Draußen legt Helga ihren Arm um seine Schulter und meint: Das kommt vielleicht ein bißchen überraschend für dich, aber ich rede nun mal nicht gern so geschraubt daher. Weißt du, wenn ich mich eine Nacht im Bett richtig ausgetobt habe, läuft es hinterher auch mit der politischen Arbeit wochenlang wie geschmiert. Du bist ideologisch zuverlässig, liegst voll auf Parteilinie, du gefällst mir ausgesprochen gut, und außerdem bin ich scharf wie eine Sichel.

Das letzte Wort geht Paul trotz der Vertrautheit mit dem Parteiemblem durch und durch, und er hat Mühe, der Versuchung zu widerstehen, auf ihre Bemerkung wie ein Fußballspieler zu reagieren, der in Erwartung des gegnerischen Freistoßes beide Hände über dem bedrohten Geschlecht zusammenkrampft und dabei ahnt, daß es sinnlos ist, den Schiedsrichter zu bitten, seine Entscheidung noch einmal zu überdenken: Ich will ja nicht kneifen, wendet er ein, glaub das nur nicht, aber ich muß dir sagen, daß das bei mir nicht so ohne weiteres… Was soll das denn, unterbricht sie ihn und knufft ihn mit dem Ellbogen in die Seite, daß sich die Rippen biegen, du meinst, du kriegst keinen hoch? Das laß nur meine Sorge sein, das wäre bei mir das erste Mal, daß das nicht klappt.

Paul steht neben sich und bestaunt einen Menschen, der mit an Beflissenheit grenzendem Eifer neben einem anderen Menschen hertrottet, welcher nicht nur ganz genau weiß, was er will, sondern auch, wie er es bekommt, und von dem er inständig hofft, daß er ihm nicht auch noch versichern wird, er wolle es ihm schon besorgen.

Nachdem die beiden sein Zimmer in der interfraktionell besetzten Wohngemeinschaft erreicht haben, erteilt Helga Paul eine Rüge, weil sie nicht verstehen kann, wie man als guter Kommunist mit dem Trotzkisten-Pack von der IV. Internationale, mit Anarchosyndikalisten, kiffenden Blumenkindern, Adorno-Jüngern und leibhaftigen Jusos unter einem Dach hausen kann. Seine Selbstkritik fällt ziemlich lahm aus: Es hat sich halt so ergeben. Wir kennen uns alle aus der Zeit vor der proletarischen Wende, aber es besteht keine Ansteckungsgefahr: wir reden schon seit Monaten kein Wort mehr miteinander, und im Kühlschrank hat jeder sein eigenes Fach.

Als Paul zur Einstimmung Blue velvet, gesungen von Nat King Cole, auf dem Plattenteller legen will, nennt Helga den Interpreten einen weißen Nigger: Laß doch das dekadente Gedöns, Paul, wir brauchen weder Musik noch Wein oder Kerzenlicht; mach keine Umstände und zieh dich lieber aus, kommandiert sie und entledigt sich im fahlen Schein der Deckenbeleuchtung ihrer Kleidung, die sie mit einer solchen Akkuratesse auf seinem Rattansessel stapelt, als rechne sie jeden Augenblick mit einem vom Inspekteur der Roten Armee angeordneten Spindappell.

Ein zarter Hauch von Kernseife liegt in der Luft. Paul und Helga schlüpfen zeitgleich unter die Decke. Die Erotik verabschiedet sich, Handwerkerstolz macht sich breit. Paul atmet durch, und während Helga sofort zur Sache kommt und im Akkordtempo nacheinander in seine Ohrläppchen beißt, seine Gesäßmuskulatur walkt, an den Brustwarzen herumschraubt, die Vorhaut lüpft und alles daran setzt, ihr persönliches Plansoll zu überbieten, streckt Paul alle viere von sich, spielt toten Mann und empfindet die Lage als extrem handschweißhemmend.

Es ist nicht so, daß er der Genossin nicht entgegenkommen will, daß es ihm an aufrichtiger Solidarität mangelt, aber sobald er die Augen schließt und sich, ihren Bewegungen folgend, aus Leibeskräften bemüht, seine natürlichen Ressourcen an der gewünschten Stelle zu konzentrieren, wird er von sachfremdem Gedankengut überschwemmt, denkt er an die Errichtung von Überlandleitungen und Elektrizitätswerken, an die Herstellung von Schaltkreisen und Steckkontakten, und als Helga mit der Aufmunterung: Jetzt wollen wir aber mal sehen, ob wir den Lümmel nicht auf Vordermann bringen, zum letzten Gefecht bläst, erleidet Paul einen völligen Stromausfall und springt mit beiden Beinen zugleich aus dem Bett. Das halte ich nicht aus, herrscht er Helga an, mir ist saukalt, und von deiner Stimme kriege ich eine Gänsehaut. Das wird mit uns im Leben nichts.

Wir passen halt einfach nicht zusammen. Bei dir geht es ja zu wie in der Produktion. Falls dieses trostlose Rumgerackere alles ist, was die Liebe zu bieten hat, dann nehme ich auf der Stelle den Schleier und gehe ins Kloster.

Helga zeigt sich sehr beherrscht. Helga ist augenblicklich Herr der Lage. Helga beweist proletarische Disziplin und kehrt zur proletarischen Kleiderordnung zurück. Ach, Paul, sagt sie und sieht dabei genauso aus, wie das Proletariat zukünftig in Pauls Alpträumen erscheinen wird, das ist doch alles nur romantisches Gewäsch. Wärst du ein guter Materialist, hättest du im Bett keine Probleme. Schau mal, das Grundlegende ist doch: Schaffung von gesunden ökonomischen Verhältnissen. Damit ist auch die sexuelle Frage gelöst. Die Schwierigkeiten, von denen du schwafelst, sind doch nur technischer Natur. Psychisch bedingte Impotenz, Frigidität, Empfängnisverhütung und so weiter... Das ist doch totaler Kappes. Unsere Parole ist: alles für die Weltrevolution. Auch die Liebe. Dient sie dem Klassenkampf, fördert sie ihn, gibt sie neue Kraft, dann ist es gut, egal, wie es die Menschen fertiggebracht haben. Stiftet sie aber Verwirrung und schafft Fesseln, dann fort mit ihr auf den Müll der Geschichte, dann ist sie was für höhere Töchter, dann ist sie genauso kleinbürgerlich, sentimental rückständig und schlappschwänzig, wie du es bist. Nein, laß nur, ich weiß schon, wo's zur Tür geht.

Das saubere Mädel verschwindet, der starke Genosse greift in der einbrechenden Dunkelheit zur Flasche und begießt das drohende Parteiausschlußverfahren mit Kröver Nacktarsch. Aus dem hell erleuchteten Nachbarfenster klingen schmutzige Gitarrenriffs und sonore Kirchenorgeln herüber: In-a-gadda-da-vida. Der schwarze Libanese kreist, und der süße Duft kriecht über die Fensterbank. Asketische und hedonistische Linke liegen sich in den Haaren. Weltgeist oder Frauengold? Ganz in der Nähe lacht eine von ihnen langanhaltend aus vollem Herzen. Das Gelächter zerspringt in tausend funkelnde Scherben und geht über in ein Stakkato abgerissener Schreie, die in einen hohen, klagenden Ton münden, der am Ende zur Sprache findet, um der Lust erneut auf die Sprünge zu helfen: Bitte bitte bitte und ja ja ja, flüstert es vielstimmig in der Finsternis. Das Fenster wird geschlossen. Das Glück ist immer da, wo ich nicht bin.

Die sexuelle Revolution findet ohne Paul Ferner statt.

8

Der rote Lautsprecher und die rote Helga. Am letzten Wochenende habe ich Schulz angerufen und ihn gebeten, dieses peinliche Kapitel zurückzuziehen. Nein, am Wahrheitsgehalt seiner Beschreibung sei nicht zu zweifeln, gab ich zu; aber unter vier Augen hätte ich ihm die Mitgliedschaft in der dumpfen KPD gestanden und auch keinen Hehl daraus gemacht, daß ich mich zeitweilig aus purer Verzweiflung für eine Genossin erwärmt habe, die von ihren Eltern mit dem Vornamen Helga gestraft worden sei und sich mit ihrem Engagement für diesen Wurmfortsatz der Pekinger Zentrale an ihren Erzeugern habe rächen wollen; wir alle hätten uns doch seinerzeit an irgendwem für irgendwas rächen wollen, aber man solle diese Jugendsünden doch nicht an die große Glocke hängen oder zumindest versuchen, sie in ein milderes Licht zu tauchen. Ich redete mindestens eine halbe Stunde auf meinen Chronisten ein, der stumm und störrisch am anderen Ende der Leitung hockte. Schreiben Sie, wie Ihnen der Schnabel gewachsen ist, aber tilgen Sie diese Organisation und diese Frau aus meiner Kaderakte!

Seit vorgestern liegen die Ergebnisse seiner Korrekturbemühungen vor. Das Ganze beginnt mit einem ebenso hanebüchenen wie verwinkelten Exposé. Sie, Helgas Nachfolgerin, sei ein fortgeschrittenes Semester gewesen und habe als Praktikantin bei der Deutschen Lesegesellschaft in Wiesbaden gearbeitet. Nach unserer ersten Begegnung beim «Kopf-und-Bauch-Fest» linksradikaler Juristen hätte ich, Paul, ihr das «e» gestohlen und sie fortan heimlich Gabriel genannt. Weil Gabriels Eltern an einem Symposium europäischer HNO-Ärzte in Wien teilnahmen, hätte uns anläßlich unseres dritten oder vierten Stelldicheins eine dieser verhaßten, aber durchaus komfortablen Westendvillen zur Verfügung gestanden, und unversehens seien wir beide ganz allein auf der Welt gewesen, was mich wieder einmal in größte Verlegenheit gebracht hätte. Ich hätte über Manfred von Ardennes Mehrschritt-Krebstherapie, über die Welturaufführung von Hans Werner Henzes Sechster Sinfonie in Havanna geschwafelt und ihr unaufgefordert erklärt, was ein Stamokap-Flügel sei. Nachdem ich mit mäßigem Erfolg die verschiedensten Gesprächsgegenstände vor ihr ausgebreitet hätte, hätte ich den Vortrag abgebrochen und sei verstummt. So weit, so schlecht, es folgt Schulz im O-Ton:

Ein breiter heller Lichtstreifen fiel vom Vorraum ins Wohnzimmer, überquerte das glänzende Parkett und illuminierte die väterliche Stereoanlage. Der Saphir senkte sich in die Plattenrille. Les Préludes, sagte sie. Franz Liszt, ergänzte er. Sie starrten ins Feuer. In der Glut barsten die harzigen Tannenscheite. Die Funken sprühten, und der offene Kamin verströmte Wärme und grenzenloses Behagen. Du bist ein brillanter Unterhalter, Paul. Es ist ein unbestreitbarer Genuß, mit dir in aller Freundschaft eine Nacht nach der anderen zu verplaudern, aber nun mal raus mit der Sprache: Klebst du vorzugsweise am Wort, oder schreitest du gelegentlich auch zur Tat? Magst du es à la longue lieber fleischlich oder gedanklich oder überhaupt nicht? neckte sie ihn mit maliziösem Lächeln, während Paul Hand an den metallisch schimmernden Verschluß der Champagnerflasche legte.

Das werden wir gleich feststellen, zischte er. Rawumms! Der Korken flog mitsamt der Halterung in die Luft, riß eine Schneise in den zwölfarmigen Kristall-Lüster, sprengte ein faustgroßes Loch in die stuckverzierte Decke des erlesen möblierten Spekulationsobjekts, und unter dem Druck lang aufgestauter vulkanischer Begierden platzte ihm neben dem Kragen auch der zwiegenähte Reißverschluß seiner knapp sitzenden amerikanischen Nietenhose. Ohne Vorwarnung, rot und zornig drängte die Eichel nach dreiundzwanzigjähriger Einzelhaft ans Tageslicht, und die mächtige blaugeäderte Rute sprang ihr wie ein wutschnaubender Drache aus dem dunklen Verlies entgegen. Mein lieber Mann, flüsterte sie verzückt und umklammerte mit bebenden Händen den Sockel des imposanten Gebildes, hast du das gleiche Modell nicht eine Nummer kleiner? Anstatt zu antworten, legte er trotzig noch ein paar Zentimeter zu, und sie genoß es, daß er sich ihr, hin- und hergerissen zwischen dem Wunsch, sie aufs zärtlichste zu liebkosen, und sofort und ohne Umschweife die fälligen Explosionen in ihr auszulösen, auf dem gemäßigten Mittelweg näherte; mit seinen kräftigen Fingern, allen elf Fingern, steckte er zielstrebig die Grenzen seines Claims ab, beschrieb weite Kreise um das vor ihm liegende Bermudadreieck; ihre schwach behaarte Scham wurde zum aufgewühlten Zentrum der Welt, zu einem trichterförmigen Strudel, zu einem schäumenden Ozean, in dem man versinkt und frau vergeht seit Menschengedenken und von Ewigkeit zu Ewigkeit. Sie blieb reglos liegen, um ja nicht herauszugeraten aus den feurigen Wirbeln, die um so heftiger in ihr mahlten, je weiter Paul sich zum feuchten Rand der Klamm vorarbeitete. Kaum hatte er den übermoosten Hügel unsäglicher Wonnen passiert und die vollen schlüpfrigen Lippen geteilt wie ehedem Moses das Rote Meer, geriet er vollends aus dem Häuschen, da gab es kein Halten mehr, und er stürzte sich, seinem Schwellkörper folgend, kopfüber in den dampfenden Abgrund. Ohne Wenn und Aber, ohne Pflicht und Kür preschte er seiner Wollust entgegen und spielte ihr nach einer Melodie zum Tanz auf, die sie nie wieder vergessen sollte. Es war, als ergösse sich weißglühende Lava in ihr Edelstes, und sie begann zu stöhnen, als er sie öffnete und in ihrem Körper emporstieg, vorbei an der Gebärmutter, vorbei am Magen, unter ihr rasendes Herz, hoch in den Rachen, bis in den aufgerissenen, zum Schrei geformten Mund. Sie keuchte und hechelte und bettelte in einem fort um Vergebung, er aber peitschte sie erbarmungslos durch die hohe Schule der Läufigkeit und stieß mit stählernen Schwingen auf sie hernieder wie Luzifer und Michael in Personalunion. Seine Hände waren aus purem Gold, und seine Zunge wieselte rastlos zwischen den hervortretenden, von rosigen Vorhöfen gesäumten Brustwarzen hin und her. Im Gegenzug riß sie ihm mit blitzenden Dolchen handtellergroße Hautfetzen vom schweißüberströmten Rücken, absplitternder Nagellack und aufschießendes Blut vermählten sich zum höchsten Rot, schmale Rinnsale flossen über die breiten Schultern abwärts und versickerten im wildwuchernden Gestrüpp seiner wütenden Lenden. Unaufhörlich stemmte sie ihm das rotierende Bekken entgegen, unerbittlich drückte er sie zurück, hämmerte sie in Grund und Boden und trieb sie mit der zärtlichen Wucht einer Dampframme zur Offenbarung: Mon Dieu! Tränen schossen ihr in die Augen. Mon Dieu!

Nachdem Paul in dieser Nacht, in der die Orgasmen wie Sterntaler vom Himmel fielen, in der das Staffelholz der Begierde laufend den Besitzer wechselte und eine Ekstase auf die andere folgte, nachdem Paul in dieser ersten von mindestens tausend Nächten, am Fußende der französischen Doppelliege zuerst ihr und dann sich eine filterlose Roth-Händle zwischen die aufgesprungenen und zerküßten Lippen gesteckt hatte, erkundigte er sich, vom ausbrechenden Reizhusten geschüttelt, ganz beiläufig nach ihrem werten Befinden: Na, und, wie war ich? – Klasse! Einsame Spitze! Du bist der Größte, hauchte sie und bettete ihren schönen schwarzgelockten Kopf in seine Armbeuge. Genau das wollte ich hören, dachte er und sagte: Seit der mittleren Reife, seit dem Untergang der Andrea Doria – oder war es das Schulschiff Pamir? – warte ich auf diesen Satz, auf diesen Augenblick. Und nun ist er da und fällt mir ganz einfach in den Schoß. Wenn ich's mir recht überlege, ist der Verlust der Jungfräulichkeit ganz leicht zu verschmerzen. Wie sieht es übrigens mit dem Kranzgeld aus, fragte er scherzeshalber, und als er sich ihr zuwandte, um ihr die Daunendecke um die fröstelnden Schultern zu legen, mißdeutete sie prompt seine fürsorgliche Maßnahme, hob an zu schnurren wie eine Katze, verdrehte die Augen, verlor unter dem Eindruck einer absichtslosen Berührung erneut die Besinnung und fiel in Ohnmacht. Gabriele ohne «e». Er nahm ihr die brennende Zigarette aus der Hand, pustete ihr die dunkle Locke aus der Stirn, inhalierte tief, starrte an die von den Ornamenten befreite Zimmerdecke, atmete ein, atmete aus, seufzte erleichtert und war glücklich.

Daß Schulz als künstlerisch ambitionierter Mensch mit diesem Einstieg weniger glücklich ist als das in wohlverdienter postkoitaler Erschöpfung darniederliegende Pärchen, liegt auf der Hand: es ist eben, man verzeihe mir die saloppe Ausdrucksweise, entschieden einfacher, zum krönenden Abschluß einer erfolgreichen Verführung mit einem gewogenen Partner nach Herzenslust drauflos zu vögeln, als diesen Vorgang ästhetisch befriedigend zu vergegenwärtigen und ihn darüber hinaus in ansprechender, um nicht zu sagen gefälliger Weise zu Papier zu bringen.

Was glaubte Schulz nicht alles anstellen zu müssen, um den damit verbundenen formalen, inhaltlichen und nicht zuletzt verkaufsstrategischen Aspekten zu genügen? Er beriet sich mit Zeithistorikern, Gestalttherapeuten und Lifestyle-Experten, hielt Rücksprache mit Freunden, Passanten und Verwandten – darunter übrigens auch seine literarisch durchaus interessierte Frau Mutter; er belauschte in Gaststätten, Diskotheken, Fitnesscentern und Theaterfoyers Hunderte von Kontaktanbahnungsgesprächen und schnitt sie zum Teil sogar heimlich mit; er kramte – allerdings erfolglos – in seinen eigenen, berufsbedingt bescheidenen Erinnerungstrümmern, taumelte während seiner Bemühungen um die möglichst lückenlose Archivierung welt- und trivialliterarischer Schmutzstellen von Rang zwischen Angélique und Ovid, Josephine Mutzenbacher und Giovanni Boccaccio, Harold Robbins und Elfriede Jelinek, Pauline Réage und Charles Bukowski haltlos durch die Buchbestände und landete schließlich in der für ihn zuständigen Deutschen Nationalbibliothek, wo es diesbezüglich jedoch ziemlich finster, um nicht zu sagen trostlos aussah.

Die Tatsache, daß dieses Volk der Dichter und Denker höher und tiefer dichtete und nach eigenem Bekunden weiter und dichter dachte als jedes andere Volk im ganzen Erdenrund, war über jeden Zweifel erhaben und wurde auch von ihm nicht ernsthaft bestritten – nur mit dem unmittelbaren Verkehr tun sie sich halt ein bißchen schwer, dachte er bei sich. Aber man kann ja nicht alles auf einmal haben: mal fehlt es am Becher, mal fehlt es am Wein, mal hapert's an der Form und mal am Inhalt. Schließlich gibt es ja ersatzweise auch noch die Erotik, die nicht so schmuddelig ist wie die Sexualität und die man außer an ihrer hochverrätselten Bildersprache auch daran erkennt, daß man es nur in Gedanken treibt, daß die Hände nach dem Nachtgebet über der Bettdecke bleiben und daß sich die Beteiligten lieber mit abgespreiztem kleinem Finger lang und breit über Puddingrezepte unterhalten, als sich schmatzend durch eine safttriefende Honigmelone zu fressen.

Advertisements for myself: Er, Schulz, ein den asphaltierten Niederungen des Literaturbetriebs zugeneigter Agent in eigener Sache, baggerte sich auf der Suche nach dem deutschen Sexus mit Todesverachtung durch Thomas Manns Josephsroman, eine bleierne tausendseitige Orientalistikvorlesung, kroch mit letzter Kraft auf eine vom Autor in Aussicht gestellte Oase zu, wo er der Verführungskünste von Potiphars Weib ansichtig zu werden hoffte. Die Enttäuschung war vollkommen. Das attraktive Weib des Kämmerers erwies sich als potthäßliche, von den Spuren vergangener Ausschweifungen gezeichnete alte Vettel; der widerstrebende Joseph trug den akkurat gezogenen Mittelscheitel des Lübecker Handlungsgehilfenverbandes, scharwenzelte wie eine Huch und Hach kreischende Schwuchtel an der biblischen Ägypterin vorbei und schien seinen Auftritt in einer homophilen Eurhythmiegruppe einstudiert zu haben. In Heinrich Bölls «Gruppenbild mit Dame» ging es ab und zu wie auf einer Sonnwendfeier des nordischen Kleintierzuchtvereins: die durch die Bank blonden Mädels waren doof und lieb, hießen Leni, Moni oder Erika, verfügten nach Auskunft des Verfassers über eine direkte, proletarische, fast genialische Sinnlichkeit und sehnten ihre Defloration vorzugsweise im Heidekraut unter einem eben erglühenden Sternenhimmel herbei. Nach der Flucht unter die polnisch verwalteten Unterröcke der kaschubischen Großmutter stieß Schulz auf einen greinenden Nobelpreis-Anwärter namens Grass, der seinen Geschlechtsgenossen unter dem Eindruck anhaltender Altherren-Zipperlein die offene Regression predigte: Ab vierzig sollten alle Männer wieder gestillt werden: öffentlich und gegen Gebühr, bis sie satt sind und nicht mehr weinen, auf dem Klo, allein.

Ihm war schon ganz übel von der süßen Milch der Frühe, und auch die vielen Bäuerchen, die in ihm aufstiegen, machten ihm schwer zu schaffen. Als er dann zu guter Letzt seine Plagiatsbemühungen auch noch auf den unendlich angeekelten Handke ausdehnte, der im Hinblick auf das andere Geschlecht das dachte, was man als dünnlippiger Miesepeter eben so denkt, wenn man in Scheidung lebt und am Bleistift kaut: «Ich möchte wirklich nicht mehr meinen edlen Schwanz in so eine Frau hineinstecken» – da war er sich plötzlich ganz sicher, daß bei diesem und all den anderen hochdekorierten Kollegen deutscher Zunge auf dem weiten Feld der unbeschwerten körperlichen Liebe nichts zu holen und nichts zu stehlen sei. Also besann er sich seiner eigenen beschränkten Mittel, ließ dem Alter ego seinen Lauf und schrieb meine späte Ermannung in einer einzigen Nacht herunter. Mit Weh und Ach, von den Erinnyen gejagt und von Weckaminen gepeitscht, machte er sich, so gut es eben ging, ans Werk, suchte den Samenkoller meines süßen Sündenfalls in Worte zu fassen und mischte sich damit unter die verzweifelte Schar jener Schriftsteller, die seit den Tagen Gutenbergs mit nie erlahmendem Eifer immer wieder dem Wahn erlagen, auf einem jungfräulichen Blatt Papier jenen vergänglichen Freuden zur Unsterblichkeit zu verhelfen, die meine scharfzüngige Gespielin die fleischlichen zu nennen beliebte und die erfahrungsgemäß doch immer wieder ans Herz, an die Wäsche oder in die Beinkleider gehen. Als er fertig war, las er alles noch einmal durch und sagte sich: ALLES IST GUT.

Wie viele vor ihm und nach ihm mußte Schulz nicht nur feststellen, daß eigentlich schon alles gesagt und gedruckt war, sondern auch entdecken, daß es neben der ihm bekannten Spröde der Frauen die Sprache selbst war, die sich zierte, albern herumkicherte, hysterische Anfälle bekam und immer dann wenig Entgegenkommen zeigte, wenn es darum ging, die Verrückung der Liebe auszudrücken, jene Extremlage zu benennen, die die Grenzen des Bewußtseins sprengt und in uns Ungeheuer gebiert, von denen auch Schulz nicht verschont blieb. Dort im Dunkeln, er wußte es ganz genau, lauerten zwei Bestien: Die eine war die der unfreiwilligen Komik, die andere die des erotischen Kunstgewerbes, die hockten, dreist mit Flaschengärung, Kerzenlicht und Fondue-Besteck bewaffnet, in allen Winkeln der Art-déco-Kulissen, in diesen satinierten Du-ich-spüre-dich-echt-so-tief-so-tief-in-mir-Geschichten, und machten ihm schwer zu schaffen.

Die dritte Bestie, die allerdings nicht im Dunkeln

hockte, sondern aus den Tiefen des Telefonhörers zu ihm sprach, war ich selbst. Weil meine Beschimpfungen nur bedingt veröffentlichungsfähig sind, beschränke ich mich auf den Kern meiner Aussage: Nur über meine Leiche. Der Dreck bleibt in der Schublade, oder ich kündige Ihnen die Zusammenarbeit auf. Ich muß die Drohung nicht wahrmachen. Seit heute morgen halte ich die Fotokopie eines an Schulz gerichteten Fernschreibens in Händen:

ZK für Frauenfragen — Köln am Rhein, den 11.11.90

– Sektion Verlagswesen –

Betrifft: Textanalyse Ferner alias Ventura alias Eastwood alias Lancaster alias Mitchum alias Vallone alias King Kong alias Tarzan alias Rambo.
Die Bundesmatriarchin: Pornographie gefährdet Ihre Gesundheit. Eine Zeile dieses Machwerks enthält nach FIN (Feministische Industrie-Norm) die auf der Vergnügungssteuerbanderole angegebenen Mengen an Machismo (M) und Kondensflüssigkeit (K) (Ejakulat).
Rechtsmittelbelehrung: Sollten Sie Ihren Schadstoffausstoß binnen vierzehn Tagen nach Erhalt dieser maschinenschriftlichen Benachrichtigung nicht auf durchschnittlich 0,1 M und durchschnittlich 0,01 K gesenkt haben, wird Ferner alias Flynn alias Lancaster alias Mitchum alias Eastwood alias Vallone alias

Bronson alias King Kong alias Rambo gemäß Immissionsschutzgesetz vom 15.5.'89 von der örtlichen Seuchenbevollmächtigten am 1. April d. J. um 12 Uhr s. t. frauenöffentlich angeprangert und eingestampft bzw. verbrannt.
Widerstand ist zwecklos!

gez. A. Schwarzer
(nach Diktat verreist)

Kurz vor der Tagesschau rief auch noch seine Mutter an und drohte ihm, wie er mir berichtete, mit Selbstmord. Sie schalt ihn einen Schmutzfinken und schrie ihn nieder, bevor er sich noch nach ihrem werten Befinden erkundigen konnte: Ich stehe mit dem Telefon in der rechten und deinem Schweinkram in der linken Hand auf dem Balkon der Seniorenwohnanlage und schwöre dir bei Gott und den himmlischen Heerscharen: Ich füttere meinen Kanarienvogel mit Rattengift und stürze mich in die Tiefe, wenn du nicht augenblicklich Abbitte leistest und diese Sudelei widerrufst. Mutter, Mutter, rief Schulz und verbiß sich in höchster Not in die Sprechmuschel, ich nehme es auf meinen Eid: Ich habe keine Ahnung vom Leben, mein Leben hat keine Ähnlichkeit mit einem Roman: Ich bin nicht Ferner, Mutter, hörst du: Ich sage es dir zum letztenmal: ICH BIN NICHT FERNER! Aber die Mutter überhörte den Kunstvorbehalt ihres Sohnes geflissentlich und hielt den Telefonhörer in den Sturm, der über die Zinnen der Seniorenwohnanlage hinwegbrauste. Schulz gedachte in Liebe der windzerzausten, zerbrechlichen kleinen

Person, die nun gleich zerschmettert auf dem Asphalt vor dem gräßlichen Altenheim liegen würde, und plötzlich wurde er ihrer als des Menschen inne, der als erster in Liebe zu ihm gesprochen hatte und dem er außer seinem Leben schließlich auch die Muttersprache verdankte, mit deren Hilfe er irgendwann zur Lorbeerernte zu schreiten hoffte: Komm sofort runter, Mutter, brüllte er, ich schreibe alles noch mal um.

Das wurde aber auch höchste Zeit.

9

Großbanken fest. Telefonhandel freundlich. Farben gut behauptet. Erdbeben auf Lesbos. Messerstecherei im Eros-Center. VW schluckt Audi. 14 Jungsozialisten im Römer. Beach Boys in der Jahrhunderthalle. 247 Abgeordnete stimmen für Barzel. 5000 Stumpenkerzen im Sonderangebot. Apollo 16 landet im Pazifik. Uwe Seeler verläßt die Rasenbühne. Netzer kommt aus der Tiefe des Raumes. Auf der Zeil fallen sich wildfremde Menschen in die Arme. Mit Mühe wahrt von Hassel seine Würde. Einige Damen vergessen ihre Strümpfe im Stadtwald. Die Rechtspflege in Hessen ist nicht gefährdet. Infolge lokaler Abkühlung der Erdoberfläche durch verminderte Sonneneinstrahlung tendiert die horizontale Luftbewegung gegen Null, auf gut deutsch: Über allen Gipfeln ist Ruh'…

Auf dem Archipel GULAG verbluten die roten Träume. Der Osten ist tot. Die weltumspannenden Gedanken kehren geschlagen heim. Im Gepäck befinden sich Bahnsteigkarten und faule Kompromisse. Durchgeknallte Pfarrerskinder laden die Knarren durch, fackeln ein Warenhaus ab und stellen die Landesinsassen vor eine klare Alternative: MENSCH ODER SCHWEIN. Der Student zieht den Kopf ein, mausert sich zum Referendar und betritt vorsichtshalber das höhere Lehramt. Weil das niedere und höhere Lehramt nicht nur ganz gut dotiert, sondern auch die kürzeste und bequemste Verbindung zwischen den kleinen und großen Ferien ist, finden wir Herrn Assessor Ferner im goldenen Oktober des Jahres 1972 auf dem europäischen Fernwanderweg Nummer fünf wieder, der die Städte Bregenz und Venedig verbindet und seit altersher von Menschen, die in der großen Politik eine Niederlage oder auf dem Meer der Liebe Schiffbruch erlitten haben und in der Natur Trost, Erbauung und moralische Aufrüstung suchen, gern beschritten wird: Berg Heil, Paul.

Das Sonnenlicht hat die Schlucht noch nicht erreicht. Ein Murmeltier weckt ihn mit klarem, durchdringendem Pfiff. Es ist bitterkalt. Er kriecht aus dem Schlafsack, ertastet seine dickwandigen amerikanischen Springerstiefel und stolpert über die Schnüre seines Zwei-Mann-Zeltes nach draußen. Die allerersten, nadelspitzen Sonnenstrahlen dringen über die nördlichen Gipfel. Er blinzelt zur riesigen Doppelsilhouette der Zwei Zinnen hinauf. Das ungeheure Licht, das sich über den Grat tastet, läßt die brüchigen Säulen wie Raubritternester erscheinen, von größeren Dimensionen als die, die Menschen anlegen, eine Festung für Engel und Dämonen, von den Besatzungstruppen längst verlassen. Zu den klaren, langgezogenen Pfiffen der Murmeltiere gesellt sich ein Chor seltsamer Vogelstimmen: gackernde

Schneehühner, quietschende Felsläufer und das höhnische Krächzen der Dohlen. Ohne einen Laut schweben zwei Adler über der Schlucht. Zweihundert Meter über ihm hängen sie reglos in der Morgenbrise. Ekkart Fischer, Assistenzprofessor für Industriesoziologie an der TH Darmstadt, ein begeisterter Wanderer, aber eine Woche vor der Abreise von seiner Lebensgefährtin Ulla verlassen, sitzt in abgeschnittenen Jeans und zerschlissenem Unterhemd am Spirituskocher und reicht Paul einen Blechnapf mit bitterem schwarzem Kaffee. Ich hab die ganze Nacht in den Himmel gestarrt und über Ulla und mich nachgedacht, sagt er. Na und, fragt Paul und schlürft dabei seinen Kaffee, was ist dabei herausgekommen? Ekkart stiert in seine Tasse und sagt: DIE ZWEIERBEZIEHUNG IST TENDENZIELL UNFREI. Der Satz hallt nach, nicht nur wegen des Echos. Paul nickt. Das könnte er sofort unterschreiben, obwohl er selbst bislang nur sporadisch in den Genuß dieser Unfreiheit gekommen ist.

Der eigentliche Morgen ist schon vorüber. Der Alpenhauptkamm beginnt sich aus dem Sonnendunst zu schälen. Auf der gegenüberliegenden Talseite ist es sicher schon warm. Wie ein dünner Draht aus weißleuchtendem Silber schimmert ein Fluß durch den Sonnenrauch. Wie schön. Er spürt nicht mehr viel von seinem Innenleben. In ihm klopft das malträtierte Herz ganz klar und rein. Da sind die Vogelstimmen, da ist das Licht auf dem Felsen, der silberne Fluß und der bittere Geschmack des Kaffees. Keine Vorwürfe, keine Erinnerungen, keine Unruhe. Er ist leer, rein und klar. Willste noch 'ne Tasse Kaffee? Nein, danke. In dieser Geschichte sind schon mehrere Hektoliter Kaffee getrunken worden.

Der Wind ist abgeflaut. Er weht nicht mehr. Der Sturm ist vorüber. Womöglich hat Paul auch nur gelernt, sich mit dem Wind zu bewegen, und spürt ihn daher nicht mehr. Kann gut sein. Er fingert in seiner Parkatasche nach Pfefferminzbonbons und einem Buch. Einem zerlesenen Buch. Einem dünnen Buch. Einem sehr dünnen Buch. Wegen der Höhe und der dünnen Luft und der Leichtigkeit der Geschichte sollte es schon ein extrem dünnes Buch sein, eine Broschüre. Er wird von einer Frau beeinflußt, die in dem Buch und in seinem Leben eine tragende Rolle spielt. Die Frau heißt Emma. Sie ist mit der gleichnamigen Haushaltspfanne oder dem berüchtigten kölschen Kampfblatt weder befreundet noch verschwistert. Emma hat blendendweiße Nägel. Sie sind mandelförmig geschnitten und sorglich gepflegt und schimmern wie das feinste Elfenbein. Ihre Hände sind nicht gerade schön, vielleicht nicht weiß genug und zu mager in den Fingern, nicht besonders weich und in ihren Linien ungraziös. Was jedoch schön an ihr ist, das sind ihre Augen. Sie sind braun, aber im Schatten der Wimpern sehen sie schwarz aus, und ihr offener Blick trifft die Menschen mit der Kühnheit der Unschuld. Emma hat während ihrer Kindheit in der ländlichen Abgeschiedenheit einer Klosterschule heimlich jede Menge Schundromane gelesen. In diesen Schundromanen wimmelt es von Liebschaften, Liebhaberinnen, von verfolgten Damen, die in einsamen Pavillons ohnmächtig, und von Postillionen, die an allen Ecken und Enden gemordet werden, von edlen Rössern, die man Seite für Seite zuschanden reitet, von düsteren Wäldern, Herzenskämpfen, Schwüren, Schluchzen, Tränen und Küssen, von Gondelfahrten im Mondschein, Nachtigallen in den Büschen und vor allem von hohen Herren, die tugendsam bis ins Wunderbare, wie Löwen tapfer und wie Bergschafe sanft sind. Im Gegensatz zu den meisten Mädchen, die die Lektüre solcher Druckerzeugnisse nach den Wirren der Pubertät, spätestens jedoch mit der Bestellung des Aufgebots klaglos einstellen, besteht Emma darauf, daß die wirkliche Liebe die durch die Schundromane geweckten Erwartungen einzulösen habe. Sie heiratet den erstbesten, der ihr über den Weg läuft, einen biedermännischen Landarzt namens Charles, dessen Welt ihre Grenzen an der Saumlinie von Emmas seidenem Unterrock findet. Er verehrt sie nach seinem schwierigen Abfall von der Mutterliebe abgöttisch, vermag in ihr jedoch nur vorübergehend die Hoffnung zu wecken, mit seinem Erscheinen sei endlich jene wunderbare Leidenschaft in ihr entstanden, die bisher wie ein Riesenvogel mit rosigem Gefieder hoch in der Herrlichkeit himmlischer Traumfernen schwebte. Am Ende der Flitterwochen setzt der Vogel zur Bruchlandung an, weil Charles nach der Eheschließung jede Ähnlichkeit mit ihren Romanhelden vermissen läßt, weder schwimmen, fechten noch reiten kann und auch mit der Pistole niemals ins Schwarze trifft. Muß ein Mann nicht alles kennen, auf allen Gebieten bewandert sein und seine Frau in die großen Leidenschaften des Lebens, in seine erlesensten Genüsse und Geheimnisse einweihen, fragt sie sich und gesellt der Frage im Hinblick auf ihren Ehemann auch gleich die Antwort bei: Charles lehrt sie nichts, versteht nichts und erstrebt nichts. Er glaubt, sie sei glücklich, während sie sich über seine satte Trägheit empört, seinen zufriedenen Stumpfsinn, ja selbst über die Wonnen, die sie ihm gewährt und die er gewohnheitsmäßig in Anspruch nimmt wie das Dessert, das kommen muß, weil es auf der Menükarte steht. Er, den sich Emma kompensatorisch als Leuchte der Wissenschaft phantasiert hat, fällt die aus Gründen der Weiterbildung abonnierte Medizinische Wochenschrift regelmäßig fünf Minuten nach Einnahme der abendlichen Hauptmahlzeit aus der Hand, und er wird ihr immer widerwärtiger. Er nimmt unmanierliche Gewohnheiten an, zerschnippelt den Korken der leeren Weinflasche, leckt sich nach dem Essen die Zähne mit der Zunge ab, schmatzt bei jedem Schluck, wenn er die Suppe löffelt, und wird so beleibt, daß ihm die Augen auf Knöpfchengröße schrumpfen. Als Charles sich auf Drängen Emmas daran versucht, den Klumpfuß des Dorfdeppen Hypolyte operativ zu behandeln, ein Versuch, der mit der Amputation des Beins durch einen aus der Großstadt hinzugezogenen chirurgischen Experten endet, wird er von ihren heißen Blicken getroffen wie von Brandpfeilen: Jetzt bringt alles an ihm sie auf, sein Gesicht, sein Anzug, sein Schweigen, seine ganze Erscheinung, ja seine ganze Existenz. Sie reißt Charles aus ihrem Herzen und tröstet sich nacheinander mit zwei Liebhabern, Léon und Rodolphe, von denen sie erkennen muß, daß sie feige und berechnend sind, ihrer Vorstellung einer unbedingten Liebe nicht entsprechen und sich als ebenso dumpfe Gewohnheitstiere entlarven wie ihr täppischer Ehemann. Bis zur Stunde ihres Selbstmords grübelt Emma über der Frage, warum die Männer so widerlich sind und wohin sich in der widerlichen Wirklichkeit all das Schöne geflüchtet hat, das in ihren Romanen mit den Worten Glückseligkeit, Leidenschaft und Rausch so verlockend geschildert wurde.

Paul kennt sich mit Schund- und Frauenromanen aus. Er steckt in einem solchen und hat seit seinen Kindertagen viele von ihnen verschlungen: Ein Student ging vorbei. Liebesnächte in der Taiga. Denn der Wind kann nicht lesen. Gestehen Sie, Dr. Korda! Paul stellt der widerlichen Wirklichkeit vor dem Hintergrund eines gemeinsamen belletristischen Erfahrungsschatzes dieselben Fragen wie Emma. Wohin entschwindet das Schöne nach seinem Aufenthalt in der Literatur? Im letzten Kapitel hieß es: Ich bin nicht Ferner. In diesem Kapitel heißt es: Paul ist Emma. Das ist jedoch lediglich die eine Hälfte der Wahrheit. Paul ist nämlich auch Charles. Mindestens zu fünfzig Prozent. Nach der Lektüre geht Paul neben Emma, Léon, Rodolphe und Charles auch die Mütze durch den Kopf, die Charles' Mutter ihrem Sohn anläßlich seiner Einschulung überstülpt und die seine Karriere als vertrottelter Widerling begründet: ein wahrer Wechselbalg von Kopfbedeckung. Teile von ihr erinnern an eine Bärenmütze, andere an eine Tschapka, wieder andere an einen runden Filzhut, an ein Pelzbarett, an ein wollenes Käppi: an allerlei armselige Dinge, deren stumme Häßlichkeit tiefsinnig stimmt wie das Gesicht eines Blödsinnigen und zum Rapport angetretene Mitschüler zu Lachstürmen hinreißt. Paul wird von einer Erinnerung gestreift, die eine zweite Mütze aus dem Orkus hochspült, eine Kopfbedeckung, mit der er in grauer Vorzeit einen durchaus vergleichbaren Heiterkeitserfolg erzielte: der federlose, mit einem strammgezogenen Gummibändchen am Kinn befestigte, tief in die Stirn gezogene Tirolerhut, der seinem Träger jenen unverwechselbaren, zwischen Blöd- und Bravheit schwankenden Gesichtsausdruck verlieh – einen Gesichtsausdruck, von dem Paul mutmaßt, daß er seinen kometenhaften Aufstieg zum Liebhaber der ersten Garnitur all die Jahre über getreulich begleitete und ihn ums Verrecken nicht verlassen will. Der Selbstekel, der ihn angesichts der Erinnerung an diese längst vergammelte Kopfbedeckung überfällt, ist so groß, daß er darüber vergißt, wer sie ihm aufgesetzt hat. Aber das ist auch nicht so wichtig. Wichtig ist, daß sich der halbierte Charles mit den Augen der halbierten Emma sieht, daß er ihren Blick durch die schwarze Brille teilt und daß dieser Blick gesättigt ist von abgrundtiefer Verachtung: ALLE MÄNNER SIND SCHWEINE.

Dieser Satz kommt einem bekannt vor. Weil er jedoch nicht von den verzweifelten Soldaten der Rote-Armee-Fraktion ausgestoßen wird, sondern aus einem früheren Kapitel dieser Geschichte stammt, fällt er unter den Tisch. Irgendwann muß mit diesen Kindereien ja auch mal Schluß sein.

Nachdem mich die zuständigen Instanzen für das letzte Kapitel gescholten und geschurigelt haben, obwohl eigentlich Ferner selbst an der Reihe gewesen wäre, sich zu blamieren, nähere ich mich meinem gespaltenen Hauptdarsteller nur noch mit angezogener Handbremse. Ich behaupte nicht, daß Paul Ferner Gustave Flauberts «Emma Bovary» wirklich gelesen hat. Ich weiß noch nicht einmal, wann Paul sich die herrliche Bergwelt der Dolomiten erwandert hat, und daß ihn dabei ein unter Beziehungsproblemen leidender Industriesoziologe begleitete, will ich ebenfalls nicht auf meinen Eid nehmen, aber in einem Punkt bin ich mir so sicher wie Luther vor dem Reichstag in Worms: Im Herbst des Jahres 1972 ist Paul nicht nur reif für die Klapsmühle, sondern auch reif für die Frauenbewegung. Nach dem Schlamassel mit der Arbeiterbewegung setzt er nun alles auf eine Karte. Das ist gut zu verstehen, weil man es auf den ersten Blick sehen kann: Die Frauenbewegung ist tausendmal liebreizender als die Arbeiterbewegung, sie hat flachsblonde Haare, gletscherblaue Augen, kommt aus Dithmarschen und heißt auch nicht Helga, sondern Frauke. Fraukes Mutter hat sechs Kinder, Fraukes Vater ist Präses von Nordelbien und nennt Frauke bis zu ihrem Kirchenaustritt Püppi. Vielleicht fällt Pauls erster Zusammenstoß mit der Frauenbewegung deshalb auch besonders heftig aus. Er findet in aller Herrgottsfrühe in einer gemischtrassigen Gemeinschaftsküche statt. Paul taut gerade den Kühlschrank ab, kratzt festgetrocknete Tomatensauce und Nudelreste vom Parkett, sortiert Pfandflaschen und tilgt die Spuren einer durch- und ausdiskutierten Nacht, als Frauke an der Spitze einer in lange wallende Kleider gehüllten Abordnung den Raum betritt. Du siehst sehr schön aus, entfährt es Paul ganz spontan, aber Achtung, Genossin, die Fliesen sind noch nicht ganz trocken, warnt der guterzogene Raumpfleger, der wohl doch noch nicht so ganz auf dem laufenden ist, mit der erlesenen Höflichkeit der Frühe und wird auf nüchternen Magen prompt mit einer Frage konfrontiert, die ans Eingemachte geht: WAS HAT DER SCHWANZ ZWISCHEN UNSEREN FRÜHSTÜCKSBRÖTCHEN VERLOREN? Diese ganz zentrale, jäh aufgeworfene Frauenfrage zielt eiskalt unter die Gürtellinie und trifft den melancholischen Linken im Schritt. Sie wird nicht etwa mit einem schallenden Gelächter oder besser noch mit einer schallenden Ohrfeige quittiert, sondern bleibt unbeantwortet im Raum beziehungsweise in der Küche stehen. Wie festgenagelt hängt Paul im soeben abgeseiften Türrahmen und steht vor den Rätseln, die ihm die Frauenbewegung aufgibt: Wie evangelisch ist die Arktis? War Sartre der Wurmfortsatz einer authentischen Französin? Wie viele Halbaffen tarnen sich durch eine morgendliche Naßrasur? Und: Als Eva grub und Eva spann, wo war denn da der dumpfe Mann? So entführt der Liebesausbruch den Entflammten von der Küche über den Knüttelvers und den Frauenbuchladen direkt in die Männergruppe.

Die Männergruppe besteht aus Paul und vier weiteren mehr oder weniger beschädigten Männern: Rainer, Till, Lutz und Ekkart. Jeder Satz, den ein Mann in einer Männergruppe an einen anderen Mann richtet, beginnt und endet mit einem zärtlich gedehnten «du». Daneben gibt es noch weitere

Regeln, deren Beachtung für die wechselseitige Unterstützung und Ermutigung der Gruppenmitglieder unheimlich wichtig ist. Jeder Mann soll ausreden können. Es soll immer nur ein Mann reden. Wenn ein Mann über seine Gefühle redet, soll er «ich» sagen, wenn er «ich» meint, und nicht «man». Störungen haben Vorrang. Das heißt, man darf ein Gespräch unterbrechen, wenn man sich ärgert, langweilt oder unruhig wird. Bevor man das Gespräch unterbricht, sollte man sich allerdings fragen, warum man es tut. Wenn man es tut, um sich in den Vordergrund zu spielen oder um den Macker zu markieren, sollte man es lieber lassen und sich schämen. Tempotaschentücher darf man selbst mitbringen, während man das Strickzeug am besten zu Hause läßt, weil das Klappern der Nadeln nur von den eigenen Gefühlen ablenkt und auch diejenigen Männer verletzen könnte, die immer noch nicht stricken können.

Heute darf Paul den Anfang machen, weil Paul verunsichert ist. Die anderen Männer sind zwar auch verunsichert, aber Paul ist, wie er sich ausdrückt, irgendwie total verunsichert. Paul sagt, er sei nach dem Techtelmechtel mit Helga so kaputt gewesen, daß er danach geglaubt habe, sich nie mehr auf irgendeine Frau einlassen zu können. Nun habe er Frauke beim Frühstück getroffen, und die habe zwar auch ziemlich aggressiv auf ihn reagiert, aber er habe bei ihr trotzdem etwas ganz anderes gespürt als in der Beziehung zu Helga, so eine positive Grundschwingung, und dann sei es auch noch so früh gewesen, müsse er zu ihrer Entschuldigung sagen. Lutz fragt

Paul, ob das nicht die Frauke sei, die mit Cohn-Bendit vor zwei Jahren in der WG in der Niedenau gelebt habe, und als Paul sagt, daß er das nicht wisse und es ihm auch egal sei, stößt Lutz einen kleinen Seufzer des Bedauerns aus und läßt sich in seinen styroporgefüllten Sitzsack zurückfallen. Dann entsteht eine kleine Pause, die dadurch unterbrochen wird, daß Till Lutz bedeutet, dessen Prominentengeilheit stinke ihm schon seit geraumer Zeit total: Paul sagt was ganz Wichtiges über sich und seine Gefühle, und dir fällt nichts Besseres ein, als ihn zu fragen, ob dieser Ober-Chauvi schon mal was mit Frauke am Laufen hatte oder nicht. Nach einer etwas längeren Pause sagt Ekkart, es sei vor allem Tills Jargon, der ihm auf den Geist gehe, und er schließt seine Kritik mit einer Aufmunterung: Du warst doch noch gar nicht fertig, Paul, oder? Paul blickt dankbar zu Ekkart auf, der ein bißchen älter ist als Paul, und sagt, die Begegnung mit Frauke habe soviel in ihm ausgelöst, daß er gar nicht mehr wisse, mit welchem Gefühl er anfangen solle, und dann sagt Ekkart, Paul solle ihm erklären, was daran so schlimm sei, daß Frauke in ihm so heftige Gefühle ausgelöst habe, und dann sagt Paul, sie habe neben den heftigen Gefühlen auch noch etwas anderes in oder besser an ihm ausgelöst: eine Erektion, sagt er, eine Wahnsinnserektion, verstehst du, mir nichts, dir nichts, aus dem Stand, auf nüchternen Magen stehe ich mit einem Riesenständer in der Küche, mitten in Fraukes Frauengruppe! Rainer, Lutz und Till sagen nichts. Sie schweigen, schlürfen ihren ungesüßten Malventee und tragen Gesichter vor sich her, die so versteinert und einschüchternd sind wie die Fassade des Bundesgerichtshofs. Ekkart, den sich Paul zur höheren Instanz und zum großen Bruder erkoren hat, weil er Theodor Wiesengrund Adorno bis zu dessen Ableben als Bodyguard und Aktentaschenträger dienen durfte, kann die «Minima Moralia» nicht nur im Schlaf herunterbeten, er hat sie auch begriffen und hebt nach Pauls Geständnis zu einer Vorlesung ab, die damit anfängt, daß er Pauls Reaktion für zutiefst menschlich erklärt, und damit endet, daß er den historischen Kontext erhellt, in dem Pauls Erektion zu betrachten und zu hinterfragen ist. Du, sagt er, und, schau mal, Paul, fährt er fort, wenn es einen begründeten Verdacht gibt, daß zwischen Faschismus und Sexualität ein Zusammenhang besteht, dann tun wir, die deutschen Männer, gut daran, diesen Verdacht zuallererst gegen uns selbst zu richten. Die Erregung unseres Genitals schürt seit unserer Kindheit Phantasien von Macht und Vollkommenheit, Phantasien, denen bereits unsere Großväter und Väter durch zwei Weltkriege und die Nazi-Herrschaft hindurch gefolgt sind, und jetzt stellst du dich knapp dreißig Jahre nach dem vorläufigen Ende des braunen Terrors mit aufgepflanztem Bajonett mitten in die Küche und behelligst ahnungslose Frauen mit deinem himmelwärts gerichteten Glied. Wir, das heißt Lutz, Till, Rainer, du und ich haben uns bei der Gründung unserer Männergruppe doch geschworen, daß wir diesen Gegenstand, wenn überhaupt, nur noch unter Aufsicht und Anleitung eines historisch unbelasteten Geschlechts ins Spiel bringen wollten: Die Zukunft wird weiblich sein oder gar nicht, da waren wir uns doch alle einig, oder? Paul erbleicht. Im gleißenden Licht der Totalität vergeht ihm alles, das eine, das andere und endlich auch der hybride kleine Blutandrang, der sich leicht zu einem handfesten Samenkoller und zu einer Katastrophe von globalen Ausmaßen auswächst, wenn man ihn nicht bekämpft, in statu nascendi. Danke, Ekkart, sagt Paul, wenn ich dich nicht hätte, wäre zwischen Frauke und mir in den nächsten Tagen womöglich der dritte Weltkrieg ausgebrochen.

Der kleine Feminist zeigt sich willig, anstellig und lernt die erste Lektion in der Männergruppe gewissenhaft. Alles was er hier und dort liest und hört, macht er sich zu eigen, wendet es auf sich an und nimmt es für bare Münze. Er lenkt die Speere der Amazonen und ihrer männlichen Hilfstruppen auf seine dauerentblößte Brust, dreht sich durchs Mahlwerk mutiger Selbstanzeigen und streut seine Asche in die Brautwerbung: mea culpa, mea maxima culpa. Und: Wenn du mich dennoch lieben wolltest, fleht der entrüstete Galan, und Frauke kann sich das Lachen kaum verbeißen. Sein Spiel heißt: Ich ziehe mir die Haut ab, streue Asche auf meinen Wirrkopf, zerreiße meine Kleider, breche mich in Stücke und werfe mich dir wechselweise an den Hals und in den Schoß. Der weibliche Schoß ist ein idealer, zwischen der schrecklichen äußeren und der behaglichen inneren Hemisphäre gelegener Platz für gefriergetrocknete Männer. Sie haben es warm, werden kostenlos durch die Gegend getragen, geben ungestraft ihren Geist auf, und die verheißungsvoll schimmernden Frauen aus dem hohen Norden kommen durch die Beigabe lauwarmen Wassers jederzeit und überall in den Genuß einer vollöslichen, bekömmlichen und garantiert gewaltfreien Liebe.

Neun Monate nach Abklingen der Frauenoffensive und der endgültigen Übernahme ins Beamtenverhältnis regnet es Mädchen, und zwei davon heißen Feli und Geli. Sie tragen den Nachnamen der Mutter und verleben eine glückliche Kindheit. Püppi, Feli, Geli und Paulchen bilden eine familienähnliche Gemeinschaft. Morgens um fünf ist die Welt bereits schwer in Ordnung. Die Zwillinge brüllen laut und ausdauernd. Die Kindsmutter sieht ihre Nachtruhe bedroht und bemerkt: Paul, die Kinder zahnen. Das läßt Ferner nicht auf sich sitzen, und schon springt er putzmunter und ausgeruht mit beiden Beinen in die Kinderaufzucht. Der wassergefüllte Beißring aus dem Tiefkühlfach kann Geli nicht besänftigen, Feli spuckt den in Lindenblütenhonig gewälzten Schnuller unter die Wickelkommode, und auch der handwarme Fencheltee versagt seine sedierende Wirkung: Die Kinder schreien wie am Spieß. Was wollen die Kinder, deren Stirnadern zu platzen drohen, ihrem Erzeuger mit ihren Unlustbekundungen sagen? Was drückt sich in diesem Geräusch aus, und welches Bedürfnis wird auf diese Weise angemeldet? Wieder und wieder legt sich Paul diese Fragen vor und gelangt bereits Stunden vor Beginn des Schuldienstes zu einem pädagogisch wertvollen Ergebnis: Die Kinder wollen getragen werden. Paul ist ein belastungsfähiger Träger. Vom Flokati bis zur Wohnungstür und zurück sind es genau sechsunddreißig Schritt. Zwischen fünf und sechs Uhr morgens ziehen sich die Arme auf einer Strecke von vier Kilometern unter dem Gewicht zweier wohlgenährter Säuglinge ganz schön in die Länge.

Wo andere Väter zu verbalen Attacken neigen, Mordgelüste hegen oder sich in die Arme kinderloser Frauen flüchten, bewährt sich Paul als Fels in der Brandung. Wie macht er das nur, wollen die neiderfüllten, am Rande des Sandkastens kauernden Mitmütter von Frauke wissen, aber das weiß Frauke auch nicht. So ist er halt, unser Paul, die Ruhe selbst. Dabei ist seine bodenlose Gelassenheit gar nicht so schwer zu verstehen – sie beruht auf der Einsicht in die Funktionsweise des Self demand: Geli ist bis zu ihrem ersten Geburtstag sozusagen ein einziger Dauerschrei, aber während Feli die ersten sechs Jahre ihres Nachtlebens vorzugsweise zwischen ihren Eltern verbringt, gilt die nachfolgende kleine Rosa bereits als ausgesprochen pflegeleichtes Kind. So gründet das gedeihliche Wachstum dieser Keimzelle des Staates auf dem Prinzip des abnehmenden Schmerzes: Er wird von Mal zu Mal und von Kind zu Kind schwächer.

Neben dem reinen Erfahrungswissen verfügt Ferner über eine Fülle theoretischer und logistischer Daten, ohne die er seinen dreifaltigen Alltag als Nachtwächter, Handfeger und Deutschlehrer kaum bewältigen könnte. Für chaotische Väter, die feine und bunte Textilien zusammen mit den Windeln durch den Kochwaschgang jagen, hat er nur Verachtung übrig; er weiß, daß man das leere Grinsen des Säuglings nicht mit der spezifischen Lächelreaktion des Kleinkindes verwechseln darf, er kann am Mienenspiel einer Krabbelstubenbesatzung ziemlich genau ablesen, bei welchem Kind die Achtmonatsangst aufhört und wann die Wiederannäherungsphase einsetzt; er verfügt über eine Liste von Supermärkten, die die Kiste Pampers für unter zwanzig Mark anbieten, und hat dem jungen italienischen Gemüsehändler, der ihn mit unbehandelten Zitronen, linksdrehender Molke, rückstandkontrollierten Mohrrüben und anderen Reformartikeln versorgt, bereits mehrmals erklärt, wie er seiner schwangeren Frau beim Veratmen der Preßwehen behilflich sein kann. Dabei ist es beileibe nicht so, daß Ferner mit diesem Wissen hausieren ginge – unaufdringlich und bescheiden wandert er durch die Männergruppen und stellt lernwilligen Geschlechtsgenossen auf Anfrage unentgeltlich seine Ratgeberliteratur zur Verfügung. Wenn es beispielsweise um die Herstellung naturbelassener Winterkleidung geht, tut man gut daran, Paul Ferner ins Vertrauen zu ziehen. Soll eine schmuseweiche, sich jeder Kopfform anpassende Mütze gelingen, empfiehlt er Rundstricknadeln der Stärke drei, während bei merinowollenen Fäustlingen die biegsamen Spielstricknadeln zum Einsatz kommen. Auch für Blumenfreunde und Heimwerker lohnt sich der Besuch in Ferners kleinem Reich. Die Microlepia gehört zu den robusten und lichtscheuen Farnen. Das Orangenbäumchen hingegen ist extrem kälteempfindlich und nimmt jeden Pflegefehler übel. Im Keller habe er sich einen Kindertraum erfüllt, kann der Besucher Paul lächelnd sagen hören, im Keller habe er eine elektrische Eisenbahn installiert, nein, nein, nicht auf zehn

Rundschienen immer im Kreis herum, nein, eine große, ausbaufähige Anlage inmitten einer bezaubernden selbstentworfenen Kulissenlandschaft mit Kirche im Dorf, Weingärten, Wiesen, Ziegen, Kühen, Schafen, Schnittern und Schäfern. Da sei immer etwas zu tüfteln, auszubessern, zu ergänzen; das sei ein Jahrhundertprojekt; das erfordere Hingabe ans Detail, taktiles Vermögen und Großzügigkeit in der Planung.

Zwischen Frauke und Paul geht es zu wie im Eisenbahnmodellbau. Die Rangiermanöver finden in aller Stille am Sonntag statt. Sie klappen wie am Schnürchen, und auf hundert Zugbewegungen kommt nicht eine einzige Entgleisung. Er liebt sie. Sie liebt ihn. Sie lieben sich auf ihre Weise. Er liebt sie, weil sie sein geschichtlich abgelebtes und verdammungswürdiges Geschlecht verschont, sie liebt ihn, weil er die Eigenschaften des häuslichen Mannes und des zuverlässig funktionierenden Küchencenters auf ideale Weise in sich vereint: Paul steht mit beiden Beinen im Leben, er ist voll geerdet, neigt nicht zu Kurzschlußhandlungen und brennt niemals durch. Ein Markenfabrikat. Made in Western Germany. Bauknecht weiß, was Frauen wünschen, und Paul liest Frauke jeden Wunsch von diesen und jenen Lippen ab. Bei manchen Wünschen braucht er für seine Übersetzungstätigkeit ein bißchen länger, da steht er auf der Leitung, vor allem wenn es sich um Fremdworte handelt. Eines kommt aus dem Lateinischen. Es beginnt mit «C», geht weiter mit einem «u», aber bereits beim dritten Buchstaben, dem «n», ahnt Paul des Rätsels Lösung, hechtet wie aus der

Pistole geschossen unter die Bettdecke, saugt sich wie besessen zwischen ihren Beinen fest und legt einen solchen Eifer an den Tag, daß der, wie man so sagt, ekstatisch zuckenden Frauke nichts anderes übrigbleibt, als den wild züngelnden Paul einen Teufelskerl zu nennen.

So sind die beiden einander ein offenes Buch, sie verbergen sich nichts und sind sich von Herzen gut. Ihre Beziehung blüht und gedeiht im Entsetzen über eine marode Welt, von der sie sich umzingelt wähnen: Vorübergehende Paare verschwinden hinterm Horizont, Alleinerziehende bevölkern die statistischen Jahrbücher, die täglichen Bildschirmkatastrophen belagern die familiale Wagenburg, und wenn die Mädchen nach Auftritt des Sandmännchens in der Sesamstraße verschwunden sind, verschanzen sich die Elternteile hinter den Palisaden skandinavischer Abholmöbel. Wußtest du übrigens, beginnt Paul und berichtet empört von einer Kollegin, die sich wahllos durch den Lehrkörper der Gesamtschule bumst. Das wundert mich bei der Schlampe überhaupt nicht, ergänzt Frauke und geißelt die Haltlosigkeit dieser verkrachten Existenz. Flipper, Einzelkämpfer, Seitenspringer, Kinderfeinde und andere Unmenschen geraten in den Strom des pharisäischen Nachtgebets und landen auf dem Scheiterhaufen. Die ausgeglühte Liebesasche der anderen wird ausgebreitet, zusammengekehrt, eingespeichelt und bildet den Stoff, aus dem die Treue ist: Draußen wird es unwirtlicher von Tag zu Tag, da ist es gut zu wissen, daß ich dich habe, daß du mich hast, daß wir uns und die Kinder haben und nicht so sind wie jene da.

Nach dem mittäglichen Lehrerschläfchen ist es sehr still im Haus. Paul, ruft eine helle Mädchenstimme. Ja, hier bin ich, mein Täubchen, ruft Paul zurück. Frauke, ruft Paul. Ja hier bin ich, Liebling, ruft Frauke zurück. Die Rufer in der Wüste verbinden mit ihrem Ruf kein besonderes Anliegen. Wenn es sehr still ist im Haus, nennt man sich vorsichtshalber beim Namen. Wie sonst sollte man sich der Anwesenheit des anderen vergewissern. Ganz sicher kann man sich seiner ja nie sein. Er läßt sich leider nicht in den Kopf gucken. Ohne Kontrolle ist das ganze Vertrauen nichts wert. Der andere könnte ja auch plötzlich das Atmen einstellen und mir nichts, dir nichts aus dem Leben scheiden. Hat es alles schon gegeben. Oder über dem Gang zum Zigarettenautomaten die Heimkehr vergessen. Dabei hat Paul sich das doch auch schon längst abgewöhnt, das Rauchen.

Draußen stolpert ein Träumer vorbei. Ein fliegender Robert fegt über den Himmel. Ein Nestflüchter kratzt an der Wand und summt ein kleines altes dummes Lied: Don't fence me in. Dann wird es wieder ganz still. Manchmal, wie gerade jetzt, schaut Paul auf sich zurück wie auf einen Fremden und spielt in aller Ruhe seine Auslöschung durch. Aber das ist ja Unsinn. Die Kinder lachen. Frau Sommer serviert die Krönung. Das Behagen wächst stündlich. Die Frauenfrage ist gelöst. Die Liebe zu Frauke steht unter einem guten Stern. Sie befindet sich zur Zeit im Wendekreis des Krebses. Andere sprechen von einer Sackgasse: karzinogen, letaler Ausgang.

Ten years after. Ich sitze am Schreibtisch vor einem

leeren Blatt Papier. Nachdem die Woodstock-Veteranen ihre Positive vibrations abgedröhnt haben, rapt und rockt Sidney Youngblood über die Ätherwellen: Sit and wait. Das allgemeinste, was mir in dieser Lage in den Sinn kommt, ist der Satz: Mir fällt nichts ein. Mir fällt zu Ferner momentan nichts ein. Daß es den meisten Menschen zeit ihres Lebens erspart bleibt, sich ihre Einfallslosigkeit einzugestehen, ist darauf zurückzuführen, daß nur wenige von dem leben müssen, was ihre zu Papier gebrachten Einfälle abwerfen. Die ausbleibenden Einfälle können, um einmal ein ganz profanes Beispiel zu nennen, einen Kfz-Mechaniker nicht in Verlegenheit bringen. Wird diesem wackeren, unter einer reparaturbedürftigen Limousine liegenden Menschen guter Rat teuer, dann wechselt er erst einmal, wie schon der Name sagt, ganz mechanisch die verdreckten Zündkerzen oder gleich den ganzen Motorblock aus, mogelt sich mit diesem Manöver erfolgreich um die Anerkennung seiner Beschränktheit hinweg und tröstet sein aufbegehrendes Berufsethos mit dem Hinweis darauf, daß die Karre wieder läuft, was ja die Hauptsache ist, wohingegen ich durch das unbeschriftete Papier nicht nur immer wieder an meinen Eingebungsstillstand, mein abnehmendes Bankguthaben und damit an die Schrecken der realen Welt, sondern in schmerzhafter Weise auch daran erinnert werde, daß mein Hoffnungsträger trotz seiner zunehmenden Ähnlichkeit mit diesen Gegenständen leider keine verölte Zündkerze und kein durchgerosteter Auspuff ist, sondern ein Mensch aus Fleisch und Blut, den ich wegen seines Triebschadens nicht gut auf halber Strecke gegen ein schnelleres Modell eintauschen kann. Dabei juckt mich die Moral überhaupt nicht. Es ist mehr die Optik. Man kann nicht mit einem asthmatischen VW losfahren und mit einem zwölfzylindrigen Lamborghini ankommen. Das geht im Kino, aber nicht in der Literatur, in der ich bis zur Halskrause stecke, obwohl ich nur ein Unterhaltungskünstler bin.

Viele Kollegen suchen diesen Zustand, den man im Englischen einen Writer's block nennt, zu mildern, indem sie zur Flasche greifen oder eine Frau aufreißen, bei der sie sich ausheulen können. Ich finde das billig und unwürdig. Und weil morgens um vier an diese Tröstungen ohnehin nur unter erschwerten Bedingungen heranzukommen ist, habe ich statt dessen den einzigen mir nahestehenden Menschen, meinen Lektor, aus dem Bett geklingelt, der ja von Berufs wegen dazu verdammt ist, die Klage der ihm Anbefohlenen zu jeder Tages- und Nachtzeit ernst zu nehmen und dabei auch noch so zu tun, als höre er sie zum erstenmal. Ich vertraute ihm an, daß ich unter Ferners zählebiger Monogamie litte, und als mein Lektor nicht sofort ansprang, legte ich einen Gang zu, schlüpfte in die Haut anerkannt authentischer Leidensgiganten und stellte mich in eine historische Linie, die direkt zu meinem schmerzenden Selbst führte: Kleist, Hölderlin, Nietzsche, Kafka nannte ich und fügte nach einer angemessen langen Pause in aller Bescheidenheit meinen eigenen Nom de guerre hinzu: Schulz. Mein Lektor, dessen Name mir schon wieder entfallen ist, weil mein Verschleiß an Lektoren in den letzten Monaten erheblich zugenommen hat, begegnete mir mit großer Unfreundlichkeit und hatte die Stirn, mir morgens um vier die Leviten zu lesen: Nichts sei billiger, als sich den Keim eines Schreis einzupflanzen, den ein anderer, an seiner wirklichen Größe zerbrochener Mensch einmal ausgestoßen habe. Diese anbiedernde Form der Anverwandlung, die in dem telefonisch übermittelten Verlangen des Sozialversicherten gipfelt, im heroischen Faltenwurf der kassenärztlich gänzlich unversorgten Verblichenen einherzuschreiten, geht mir total auf den Senkel, Sie Klon, schimpfte dieser junge Mensch drauflos wie ein Rohrspatz, und nachdem er das kurze Telefonat beendet hatte, nannte ich ihn kurzerhand ein ignorantes Arschloch. Es ist ja beileibe nicht so, daß ich auf ihn angewiesen wäre.

Natürlich habe ich Einfälle. Ich ecke überall an, mir stößt ständig etwas auf, mir fällt laufend etwas ein: Mein Blick, wenn ich so sagen darf, vom Vorübergehn der Stäbe so müd geworden, daß er nichts mehr festhält, geht den indogermanischen Sprachkäfig ab und verfolgt ohn Unterlaß ein bestimmtes grammatisches Schema. Dieses Schema beruht auf der Unterscheidbarkeit von Subjekt, Objekt und Prädikat. Immer wieder beginne ich mein stilles Tagwerk unter der Voraussetzung, daß es mich gibt und daß es Ferner gibt, daß ich zwischen mir und ihm das Garn spinne und so lange hin und her flitze wie ein Weberschiffchen, bis aus den groben Maschen eine tragfähige Hängematte entsteht, die sich dem Leser zu erholsamer Rast und entspannter Einkehr empfiehlt. Alles was die elenden Skribenten in den letzten tausend Jahren zu Papier gebracht haben, zielt letztlich auf die Herstellung solcher an zwei Pflöcken befestigten Hängematten ab. Wenn die Pflöcke zu dicht beieinander in den Boden gerammt werden, ist das Schema der Erzählung im Eimer; der fehlende Abstand verärgert den Leser, weil er nicht weiß, wo er seine Hängematte befestigen soll, und was das Schlimmste ist: Subjekt und Objekt verstricken und verwickeln sich so lange ineinander, bis keiner mehr weiß, wo das eine aufhört und das andere anfängt.

Ich finde meinen jüngsten Einfall, dem Objekt meiner Bemühungen, einem frauenbewegten Schulpädagogen namens Ferner, aufgrund seiner anhaltenden Gefühlsunterdrückung eine bösartige Geschwulst an den Hals zu phantasieren, nach wie vor bestechend, weil das schaumregulierte, lautlose Leben der Lehrer sowie das auf den Lehrern lastende Mäßigungsgebot des deutschen Berufsbeamtentums im allgemeinen und das monogame Verharren bei Frauke im besonderen nicht nur den heiteren Fluß meines Liebesromans in einen toten Tümpel zu verwandeln droht, sondern über kurz oder lang auch die stabilste Schilddrüse und die friedlichste Körperzelle in die Rebellion treiben muß. Problematisch wird dieser Einfall erst dann, wenn die Krankheitssymptome vom beschriebenen Objekt ausschwärmen und in das beschreibende Subjekt einsickern – eine Invasion, die zunächst ein wenig rätselhaft klingt und der Veranschaulichung bedarf.

Nach dem morgendlichen Schlagabtausch mit meinem Betreuer war an eine Rückkehr in Morpheus' Arme nicht mehr zu denken. Und dieser verlogene Mensch hatte mir noch vor wenigen Wochen die mit einem Zweizeiler von Goethe versehene Sonderausgabe der Josephine Mutzenbacher gewidmet: «Zierlich denken, süß erinnern, ist das Leben im tiefsten Innern.» Ich lachte verbittert und warf den Wiener Porno-Schmäh in die Ecke. Ich fühlte mich unverstanden, entehrt, gedemütigt und nach dem Telefonkontakt mit diesem Literatur-Lakaien in gewisser Weise sogar beschmutzt, und so wanderte ich mit einer Dose Drei-Wetter-Taft, einer Tube Badedas und einer Flasche Irish Moos bewaffnet unter die Dusche, um meine Hände in Unschuld zu waschen und den restlichen Extremitäten ein reinigendes Bad und eine gründliche Generalinspektion angedeihen zu lassen.

Ich bin kein Adonis. Ich komme kaum an die Luft. Die Natur, soweit sie noch existiert, ist mir fremd. Mein Brustkorb würde einem peruanischen Zwerghuhn zur Ehre gereichen, meine Beine sind so muskulös wie Bohnenstangen und so lang wie die Arme von Arnold Schwarzenegger. Mit meinem seit fünfundzwanzig Jahren von überwiegend sinnender und sitzender Tätigkeit gezeichneten Leib ist also kein Staat zu machen, aber hin und wieder ein bißchen Liebe. Der Kopf zieht den matten Rest lustlos hinter sich her. Eine Deformation, die der Beruf so mit sich bringt. Kein Grund zur Aufregung. Als jedoch der Wasserstrahl am heutigen Morgen auf die mir vertraute, leicht rachitisch verformte Ruinenlandschaft stieß, mußte ich nicht nur feststellen, daß ein in unmittelbarer Nähe des Bauchnabels gelegenes Muttermal seine Ausdehnung über Nacht verdoppelt hatte, daß die in den Tiefen der Achselhöhlen verborgenen Lymphknötchen die Abmessungen eines Hühnereis aufwiesen und die Bronchien spontan von einem auffälligen Reizhusten gebeutelt wurden, nein, ich hatte plötzlich auch die Tatsache zu vergegenwärtigen, daß mir die Unterscheidbarkeit von Fiktion und Realität und damit das ganze distanzierte Grundschema des Erzählens abhanden zu kommen drohte: Besen, Besen, seid's gewesen, gurgelte ich unter der Dusche in höchster Not – aber da ist es meistens schon zu spät, und das Böse tobt durch Zellen und Blutbahnen und nimmt seinen metastatischen Lauf. Das sich ausbreitende Unglück, sagte ich mir und stopfte die Billigprodukte des Drogerie-Discounters zurück in den Kulturbeutel, ist nur noch durch einen massiven chirurgischen Eingriff, durch einen tiefen Schnitt, durch eine entschlossene Trennung einzudämmen. Ferner hat sich aus freien Stükken in vier zentrale Zurichtungsinstitute unseres zu ökonomisch-kultureller Vervollkommnung strebenden Gemeinwesens begeben, die ihn im weiteren Fortgang der Begebenheiten mit Gewißheit unter sich begraben werden. Weil ich nicht mit ihm untergehen will, entere ich ein pfeilschnelles Rettungsboot und sage mich von folgenden nationalen Krankheitserregern mit sofortiger Wirkung los: der deutschen Kleinfamilie, dem deutschen Kinderladen, der deutschen Frauenbewegung und dem deutschen Lehrerunwesen.

Ich stamme selbst aus einer rudimentären Kleinfamilie und war bis zu meiner frühzeitigen Entlassung ihr glücklichster Insasse. Warum also sollte ich einen karzinogenen Groll gegen die Kleinfamilie hegen? Ich nähere mich dieser Einrichtung absolut vorurteilsfrei. Vor langer Zeit war ich selbst ein-, zweimal als stiller Teilhaber mit der Gründung eines solchen, in der Regel aus den in einem Eheverhältnis lebenden Eltern und ihren durchschnittlich einskommadrei Kindern bestehenden Unternehmens befaßt und denke gern an diese Tätigkeit zurück. Allerdings, wo die Menschen so dicht aufeinanderhocken wie die Ölsardinen, geht es nicht immer ohne Blessuren ab, und manchmal entpuppt sich diese Gesellungsform als der reine Terror. Meine nach allen Seiten offene Zweckgemeinschaft mit Jutta ist da schon weitaus angenehmer. Gleichwohl spricht vornehmlich im Winter einiges für die Rest-, Gefährten-, Gatten- oder auch Kleinfamilie. Früher ersehnte ich an langen Winterabenden, wenn draußen die Flocken tanzten, der Schnee knirschte und der garstig-kalte Sinnentzug mit Windstärke zehn meine Schreibstube umtoste, immer mal wieder meine Rückkehr in den Schoß dieses historisch gewachsenen Gebildes: Wie schön wäre es, dachte ich einen vergänglichen Augenblick lang, hier und jetzt im Kreise meiner Lieben vertraut und zwanglos ein Gläschen Glühwein zu trinken, durch ein Brandenburgisches Konzert zu stapfen, eine Partie Mensch-ärgere-dich-nicht zu spielen, einen schmutzigen kleinen Video-Streifen zu betrachten, um anschließend mit der Person, an der ich Anteile erworben und der ich auf dem Standesamt versprochen hätte, diese Anteile auf Lebensdauer zu halten, ebenso zwanglos ins gemachte Bettchen zu schlüpfen, wozu diese Person ja gesetzlich verpflichtet wäre. Unter diesen nostalgisch-witterungsbedingten Anwandlungen leide ich seit Bekanntwerden des weltweit wirksamen Treibhauseffekts und der damit verbundenen Abschaffung der vierten Jahreszeit nur noch selten: Am vierten Advent schießt der Spargel, die Maiglöckchen blühn im Dezember, der Weihnachtsmann hat seinen Schrecken verloren, selbstreinigende Kachelöfen ersetzen das Heimchen am Herd, die Mikrowelle spuckt nach drei Minuten ein komplettes Menü für sechs Personen aus und will dafür noch nicht einmal gelobt werden, gutgelaunte Kellner tragen das Essen auf und ab, Krankenschwestern betreuen meinen Blinddarm, in der Therapiekette stehen mir mehr Auswein-Schultern zur Verfügung, als es Tränen hat, und wenn mich zu vorgerückter Stunde der Durst plagt, streife ich mein allerhellstes Lächeln über und treffe mit ein wenig Glück und Bangen – Jutta hin oder her – im Schutz der kosmetisch gnädigen Nacht in der Bar um die Ecke wie zufällig auf die konversationsfreudig-leichtlebige Dame meines Herzens, der es gefällt, mit mir eine Flasche Tequila zu leeren, ohne daß es sie oder mich gelüstet, den anderen am Ende der Nacht von den steuerlichen Vorteilen des ehelich oder familiär genossenen Alkohols zu überzeugen. Wo es aber keinen Ernährer und keine Ernährten, wo es weder Sorgeberechtigte noch Säuglinge gibt, will es nicht mehr so recht einleuchten, warum erwachsene Menschen ihr Glück unter diesem gesetzlich geschützten Zweckverband begraben sollten.

Die deutsche Kleinfamilie existiert seit zirka hundertfünfzig Jahren, während der erste deutsche Kinderladen in diesen Tagen gerade seinem silbernen Jubiläum entgegenfiebert. Bevor das deutsche Kleinkind in einen deutschen Kinderladen aufgenommen wird, muß es sich zuvor als Säugling durch eine Krabbelstube gebissen haben. Die Krabbelstube wird von Elternteilen eingerichtet, die das Handwerk der Elternschaft unter Anleitung alternativer Hebammen vorzugsweise in evangelischen Gemeindezentren erlernen und meistens genauso aussehen. Zwischen den werdenden Vätern, die einen Wickelkurs absolvieren, und den werdenden Müttern, die sich unter erheblichem verbalem Aufwand auf die sogenannte natürliche Geburt vorbereiten, besteht auf den ersten Blick kein Unterschied. Sie tragen bunte, formlose Baumwollhosen, verwaschene T-Shirts, zottelige Schafwollpullover, ausgelatschte Reformschuhe und zieren ihre Hälse wechselweise mit gefärbten Windeln und rot-weißen Palästinenser-Feudeln. Das soll inzwischen besser geworden sein, aber das glaube ich erst, wenn ich es sehe. Die Verwahrlosung der Eltern, die morgens in dieselbe Wäsche steigen, die sie abends achtlos abgestreift haben, hat eine unmittelbare und eine mittelbare Ursache. Der Säugling, der aus Sorge um das Gelingen der frühen Mutter-Kind-Beziehung nicht vor dem vierten Lebensjahr abgestillt wird, gelangt nach seiner Fütterung nicht aus eigener Kraft zur Homöostase und muß deshalb von seiner primären oder sekundären Bezugsperson so lange durch die Gegend getragen werden, bis er sein Bäuerchen gemacht hat.

Die Etymologie dieses Begriffes ist mir unbekannt, vielleicht ist er entfernt mit dem kalten Bauern, einem verpönten Begleiter des männlichen Puberstanden verwandt, aber das tut ohnehin nichts zur Sache. Das sogenannte Bäuerchen wird dem Säugling entlockt, indem man ihn sich mit dem Bäuchlein nach unten über die rechte oder linke Schulter wirft und ihm dabei ganz leicht mit der flachen Hand auf den Rücken klopft. Nach fünf bis fünfzig Minuten entfährt dem winzigen Menschenbündel ein kleines Geräusch, das entfernt an einen Rülpser erinnert und in der Regel von einer Flüssigkeitsausscheidung begleitet wird, die sich auf die Oberbekleidung des Kinderträgers ergießt. Da zwischen dem ersten Hungerschrei des Säuglings und der Darbietung der prall gefüllten Brust nach den Erkenntnissen der frühkindlichen Sozialisationsforschung nicht mehr als dreißig Sekunden liegen sollten, sind die Bäuerchen Legion, ist der über die Schulter fließende Strom halbvergorener Muttermilch erheblich. Sind die natürlichen Ressourcen erschöpft, wird aus handwarmen Gläschen Alete, Hipp oder Demeter zugefüttert, Spinat, Karotten, Truthahn- und Kalbfleischbröckchen wandern ins Sabbermäulchen, was nicht nur zur Bereicherung des Speiseplans, sondern im Gefolge des obligatorischen Bäuerchens auch zur Erweiterung der Geruchs- und Farbpalette beiträgt, kurzum: nach jeder Atzung sollte die Bezugsperson die Oberbekleidung wechseln, ein Vorhaben, das der ermüdenden Flut der kleinen nassen Rülpser nicht standhält und in der Regel bis zur Einschulung des Kindes vertagt wird. Dies und anderes führt also dazu, daß den Beteiligten über kurz oder lang nicht mehr nur im wörtlichen Sinne alles Hose wie Jacke ist, während das ins Zentrum der elterlichen Wahrnehmung gerückte Kind, ein lautes, spuckendes, gefräßiges, ständig gegenwärtiges Wesen, sich im Alltag ausbreitet wie ein Geschwür und durch alle Poren und Öffnungen ins Innere seiner Erzeuger drängt, bis von dem füreinander entflammten Paar nichts mehr übrigbleibt als die blutleeren Hüllen von Mama und Papa. Wenn ich mit dem Auftrag angetreten wäre, mich an einem antiautoritären Erziehungsroman zu versuchen, an irgendeinem süßen Schmarren in der Manier von «Zum Glück geht's dem Sommer entgegen», dann hätte ich für die Krabbelstuben, die Kinderläden und vor allem für die Kinder selbst, die der schwachsinnige Barde Herbert Grönemeyer in einer seiner Gummibärchen-Balladen als Machtträger der Zukunft feiert, gewiß viele kinderfreundliche Worte gefunden. Natürlich sind Kinder, wenn man sie aus dem Gröbsten raushat, irgendwie goldig und niedlich und anrührend und unverfälscht und wie der ganze Kinderschutzbund-Sorgentelefon-Blattgold-Schmalz sonst noch trieft, aber für die Liebe zwischen einem Mann und einer Frau, für die ich hier verantwortlich zeichne, sind diese Geschöpfe keine Zukunftsgaranten, sondern das pure Gift, so wahr ich Schulz heiße.

Womit wir schon den dritten Behandlungsschritt meiner sehr privaten Krebsvorsorge eingeleitet hätten: die strikte Abgrenzung von der Frauenbewegung. Mit der deutschen Frauenbewegung geht es mir wie mit dem deutschen Humor, der deutschen

Gemütlichkeit, dem deutschen Wald und der deutschen Familie: Nach Möglichkeit umfahre ich sie weiträumig, aber wenn es sich nicht vermeiden läßt, begegne ich ihr ohne Zorn und Eifer und mache aus meinem Herzen keine Mördergrube: Ich halte diese Bewegung, mit Verlaub, für so nützlich wie einen Kropf. Unter allen Frauenbewegungen ist zuerst die amerikanische zu nennen, die sich seit 1874 insbesondere um die Prohibition verdient gemacht hat. Deshalb verdanken wir ihr den internationalen Siegeszug eines koffeinhaltigen Brausegetränks, die kariöse Überzuckerung des westlichen Teenagers, die Verbreitung der Schwarzbrennerei, die Gattung des Gangsterfilms und den Aufstieg Al Capones, während wir Deutschen mit August Bebel und Clara Zetkin auf eine Frauenbewegung zurückblicken können, die an die deutsche Frau ungleich höhere theoretische Ansprüche stellte und aus diesem Grund für den deutschen Mann noch schwerer zu durchschauen ist als die amerikanische, welche durch Jane Fonda (Tanz), Joan Baez (Gesang) und Bette Midler (Psychodrama) verkörpert wird: Frauen, die sich ständig öffentlich in den Haaren liegen und einander bis aufs Blut hassen, was aber nicht nur in der amerikanischen Frauenbewegung keine Seltenheit ist und im fraulichen Sprachgebrauch praktizierte Frauensolidarität genannt wird. Von einigen Grenzgängern wie meinem armen verwirrten Ferner und dem dauersülzenden Volker Elis Pilgrim abgesehen, besteht die Frauenbewegung in erster Linie aus Frauen. Das Becken der Frau ist breiter und schwerer, die vorderen Schambeinäste und Beckenschaufeln bilden einen stumpferen Winkel, am Schädel sind die kreuzbeinigen Überaugenwülste schwächer ausgebildet, die Stirn ist flacher und gleichmäßiger gewölbt, der um ein Drittel kleinere Adamsapfel hüpft seltener, das Blut ist weniger eisenhaltig, die Neigung zur Glatzenbildung weniger ausgeprägt, die Wirbel im Hautleistensystem der Fingerbeeren weisen weniger Bogen- und Schleifenmuster auf als die des Mannes, und wenn eine Frau sich im Spiegelsaal eines Bodybuilding-Studios abrackert wie weiland Rumpelstilzchen, verhindert das an Oberschenkeln, Hüfte und Brust angelagerte Unterhautfettgewebe regelmäßig die Herstellung eines ordentlichen Muskelgebirges, wobei aber sofort nachgeschoben werden muß, daß die Experten bei der Interpretation der Geschlechterdifferenz in psychologischer Hinsicht noch völlig im dunkeln tappen: Es ist bekannt, daß Frauen über ein reicheres Gefühlsleben verfügen, daß sie länger telefonieren und tiefer empfinden, daß sie lieber mit dem Bauch als mit dem Kopf denken, daß sie mehr an ausufernden Beziehungsdiskussionen als an handfesten Ergebnissen interessiert sind, daß sie ihre naturwissenschaftlich-technischen Defizite jederzeit durch eine größere sprachliche Begabung in der Gattung Klatsch & Tratsch wettmachen und wahrscheinlich sogar ein besseres Händchen fürs Spitzenklöppeln und fürs Giftmischen haben als die Männer – aber mit diesen halbwegs gesicherten Befunden hat sich's dann auch schon.

Über die antike Frauenbewegung gehen die Meinungen ebenfalls weit auseinander. Während der

Zwischenbericht der Enquete-Kommission des Deutschen Bundestages vom 1. April 1977 die von dem Männerklüngel um Bachofen, Marx, Engels und Mao Tse-tung ersonnene Evolutionstheorie verficht, der zufolge der neolithische Mann aus nackter Verzweiflung gegen die mit mäßigem Erfolg operierende urkommunistische Frauenwirtschaft rebellierte und den kollektiv erarbeiteten Mehrwert an sich riß, um ihn fortan in die Kneipe zu tragen oder der ursprünglichen Kapitalakkumulation zuzuführen, beruft sich Frau Engerling-Käfer als Vizepräsidentin des bayerischen Landesarbeitsamts auf die Pendeltheorie, auf jenes im Alten Testament verankerte Prinzip der geschlechtsspezifischen Job-Rotation, und nennt in einem Atemzug die Prophetin Hulda, die Richterin Deborah, die Henkerin Judith und die Seherin Kassandra. Im Rahmen dieser ABM-Maßnahme sollte man eigentlich noch die historischen Meriten von Christa Wolf herausstreichen, was ich mir aber versage, weil ich angesichts ihrer leichenbitteren, vom Kothurn gesprochenen Endzeit-Jamben leicht den Faden und die Geduld verliere und lieber in kollegialer Ehrfurcht und Bewunderung erstarre, bis die Nebel der matriarchalen Mythenklitterung verflogen sind. Ob sich die allseitig entwickelte sozialistische Frau nach der Wiedervereinigung noch etwas auf Hilde Benjamin, Anna Seghers oder die Rekrutierung von Frauenbrigaden und Frauenbataillonen zugute hält, konnte bis jetzt nicht ermittelt werden, fest steht jedenfalls, daß Constanze, Brigitte, Petra, Tina, Courage und andere auflagenstarke und im Westen weitverbreitete Frauenorgane nach dem Zweiten

Weltkrieg von der Frauenarbeit bis zum Frauenzimmer, vom Frauenhandel bis zum Frauensport, von Frauenchiemsee bis zum Frauenwahlrecht kein frauenrelevantes Thema ausgespart haben, wenngleich ich als männlicher Mitleser nicht verhehlen will, daß mir zwischen Frauenraub und Frauenschuh eine kleine lexikalische Lücke zu klaffen scheint: die Frauenschaft. Daß die modernen Frauenzeitschriften einen großen Bogen um die nationalsozialistische Frauenbewegung machen, leuchtet auf Anhieb ein. Zwar hatte die nationalsozialistische Frauenschaft einen Frauenbestand, von dem die heutige Frauenbewegung nur träumen kann: Millionen von Jungmädchen, Blitzmädchen, Kriegsbräuten und Heldenmüttern scharten sich um die Reichsfrauenverweserin Scholtz-Klink, aber was hatten diese Frauen im Kopf? Statt den Männern ins blutige Handwerk zu pfuschen, trieben sie es in aller Öffentlichkeit mit dem Führer und empfingen von ihm und seinen Stellvertretern Kinder, von denen viele in Stalingrad abgetrieben wurden. Nach dem tausendjährigen Bacchanal und der millionenfachen Hingabe deuteten die in Selbstuntersuchungsgruppen organisierten Töchter die verhallten Lustschreie ihrer Mütter als das Wehklagen der gewaltsam Verführten: Opfer sei frau gewesen von Anfang an, Butterbrote habe frau geschmiert, Strümpfe habe frau gestopft, Tränen habe frau geweint, Schenkel habe frau geöffnet, unbeteiligt sei frau gewesen seit Anbeginn, und vom männlichen Morden, Rauben und Brandschatzen sei nichts an das Ohr der Frauen gedrungen, was den Schluß zuläßt, daß die 50 Millionen zerrissenen

Menschen mit Rücksicht auf die Feinfühligkeit der großdeutschen Frauen alle sehr leise gestorben sein müssen. Die in der Frauenforschung hartnäckig behauptete Unschuld der schwerhörigen Frauen macht mir die deutsche Frauenbewegung und das deutsche Frauenschrifttum derart sympathisch, daß ich mir ihre Lektüre zur Vermeidung psychosomatischer Reaktionen ausschließlich im Wartezimmer meines Zahnarztes antue, wo ich regelmäßig unter den Bann eines Lesezirkels gerate, der zu allem Überfluß auch noch «Daheim» heißt. Nach Abklingen der örtlichen Betäubung gehe ich am liebsten ins Kino. Manchmal gehe ich derzeit mehrmals wöchentlich ins Kino, um mich von der Frauenpresse und dem Schlagbohrer meines Dentisten zu erholen. Ein französischer Philosoph hat entdeckt, daß das Kino die Couch des kleinen Mannes ist. Nach der obligatorischen Kollision mit der gleichermaßen verlogenen wie griesgrämigen deutschen Frauenbewegung strande ich also häufig auf dieser Couch des kleinen Mannes und kaue dabei leidenschaftlich gern Popcorn, wodurch sich in der schlecht besuchten 18-Uhr-Vorstellung glücklicherweise niemand belästigt fühlt. Die Popcorn-Esser erkennen einander an den karamelisierten Maiskörnern, die aus den knisternden Tüten springen und wie Kletten an der Oberbekleidung haften. Ein klein wenig Scham ist wohl auch im Spiel, wenn wir uns nach dem Abspann unsere klebrigen, von den Spuren des süßen Lasters gezeichneten Krawatten vorführen und verständnisinnig zulächeln, wir von der Bruderschaft der Popcorn-Fresser. Weil es an den Zähnen wegen meiner langjährigen Popcorn-Abhängigkeit seit Kindesbeinen immer irgend etwas zu ziehen, zu richten und zu reparieren gibt, habe ich mir im Kino nach und nach eine Zweitwohnung eingerichtet, in der es zugeht wie in einem Streifen mit Cathérine Deneuve: Und die Schönste der Schönen verspricht immer wieder, schön zu sein und sonst nichts.

Nach der Vorstellung kühlt der Mut schnell ab. Draußen ist es dunkel, und daß der Mensch in der Nacht nicht gern allein ist, gilt nicht nur fürs deutsche Liedgut. Die in die Wirklichkeit entlassenen Cinephilen und die ausrangierten, an die Ränder des Lebens verbannten Altersheiminsassen könnten dem Frost der Nacht ein mehrstrophiges Ständchen bringen, die wüßten von der Ungeborgenheit des vereinzelten einzelnen ein Lied zu singen, das allerdings niemand hören wollen würde – ich übrigens auch nicht. Bei dem Versuch, durch ständige Geselligkeitsbeweise der drohenden Einzelhaft zu entgehen, entfaltet der deutsche Mensch im Lauf seiner Geschichte einen ungeheuren Ideenreichtum und erstrebt über seine planmäßig betriebene innerverbandliche Selbstauflösung eine Stufe der totalen Regression, vulgo Gemütlichkeit, die sich jedoch nicht in der Neuinszenierung der Operette Alt-Heidelberg, dem Besuch des in München stehenden Hofbräuhauses und anderer, massentouristisch breitgetretener Bier- und Weinseligkeiten erschöpft. Die Zugehörigkeit zu einem größeren Ganzen: das Kaffeekränzchen, der ADAC, die Witiko-Jugend, die Innere Mission, die Fußball-Bundesliga, die Mitfahrzentrale, die Rote-Armee-Fraktion, die Jungen Pioniere, die IG Metall, die Kriegsopfer und Hinterbliebenen, die Heinrich-Böll-Stiftung, die Arbeitersamariter, der Trutzbund grüner Witwen und mißhandelter Rauhhaardackel e. V., die Notgemeinschaft sozialdemokratischer Mädchen, die Freunde der Waffen-SS und die Heiligen der letzten Tage – sie alle sprechen nicht nur in metaphorisch beeindruckender Weise von der Panik des deutschen Hammels, zwischen zwei Fudern Heu urplötzlich seine Herde aus den Augen zu verlieren; mit der auf kosmische Verschmelzungserlebnisse zielenden Vereinsmeierei assoziieren wir uns zum Ausgangspunkt dieses kleinen Besinnungslabyrinths zurück und finden glücklicherweise ganz en passant die Frage beantwortet, die mir schon seit geraumer Zeit auf den Nägeln brennt: Warum ist die Frauenbewegung für die französische Frau entbehrlich, und warum hat die deutsche Frau die Frauenbewegung bitter nötig? Gemessen an dem barocken Wortaufwand fällt die Antwort eher einsilbig aus: Alice Schwarzer leidet sichtlich unter dem, was Cathérine Deneuve offenbar genießt: eine Frau zu sein. Als Cineast berausche ich mich am Glück einer solitären Frau, die sich ihrer selbst gewiß ist; als gewöhnlicher Mann erlebe ich die Unsicherheit der im Verband operierenden Frau, die mir und meinesgleichen zu jeder Tages- und Nachtzeit mit der Versicherung in den Ohren liegt, daß sie eine Frau ist und eine leidende dazu: Hast du mich verstanden, hörst du mir überhaupt zu, du Scheißkerl, weißt du eigentlich, was es bedeutet, in dieser männerdominierten Gesellschaft eine Frau zu sein?

Natürlich könnte ich mich herausreden, könnte sagen, daß ich die von der Frau gestellte Machtfrage beim besten Willen nicht beantworten kann, weil es dem weltfremden Heimatdichter vor der aus allen Nähten platzenden deutschen Gesellschaft beinahe ebenso graust wie vor jenen schwammigen Medienriesen, die als Lappas, Ottos, als Bange-, Hauss-, Farth- und Möllemänner über meinen Bildschirm barscheln: Warum sollte ich mich als unbeteiligter Zuschauer einmischen, wenn die quengelnden Quotenfrauen die Notschlachtung dieser Elite predigen, um anschließend in ihre Fußstapfen zu treten? Statt dessen unterbreche ich meine Gedankenreise für die Durchsage eines kleinen Chauvinismus und schließe die Hommage auf die deutsche Frauenbewegung mit einem Sprichwort, das ich, zerstreut wie ich bin, leider nicht mehr richtig auf die Reihe kriege. Heißt es: Der Spatz in der Hand ist so öde wie die graue Maus im Himmelbett? Oder sollte ich sagen: Die Taube auf dem Dach des Lichtspieltheaters ist mir lieber als der letzte Tango mit Petra Kelly?

Mit dieser Entgleisung verabschieden wir uns von der deutschen Familie und der deutschen Frauenfront und streifen mit der Hinwendung zum deutschen Lehrertum ein besonders düsteres Kapitel im Leben des deutschen Liebhabers Paul Ferner, der mich im weiteren Fortgang der Begebenheiten zwar davon zu überzeugen suchte, daß er im Rückblick auf seine zwölfjährige Amtsanmaßung eigentlich ganz gern Lehrer gewesen sei: eine hanebüchene Schutzbehauptung, die mir dramaturgisch entbehrlich schien und an deren publizistischer Verbreitung ich keinerlei Interesse zeigte, bis mich Frau Dr. med. Monika Kubale-Theweleit, die in meinem Verlagshaus für die gestalttherapeutische Entsorgung und Wiederaufrichtung ausgebrannter Kugelschreiber verantwortlich zeichnet, eines Besseren belehrte und mich anläßlich eines vom Kommandanten unseres Verlagsflaggschiffes angeordneten Umtrunks mit allerlei Frühkindlichkeiten behelligte. Das Besäufnis in der Mannschaftsmesse galt, soweit ich mich erinnere, irgendeiner völlig überschätzten Öko-Lyrikerin aus Brunsbüttelkoog, die in den Besitz eines literarisch verbrämten rot-grünen Wanderpokals gelangt sein sollte; es kann aber auch sein, daß sie die Übernahme ihrer zehnten Stadtschreiberei abfeierte oder sich aus verkaufstaktischen Gründen mit dem Pressesprecher des Unternehmens verlobt hatte, was aber wirklich von nebensächlicher Bedeutung ist. Soviel ist sicher: Ich schlenderte, den finkennapfkleinen, mit passierter Erbsenbrühe gefüllten Plastikbehälter umklammernd, relativ entspannt durch die Reihen der alkoholisierten Buchmacher, als mich die Analytikerin unter einem Schwarzweiß-Porträt des Morphinisten Fallada von der Seite ansprach, was ich zunächst als Pietätlosigkeit empfand. Schulz, mein lieber Schulz, sagte sie in diesem wissenden, hochpriesterlichen Ton ihrer Zunft, der wärmer klingt, als er ist, und mich normalerweise sofort auf hundertachtzig bringt, schauen Sie, sagte sie, und dabei changierte ihr whiskeyumflortes Timbre vom luzidesten Gold in ein bedeutungsschwangeres, grottenolmiges Blau, für Familienbande und Feminat haben Sie in Ihrem Manuskript doch nur deshalb so viele Worte des Dankes, der Hochachtung, des Trostes, ja der aufrichtigen Zuneigung finden können, weil Sie anerkennen, daß selbst das bescheidenste literarische Talent eines Gefäßes bedarf, in dem es gründelt und gedeiht: es keimt auf im Schoß einer Frau und treibt im erweiterten Schoß einer Familie die schönsten Blüten – diese uterale Umtopfung des Dichters wird von Thomas Mann in den Tagebüchern mustergültig beschrieben und leicht verbittert als «strenges Glück» bezeichnet. Zweifellos sind auch Sie im Rahmen ihrer beschränkten Möglichkeiten mit Kind, Kegel und anderen ergiebigen Topoi psychohygienisch und ästhetisch halbwegs im reinen, aber sobald Ihnen ein Lehrer über die Leber läuft und es darum geht, ihn als Angehörigen dieses geschundenen Berufsstandes zu Papier zu bringen, gerät er Ihnen sofort zur Fratze, gebärden Sie sich wie dieser zornige junge Goetz, der in seinen Texten die halbe Menschheit niedermetzelt und dessen Logo darin besteht, daß er sich beim Vorlesen ständig Löcher in den Kopf schneidet. Haben Sie diese Faxen nötig, und wenn ja, warum? So fragen Sie beispielsweise ganz scheinheilig: «Wer war Ferner? Wer war Ferner als Lehrer? Wer oder was ist das überhaupt: ein Lehrer? Ist der Lehrer ein exogener Depressiver, ein Abfüllautomat, ein Repetiergewehr, ein armes Würstchen oder ein aus bedingten Reflexen zusammengesetztes Häufchen Elend? Warum lange grübeln? Vielleicht ist der Lehrer ganz einfach nur die schnellste, billigste und bequemste Verbindung zwischen den kleinen und großen Ferien.» Das kann man doch so nicht stehenlassen, Schulz.

Ganz abgesehen davon, daß dieser Kalauer dem ausgeprägten Berufsethos jener selbstlosen Unterhaltungskünstler, die rund um die Uhr oder zumindest bis zu zweiundzwanzig Stunden wöchentlich für ein Taschengeld die gelangweilte Brut der Nation bei Laune und in Schach halten, nicht gerecht wird; was, glauben Sie denn, wird geschehen, wenn einem dieser prozeßfreudigen GEW-Funktionäre nach dem Mittagsschlaf eine solche Definition seines Berufsstandes unter den akkurat gespitzten Rotstift kommt? Dabei bange ich nicht allein um unsere Firma, über die eine Flut von Gegendarstellungen, einstweiligen Verfügungen und Schmerzensgeldforderungen hereinbrechen wird – nein, ich sorge mich, weil das nun mal mein Job ist, vor allem um Sie, Schulz. Der blanke Affekt paßt nicht in die politische Landschaft. Mit Ihren phobisch bedingten Grobheiten und Ressentiments ist kein Blumentopf, geschweige denn ein Friedenspreis des germanischen Philologenverbandes zu gewinnen oder, um es mit Schiller zu sagen: Wo alles liebt, darf Schulz allein nicht hassen.

Die von Frau Kubale-Theweleit abgefeuerte Breitseite verfehlte ihre Wirkung nicht. Ihre Aufforderung, augenblicklich der Erbsensuppe zu entsagen und ihr einen umfassenden Einblick in mein Innenleben zu gewähren, schloß mit einer Frage, die ich irgendwo schon einmal gehört hatte und von der ich nur erinnerte, daß man mit ihr, am richtigen Ort und zur passenden Zeit gestellt, einen Haufen Kohle machen kann: Was fällt Ihnen dazu ein?

Der Mann, der mit dieser Frage auf eine Goldader stieß und an der Spitze seiner wilden Schar furchtlos die Bastionen des Unbewußten stürmte, hätte an Monika und ihrem Patienten seine helle Freude gehabt: Meine Lippen reagierten auf ihre Frage wie der Wadenmuskel des Sprinters auf den Schuß der Starterpistole – ich barst förmlich vor Einfällen, mein ES plapperte mich nach allen Regeln der Kunst ins Weißt-du-noch zurück, hurtig ging es kantapper, kantapper über Siebenberge und Siebenzwerge nach Entenhausen und Hansaplast, kurpfälzische Reiter fielen schreiend in den Rabengraben, das Blut floß in Strömen, Pommerland war abgebrannt, aus den Trümmern hagelte es Hölzchen, Klötzchen, Garnröllchen, verkohlte Käte-Kruse-Püppchen und niedliche Nachdenklichkeiten die Menge, Gott verschwand gurgelnd in der Wasserspülung, imaginierte Väter peitschten die Pferde durch die Meerenge von Korinth, Wölfe und Welten stoben entsetzt zur Seite, und während meine Therapeutin noch auf dem Grund ihres Cocktailglases mit der Zungenspitze nach einer Maraschino-Kirsche fischte, gab ich meiner waidwunden Schreiberseele bereits die Sporen, preschte mit Volldampf durch die Untertertia des wilhelmisch verseuchten Knabengymnasiums von Reit im Winkel und erblickte am Rand des kastanienverschatteten Schulhofes das Weiß im Auge meines ersten und vielleicht einzigen Feindes, der Kreienbohm hieß und nichts Besseres zu tun hatte, als sich als Kunstrichter und Kinderhenker aufzuspielen. Er, Kreienbohm, eine baumlange Erscheinung von soldatischer Haltung mit einer von nervösen Zuckungen entstellten Physiognomie, stapelte mit grämlicher Miene dreißig Gipsklumpen in Backsteingröße vor der Klasse auf und ordnete deren Verwandlung in afrikanische Elefanten an. Ich machte mich mit Feuer und Flamme sowie Feile und Fahrtenmesser an die Arbeit und hatte mir vor Anstrengung bereits zum zweitenmal auf die Zunge gebissen, als Kreienbohm mir das Zwischenprodukt mit leichter Hand entwand und der Klasse zur Abschreckung vorführte. Dem Schüler Schulz sei es zweifellos gelungen, den typischen Rüssel des Elefanten mit dem kleinohrigen Kopf des Pinschers und der anmutigen Hochbeinigkeit der Giraffe auf künstlerisch wertvolle Weise zu verbinden. Aber die von ihm gestellte Aufgabe sei doch eigentlich viel bescheidener gewesen, setzte Kreienbohm nach, woraufhin sich der lachende, aufgerissene Schlund der Schülermeute ins Unermeßliche öffnete. Ich tat das, was ich schon als schluchzender Tertianer hätte tun sollen, stieß dem Kunstbanausen das Fahrtenmesser an eben der Stelle in den Brustkorb, wo ich sein steinernes Herz vermutete, die Klinge brach ab, das Gelächter verebbte, Reit verkroch sich im Winkel, Kreienbohm sank in die wohlverdiente Ruhe seines Reihengrabes zurück, ich wandte mich erleichtert von den Quellen meines Traumas ab, wurde von Frau Kubale-Theweleit im Anschluß an den symbolischen Lehrermord als geheilt entlassen und verließ die Runde der fröhlich zechenden Buchmacher in dem Bewußtsein, fortan unterscheiden zu können zwischen Vergangenheit und Gegenwart, zwischen Sturmbannführer Kreienbohm und seinem demokratisch geläuterten Nachfolger Paul Ferner, der endlich vor mir auf der Aschenbahn auftaucht und dem ich mit letzter Kraft das Staffelholz zuwerfe: Write on, Paul!

10

Schulz will mir weismachen, daß wir auf die Zielgerade einbiegen. Er deutet mit seinem nikotinverfärbten Zeigefinger in eine imaginäre Ferne, die bereits nach drei Metern vor einer Pyramide von Marzipanschweinen endet. Wir sitzen im Café Laumer, er ißt Baumkuchen, trinkt Brennesseltee und hat neben sich ein monströses Tonbandgerät aufgebaut, ein Vorkriegsmodell, dem ich meine Restbiographie anvertrauen soll. Ich werde ihm was husten.

Dabei kann ich ihm noch nicht einmal böse sein. Er hat nicht nur meine Lebensgeschichte verhunzt, er hat, und diese Diagnose fügt sich ganz gut ins Ambiente dieser vorzugsweise von emeritierten Philosophen frequentierten Frankfurter Traditionsbäckerei, er hat ganz einfach eine Delle im Keks. Er blickt mich mit Verschwörermiene an und faselt irgendwas von einem soeben angemieteten Arbeitsatelier mit Trottoirblick im Souterrain einer Villa. Täglich flanieren zirka dreihundert Frauenbeine dort vorbei, und er steht von morgens bis abends am Kellerfenster und stellt sich zu den Beinen die Körper und zu den Körpern die Gesichter der Frauen vor.

Will er mir mit seinem voyeuristischen Geseire den Mund wäßrig machen und meine Bekenntnisfreude fördern? Ich biete ihm zur schnellen Entsorgung eine alte, seit zwanzig Jahren stillgelegte Sammlung von Hustler-Heften an: Wenn Sie die Centerfold-Girls aufklappen, haben Sie alles auf Gürtelhöhe und laufen nicht länger Gefahr, mit einer Genickstarre von der Trittleiter zu fallen. Er ignoriert mein Angebot und versucht es auf die Kumpeltour. Auch unser Goethe, sagt er, hat viel Zeit und Mühe investiert, um sich der Frauen mit wohlgesetzten Worten zu versichern: umringt von einem Kranze schöner, feingebildeter, geist- und kenntnisreicher Damen, die ihm durch Liebe und Freundschaft sowie durch Anregung von Geist und Gemüt verbunden ein unvergängliches Geleit gaben. Gar kein schlechtes Programm für die damalige Zeit.

Und wie sieht es bei Ihnen aus? Wie viele von den erspähten hundertfünfzig Beinpaaren geben Ihrer traurigen Gestalt freies Geleit? Tja, sagt er, Sie wissen ja selbst, Frauen sind heikel und wir in der Regel unvorbereitet. Es gibt viele ungelöste Fragen. Wenn man eine kennt, kennt man dann alle oder keine? Ziemlich komplex. Deswegen stecke ich zur Zeit voll in der Planung und behalte alle Kandidatinnen im Auge.

Wie schön für Sie und Ihre potentiellen Opfer, werfe ich ein, und er sagt: Die Liste wird von unserer Putzfrau angeführt, einem überquellend üppigen jugoslawischen Mädchen namens Elvira; einer trägen Schönheit, übersät mit appetitlichen Leberfleckchen und dem zartesten und schwärzesten Oberlippenflaum, den man sich denken kann. Weil ihr Mund immer ein wenig geöffnet ist, streicht sie mit der Zunge ständig über ihre kirschroten Lippen. Ihre Unterlippe ziert eine kleine Kerbe, ein Zeichen rastloser sinnlicher Energie. Das ist eine Erkenntnis, die er nach Rückfrage aus der einschlägigen Literatur gewonnen hat. Ich gebe ihm zu bedenken, daß seine Statur nicht gerade an den Koloß von Rhodos erinnert, und rate ihm, seinem Hang zum Küchenpersonal vorerst nicht nachzugeben und seinen Plan auf die unteren Gewichtsklassen zu beschränken. Andernfalls könnten Sie sich beim Liebesspiel mit ihrer Raumpflegerin einen Bruch heben. Kennen Sie ihren Kollegen Ingomar von Kieseritzky? Nein? Wie sollten Sie auch. Er ist ungleich phantasiebegabter und talentierter. Was Sie mit ihm verbindet, ist das Fliegengewicht und die Obsession für Frauen ab Konfektionsgröße 42 aufwärts. Er gleicht sein Handikap aus, indem er täglich in den Nautilus-Trainer klettert und seine Bizepse stählt. Lassen Sie sich diesen Mann zum Vorbild gereichen, literarisch, menschlich und nicht zuletzt körperlich.

Schulz winkt nach der Saaltochter, ordert einen zweiten Aufguß für seinen Gesundheitstee und krönt seine Behauptung, daß diese Empfehlung überflüssig sei, mit einem zweiten Klassiker-Zitat: In einem Augenblick gewährt die Liebe, was Mühe kaum in langer Zeit erreicht. Im übrigen habe er neben seiner Dauerbeziehung Jutta noch andere, durchaus leichtere Eisen im Feuer. Zum Beispiel Caroline. Sie arbeite als zweite Sortimenterin in der Buchhandlung Wohl am Roßmarkt. Eine belesene Seele voller Ehrfurcht vor Autoren und ihrer störanfälligen Produktion. Außerordentlich leicht zu beeinflussen, ein unter einem Berg von Bildungsasche brodelnder Vulkan. Zierlich wie ein Kolibri, azurblaue, von einer Hornbrille gedämpfte Augen, hoher, wogender Busen und durch das pausenlose Lesen gereizte und gerötete Lider. Aber das lasse sich durch heftige Neigung oder Leidenschaft sicher lindern. Erst letzte Woche habe er sie in ihrem Nordend-Apartment aufgesucht, Botho Straußens «Niemand anderes» als Gastgeschenk unterm Arm und eine Flasche Bristol Cream Sherry als Stimulans in der Plastiktüte. Sie taute eine Sardellenpizza auf, dazu gab es eine Zweiliterbombe Etschtaler Bauernschoppen, ein Getränk, dessen Genuß nach allgemeiner Erfahrung zu sofortiger Erblindung führt. Jedenfalls trank ich tapfer mit, fuhr Schulz fort, und als mir schon ein bißchen schlecht war, bot sie mir einen Platz auf der bodennah installierten Schaumstoffmatratze an, und ich breitete, sei's um meine Gefühle in Schach zu halten, sei's um das aufsteigende Sodbrennen niederzuringen, mit den zärtlichsten Worten den Behuf meines Antrittsbesuchs vor ihr aus: Liebe flößest du ein und Begier, ich fühl es und brenne, Liebenswürdige, nun aber flöße auch du Vertrauen mir ein. Das süße, über mich gebeugte Geschöpf entledigte sich nacheinander seiner Hornbrille und seiner Pikeebluse, ihr göttlicher Busen hob und senkte sich über mein blasses Gesicht, und als ich vorsichtshalber noch ein feingesponnenes venezianisches Epigramm nachreichte, kicherte Caroline. Was für ein Zirkus für einen mickrigen kleinen Fick, flüsterte sie, griff mir beherzt in den matten Schritt und fügte bedauernd hinzu: Falls du dich hier noch mal blicken läßt, bringst du aber einen größeren Appetit mit, gelle.

Schulz starrt in seine magenfreundliche Reformhausbrühe. Es sei eben alles im Schwange, die Erotik sei eine Kunst und mache seit alters viel Arbeit, er habe noch eine weitere latente Verbindung in petto: Galeriebesitzerin, majestätisch, Anfang Fünfzig, runde Rubensstirn und tizianrote Haare, die über ihre üppigen alabasterweißen Schultern fließen. An die zwanzig Augenpaare entsetzter Pensionäre hängen an den schlaffen Lippen meines Gegenübers, und ich zische ihn an: Schulz, nehmen Sie sich gefälligst ein bißchen an die Kandare. Er verstummt, schaut mich an wie ein waidwunder Cockerspaniel, und wie er so guckt und guckt und glotzt aus seinen degenerierten blutunterlaufenen Hundeaugen, denke ich: Und an der Seite dieses armen, ewig zu kurz gekommenen Wichsers, dessen sexueller Kosmos an den matronengesättigten Onanievorlagen der falschen Fuffziger endet, schleiche ich am Rande einer Fleischvergiftung seit sage und schreibe zehn Kapiteln durch einen Frauenroman. Welcher Teufel hat mich geritten, welches Brauereipferd hat mich getreten, als ich diesem neurotischen Kretin mein Ja-Wort gab? Läßliche Gedanken, müßige Fragen, von denen ich keine laut werden lasse, weil ich fürchte, daß er auf seine verklemmte kleinliche Weise Rache an mir nehmen könnte und mir und dem Leser kurz vor Toresschluß mit seiner Rabenklaue das Happy-End verschmiert oder bis zur Unkenntlichkeit entstellt.

Ich entschuldige mich für meinen Affektdurchbruch, rechtfertige ihn mit einer schlaflosen Nacht, einer heranrückenden Tiefdruckfront, dem Pollenflug, der verworrenen Lage der großdeutschen Nation und gebe zu erkennen, daß es neben dem Brennesseltee der mir gewährte Einblick in sein hoch- und ausdifferenziertes Liebesleben sei, der mir die Augen geöffnet und die Zunge gelöst habe: Nun aber frisch ans Werk. Spitzen Sie Ihre wohlgeformten Ohren und werfen Sie Ihren veralteten Tonträger an, damit wir, um es in einen Terminus technicus der Treuhand zu fassen, den leidigen Themenkomplex Ehe & Schule endgültig abwickeln können.

Sehen Sie, Schulz, als wir Anno Domini 1951 unter der Last unserer Zuckertüten zum erstenmal in Zweierreihen durch das Hauptportal ins Innere dieser geschlossenen Anstalt einrückten, ahnte ich natürlich nicht, daß es dreißig Jahre dauern sollte, bis ich wieder zum Ausgang zurückfinden würde. Denken Sie bitte nicht, daß ich dieses Los im nachhinein beklage. Nicht nur daß mich die in Ehren ergrauten Mitkämpfer barmen, die ihre Planstellen wie militärische Brückenköpfe verteidigen, weil sie bis zum heutigen Tag noch nicht einmal wissen, daß es diesen Ausgang überhaupt gibt; nein, ich erinnere mich der Zeit meines überlangen Schulbesuchs mit der Sentimentalität eines Indianerhäuptlings, der das Reservat verlassen muß und dessen Augen noch einmal über Totempfähle, Stammesreliquien, federgeschmückte Tipis und andere Anachronismen wandern. Ein Blick zurück ohne Zorn, denn unter den Dächern unseres Museumsdorfes litten wir keinen

Mangel. Der große Manitou ließ es in Gestalt Ludwig von Friedeburgs im bunten Wechsel Rahmenrichtlinien, dreizehnte Monatsgehälter, Berufsverbote, Sonderbeihilfen, Runderlasse, Weiterbildungsmaßnahmen und Kindergelder regnen; das schmackhaft zubereitete Mensa-Essen war staatlich subventioniert; Gesamtkonferenzen erwiesen sich als überschaubare und gern frequentierte Beziehungsmärkte, auf denen die Inzucht blühte; die allgemeine Schulpflicht führte uns alle Jahre wieder neues Leergut zu; pünktlich nach der dritten Stunde flüchteten wir in die großen Ferien und ergossen uns in schwedischen Sicherheitsautos und vierstrahligen Linienmaschinen über die ganze Welt, die wir angstlos bis in den letzten Winkel durchstreiften, weil wir nie Gefahr liefen, uns aus den Augen zu verlieren. Ob beim Kaffeepflücken in Nicaragua oder beim Rebirthing in Kalifornien, ob beim Survivaltraining auf dem Inka-Pfad oder beim Tontaubenschießen auf den Galapagos: überall liefen wir uns über den Weg, fielen uns erleichtert in die Arme und ins Wort, weil man mit dem beeindruckend Exotischen und sprachlos machenden Schönen bekanntlich am besten zu Rande kommt, wenn man bescheidwisserisch darüber schwätzt.

In diesem Zusammenhang gehört die Besteigung des Ätna zu meinen schönsten Urlaubserlebnissen. Frauke veranstaltete an diesem denkwürdigen Morgen mit italienischen Geschlechtsgenossinnen von der Initiative «Matronen gegen die Mafia» ein Arbeitsfrühstück an der Straße von Messina, die weiblichen Früchte meiner Lenden waren mit einer Animateuse vom Robinson-Club zum Bogenschießen am Mädchenstrand verabredet, und so scherte ich frohen Mutes aus dem Familienverband aus. Hinter dem Observatorium passierte ich die Baumgrenze, beschritt die verschneiten Serpentinen, spurte selbstvergessen Stunde um Stunde den Weg nach oben und pfiff mir eins, als ich plötzlich ganz nah am Kraterrand stand. Der Sog der Tiefe war ungeheuer, der Schwindel packte mich, und in den Schläfen spürte ich ein heftiges Ziehen, das schnell auf den Magen-Darm-Trakt übergriff. Vor mir öffnete sich ein riesiges weites Loch, nichts als Altschnee, erkaltete Lava und aschefarbener Nebel, aus dem sich von einer Sekunde zur anderen die Sonne erhob und den Kraterboden in ein mattschimmerndes goldenes Licht tauchte. Es war mir, als könnte ich die ganze Erde überblicken, und so erhaben und schön sie auch war, so sehr machte mir ihre Leere zu schaffen.

In diesem Augenblick wurde die Stille von einem erlösenden Schrei durchbrochen; vom Grund des Kraters gellte mir ein doppeltes «Grüß Gott» entgegen, und als ich mich auf den Bauch legte, um über den Rand spähend die Lärmquelle zu orten, entdeckte ich zwei vollbärtige untersetzte Männer mit fettig-schütterem Haar, die sich mir rasch näherten und sich als Grundschuldidaktiker aus Erlangen zu erkennen gaben. Wir tauschten unser rot-grünes Weltbild aus, herzten und küßten uns und stolperten beglückt zu Tale. Abends saßen wir in einer Osteria am Hafen von Palermo, soffen wie die Löcher, erörterten nach einem flüchtigen Blick auf den im Mittelmeer versinkenden Sonnenball den Tod des Empedokles aus lerntheoretischer Sicht und zerlegten den griechischen Wanderprediger bis zur Sperrstunde in zwölf Unterrichtseinheiten von je 45 Minuten.

Weltweit versippt und vernetzt, genießen wir neben der uneingeschränkten Kreditwürdigkeit der Banken auch das Privileg des grenzenlosen psychosozialen Moratoriums in vollen Zügen. Unzählige Male habe ich zwischen Ferienende und Schulbeginn vor dem Spiegel meiner Flurgarderobe stehen und mich der Lieblingsbeschäftigung meines Berufsstands hingeben dürfen: der Selbstreflexion. Dabei hat sich mir im Lauf der Zeit der Eindruck aufgedrängt, daß meine Vergangenheit als Vor- und Grundschüler, als Gymnasiast, Student, Referendar, Heimwerker, Familienernährer und Studienoffizier auf meinem Gesicht keine Spuren hinterlassen hat. Ich wurde mir zunehmend unheimlicher, mein lieber Schulz, denn wie alle Lehrer, die ihre Freizeit mit Supervisionsgesprächen, in Encounter-Gruppen oder vor dem Spiegel ihrer Flurgarderobe verplempern, hat es mich zutiefst gekränkt, daß ich in meinen Gesichtszügen keinerlei Gravuren des Außergewöhnlichen entdeckte; ich habe mich damit gequält, das Ungewöhnliche dort aufspüren zu wollen, wo nichts Ungewöhnliches ist außer einer lediglich gerichtsmedizinisch nachzuweisenden, also unsichtbaren Besonderheit meiner Kaste: Während ein normaler Mensch, sagen wir ein Dachdecker oder eine Datentypistin, zu 82 Prozent aus Wasser besteht, setzt sich eine Kindergärtnerin zu 88, eine Grundschullehrerin bereits zu 90 und ein Studienrat gar zu 98 Prozent ausschließlich aus Erklärungen zusammen. Im Zuge meiner unerbittlichen systematischen Selbsterforschung konnte ich mir nicht länger verbergen, daß das Leben des Lehrers von der Übernahme ins Beamtenverhältnis bis zu seiner Pensionierung eine einzige, langatmige Erklärung ist, eine verbale Dauerausscheidung, die nur durch die Nahrungszufuhr und kurze Schlafpausen unterbrochen wird. In einer didaktisch verzerrten Sicht der Schöpfungsgeschichte hat der liebe Gott, könnte man annehmen, die Welt und ihre Erscheinungen nur deshalb erschaffen, um sie sich, in einer unendlichen Kette unterrichtsrelevanter Gegenstände aneinandergereiht, vom deutschen Lehrer erklären zu lassen.

Wem sage ich das, Schulz? Als mein Eckermann wissen Sie ja, daß mein Kreuzweg vom Klassenprimus zum Oberstufenleiter gesäumt war von den ärgsten Somatika: Nasennebenhöhlenentzündungen, Katzenallergien, vegetative Dystonien, reich blühende Gürtel- und Herzneurosen waren an der Tagesordnung, aber in einen wirklichen Erklärungsnot- oder gar -stillstand bin ich nie geraten. Ob es sich um das Erdbeben von Lissabon, den Flug der Honigbienen, die Merseburger Zaubersprüche, die Relativitätstheorie, den Ablativus absolutus oder die Entstehung der irisierenden Polargirlanden handelte – ich habe meinen Schülern nicht nur prompt jede Frage beantworten können, sondern hatte häufig sogar schon Erklärungen parat, bevor die damit verbundenen Ereignisse überhaupt eingetreten waren. Nehmen Sie beispielsweise diesen russischen

Schrottreaktor, der vor einer Weile explodierte. Viele ehemalige Kollegen sind durch das Desaster von Tschernobyl völlig überrascht worden, sind unter peinlichen Betroffenheitskundgebungen wie aufgescheuchte Hühner durch die Gegend gerannt und haben darüber ihren pädagogischen Vermittlungsauftrag völlig vernachlässigt, während ich bereits Jahre vor dem großen ukrainischen Fallout ein komplettes, aus acht Projekteinheiten bestehendes Katastrophencurriculum im Hängeordner speicherte, mit dem ich wochenlang mühelos die gesamte Schülerschaft meines Gymnasiums hätte überschwemmen können.

Ich will nichts beschönigen, Schulz, auf lange Sicht sollte ich der pädagogischen Verhackstückung des Lebens nicht froh werden: Während einer Nachtexkursion durch die östlichen Vogesen wurde ich zum erstenmal an die Kehrseite der mir in Fleisch und Blut übergegangenen Fähigkeit erinnert, beliebige Gegenstände sozusagen im perinatalen Zustand unter Ausschaltung jedweder Affekte direkt mit den Sprechwerkzeugen kurzzuschließen. Ich hatte mit der mir anvertrauten Abiturientenklasse gerade den Sattel des dichtbewaldeten Mittelgebirgszugs überquert, und wir betraten eine große, in ein fahles Licht getauchte Wiese, als mich ein Schüler auf ein kleines Wunder aufmerksam machte: Ein Mondregenbogen überspannte halbkreisförmig einen Hain silberner Espenbirken und verlor sich in einem am Nachthimmel dahinfliegenden Feld blasser Zirruswolken. Mir kam diese seltene Naturerscheinung sofort höchst erklärungsbedürftig vor, meine Stimme erhob sich in gewohnter Weise über dem wandernden Abituriententroß; von der Brechung des Mondlichts an der Grenzfläche zwischen der Luft und den in der Luft schwebenden Wassertröpfchen sprach ich, von der Interferenz der gebrochenen und reflektierten Lichtstrahlen wollte ich sprechen, als mir eine dünne, sonst eher zurückhaltende Hinterbänklerin mit der Bitte ins Wort fiel, ausnahmsweise meine große Schnauze zu halten und diesen Augenblick des grenzenlosen Entzückens auszukosten, ohne ihn durch einen meiner nicht enden wollenden Redebeiträge zu verderben.

Als ich nach unserer Rückkehr, vor meinem Lieblingsmöbel, dem Garderobenspiegel stehend, meine Beamtenexistenz einer erneuten Generalinspektion unterzog, die sizilianische Kraterlandschaft und die ukrainische Reaktorschmelze, den vergänglichen Mondregenbogen sowie die Schnellabschaltung meines ewig plappernden Mundwerks durch das dünne Mädchen Revue passieren ließ, schob sich plötzlich der gehörnte Siegfried durch das Gespinst aus Tagesresten, Spektralfarben und Gedankensplittern in mein Blickfeld, legte mit brüderlichem Augenaufschlag seine schwere Hand auf mein zerbrechliches Schulterblatt, zog die Pratze zurück, ging wortlos durch mich hindurch und verschwand in den Falten des grauen Kleppermantels, mit dem ich bei Klassenausflügen an der Spitze meiner Schutzbefohlenen durch die verregneten Wälder zu eilen pflegte. Was soll's? dachte ich, von dem werde ich mich nicht ins Bockshorn jagen lassen, was habe ich mit diesem sperrigen nordischen Kleiderschrank zu schaffen, dieser dümmsten und unbeweglichsten Gestalt des Nibelungenliedes; ein Mann wie ein Hauklotz, der sich im Tauchverfahren eine sagenhafte Rüstung auf den Leib schneidern ließ, eine frontverstärkte Hülle aus geronnenem Blut und Schildpatt, in der er dann am Ende doch jämmerlich verrecken mußte, der Idiot.

Ich warf meinem Spiegelbild ein kleines blauäugiges Gelächter zu, auf dessen Grund eine Träne zu schwimmen schien: Ich war mit meinem Latein noch lange nicht am Ende und wähnte mich immer noch am Anfang, in der Mitte oder schlimmstenfalls in einem vorübergehenden Zwischentief. Mir als beweglichem nachbürgerlichem Bildungsspediteur würde das Schicksal des erstarrten Teutonen mit Sicherheit erspart bleiben. Die ungesunden westlichen Kunstfasern, Nyltest, Diolen und Trevira, hatte ich bereits vor dem ersten Staatsexamen abgestreift, im Secondhand-Tex verscherbelt oder den armen Verwandten in der DDEx überlassen; ich galt als bindungsfähig, umweltverträglich, luftdurchlässig, atmungsaktiv und extrem haut-, kinder- und frauenfreundlich, ich hatte nie ein Blutbad genommen oder angerichtet, sondern war im Zuge eines postnatalen Immunisierungsprogramms lediglich in den lauwarmen Wörtersee gefallen und vor langer Zeit unweit der Klippen der Encyclopaedia Germanica an die Gestade des Berufsbeamtentums geschwemmt worden. Was konnte mir schon groß passieren? Ob als Klassenlautsprecher, belfernde Megaphon der Studentenrevolte, stimmgewaltiger Barde des Matriarchats oder heimlicher Untermieter der Deutschen

Bibliothek: Stets & ständig hatte ich seit der Währungsreform an der Erweiterung meines Bildungshorizonts laboriert und meine Lernfähigkeit unter Beweis gestellt – wer also sollte mich, den mit allen Wassern gewaschenen Lehrkörper, daran hindern, bis zum Erreichen der Altersgrenze im Jahre 2010 unentwegt junge Menschen zu beschallen und zur Hochschulreife zu führen? Tiefe Einsichten! Herrliche Aussichten! Ich hatte keinerlei kleptomanische Neigungen, es gelüstete mich nicht nach kleinen Jungen oder Mädchen, ich stand bis zur Hüfte im Schlamm unserer freiheitlich-demokratischen Grundordnung, und ich schwöre Ihnen beim Leben meiner Mutter, Schulz, ich würde noch heute, unbekümmert um mein allmähliches Absterben, der Bequemlichkeit halber in Pantoffeln zwischen meinem entzückenden kleinen, in der Nähe der Gesamtschule gelegenen Reihenhaus und dem mit Stacheldrahtverhauen gesicherten Lehrerstützpunkt hin und her schlurfen, wenn ich im Sommer 1980 nicht plötzlich unter Drogeneinfluß geraten wäre.

Ich hole Luft und atme durch, soweit das im Dunstkreis dieses Kettenrauchers noch möglich ist. Schulz drückt seine Kippe auf der Untertasse aus und stellt fest, daß seine Konzentration nachläßt, weil sein Blutzuckerspiegel ins Bodenlose zu fallen droht. Er äußert den Wunsch, auf meine Rechnung ein Stück Herrentorte ordern zu dürfen. Ich knurre: Meinetwegen sogar mit Sahne. Die Kellnerin eilt herbei und entfernt sich nach Aufnahme der Bestellung. Schulz blickt ihr hinterher und macht mich darauf aufmerksam, daß sie ein pikantes Gesicht mit hohen Jochbögen und breiten Backenknochen habe. Das lasse darauf schließen, daß sie sich ausschließlich von Fleisch ernähre. Ihr Brustgewölbe verheißt Wärme und Weiblichkeit, sagt er, und betrachten Sie nur mal das wunderbar aufregende Spiel ihrer kräftigen Muskeln unter dem engen Rock, die pure Natur, in ihr steckt ein Puma.

Ich empfehle ihm, ihr auf der Stelle hinterherzusteigen und seinem Trieb freien Lauf zu lassen, wenn er unbedingt mit dem Jugendschutzgesetz in Konflikt geraten wolle. Er reagiert ein wenig beleidigt und beteuert, daß er kein Bock sei. Ich erkundige mich, ob er nun das Band weiterlaufen lassen oder sich lieber noch ein Weilchen dem Studium des Bewegungsapparats minderjähriger Kellnerinnen widmen wolle. Er schaut interesselos durch mich hindurch und donnert die Frage in den Raum der gutbesuchten Konditorei, ob ich darüber informiert sei, daß Kaninchen all ihre Lebensäußerungen zwei zentralen Tätigkeiten unterordnen: dem Fressen und dem Rammeln. Selbst im finalen Stadium der Myxomatose treiben sie es noch wie die Weltmeister.

Ich bringe meine Kuchengabel in Höhe seines lächerlich hüpfenden Adamsapfels in Anschlag, und mein Tonfall wird ein bißchen gepreßt: Wenn Sie nicht augenblicklich mäßigend auf Ihren Wortausstoß einwirken, werde ich Ihre Stimmbänder einem chirurgischen Eingriff unterziehen, Sie Ekel! Er wird ganz käsig, verkriecht sich hinter seinem überdimensionierten Kassettenrecorder und nuschelt noch irgendwas von meiner Humorlosigkeit, von der er ja schließlich nichts habe ahnen können, in seinen dünnen Kinnbart.

Ich lache gern, manchmal sogar Tränen. Wie es um meinen Humor bestellt ist, weiß ich nicht genau zu sagen, aber wenn mir je welcher zur Verfügung stand, dann kann ich mich kaum noch des Gefühls erwehren, daß mein Deputat im Umgang mit Schulz demnächst zur Neige geht. Sie würden für einen schnellen Gag Ihre Großmutter verkaufen, sage ich. Das dürfen Sie. Das ist Ihr Job. Ihre Großmutter, Ihre Mutter und Ihr Mama-Komplex gehen mich nichts an. Daß man Sie zu früh abgestillt hat, daß Sie Ihren Pennälerhimmel mit schwergewichtigen Spindmädchen verkleistern, daß Ihr Hochglanz-Frauenbild auf der von Hugh Hefner errichteten Schwundstufe stehengeblieben ist: non est disputandum. Aber Sie werden nicht nur die Liebesabenteuer mit Ihrer Putzfrau mit einem äußerst schmerzhaften Bandscheibenvorfall bezahlen, Sie werden sich auch an mir einen Bruch heben, Sie haben sich übernommen. Sie haben Ihrem Verleger in einem unüberlegten Augenblick für den Entwurf eines federleichten Frauenfreundes, in dem sich das Lächeln Clark Gables mit der Leidenschaft Lanzelots, der Schlagfertigkeit der drei Musketiere und der Lebendigkeit Gérard Philipes zu einer deutschen Mischfigur verbinden sollte, einen Haufen Kohle rausgeleiert, und jetzt, sozusagen in der zehnten Runde, steht der Mann an der Schwelle zu den Achtzigern und macht eine Figur wie Robert de Niro in der letzten Einstellung von «Raging Bull»: verbiestert, fertig und so anziehend wie ein Sack Kartoffeln. Und das hat er alles Ihrem feinen teutonischen Humor zu danken, den Sie mit der Sensibilität eines Betonmischers über mir ausgeleert haben. Ich bin mal gespannt, wie Sie mich mit Ihren bescheidenen sprachlichen Mitteln, von den körperlichen will ich gar nicht reden, aus dieser Ecke ohne fremde Hilfe wieder rausholen wollen. Hören Sie mir überhaupt zu, Schulz? Er steckt noch immer hinter den rotierenden Tonbändern und weint in seine Teetasse: Oh, Susanne, wär ju häf gonn. Eif lost hör pörfect bodi saddenli in päriss in se springteim. Die Regression marschiert. Schulz ist nicht mehr zu helfen. Ich kann ihn abschreiben. Ich bin ein bißchen müde.

Ich war ein bißchen müde. Ich war in diesen Monaten häufig müde. Eine leichte, ich glaube ganz angenehme Müdigkeit, die im Frühjahr begonnen hatte und anhielt, als der Sommer begann. An diesem Tag kam Wind auf, ja, es wehte ein angenehmer, ganz warmer Wind, der mich in meiner angenehmen Müdigkeit umhüllte und mich zugleich stetig und unaufdringlich vor sich hertrieb. Es war ein Tag im Juni. Der Hund war ausgerissen. Ich klopfte bei Frauke an und sagte ihr, daß ich ihn suchen wolle. Sie blickte von ihrem Schreibtisch auf, sagte: Gut, ich sagte: Tschüs, bis gleich, küßte ihren Nacken, und dann ging ich bei den Kindern vorbei, um sie zu fragen, ob sie mit mir den Hund suchen wollten, aber sie sagten, sie hätten keine Lust.

Es war kurz nach ein Uhr mittags, als ich aus dem Haus trat. Über den Himmel trieb eine schwarze, hellblau gesäumte Wolkenbank; es war so dunkel, daß ich die Baumkronen neben dem Haus nicht mehr sehen konnte, aber ich hörte ständig den Wind hindurchstreichen. Es war immer derselbe, gleichbleibend starke, eigentümlich warme Wind. Der Wind kam auf und blieb. Ich erinnerte mich, schon einmal von einem solchen Wind erfaßt und umfangen worden zu sein, aber ich hatte vergessen, wann. Ich war noch keine zwanzig Schritte gegangen, als sich über mir ein Fenster öffnete und eine helle Frauenstimme rief: Paul, komm rauf, Unsinn ist bei uns! Ich weiß nicht mehr, ob Frauke oder ich den Einfall gehabt hatte, den Hund Unsinn zu nennen. Ich glaube, wir wollten uns von den dummen Hundebesitzern, von den Herrchen und Frauchen mit ihren Sentas und Struppis unterscheiden. Unsinn klang angestrengt witzig, aber wir und der Hund hatten uns daran gewöhnt. An diesem Tag war er den ganzen Morgen über bei Karin und Michael gewesen und hatte Wasser und Vollkornkekse bekommen. Als ich ihn jetzt mitnehmen wollte, jaulte er, schnappte nach meiner Hand und stemmte die Pfoten gegen den Flickenteppich in der Küche. Ich erinnere mich, daß mir das sehr peinlich war. Wir hatten mit Karin und Michael über zwei Jahre in einer Wohngemeinschaft gelebt. Wir kannten sie, sie kannten uns, und das Verhalten des Hundes ließ darauf schließen, daß wir ihn entweder schlecht behandelten oder daß er es nicht wagte, mit mir nach Hause zu kommen, weil zwischen Frauke und mir dicke Luft herrschte. Beides stimmte nicht. Aber ich war verlegen und rang mir eine Erklärung für Unsinns Verhalten ab: Vielleicht wird er allmählich so alt, daß die in seinem Hundehirn gespeicherten Empfindungen durch irgendwelche Stoffwechselveränderungen zerstört werden, die seine Wahrnehmung blockieren – er erkennt mich ganz einfach nicht mehr. Michael forderte mich lachend auf, mir nicht ins Hemd zu machen, und Karin schlug vor, ein in der Nähe stattfindendes Straßenfest aufzusuchen.

Wir gingen also hin. Es waren viele Menschen da, die sich spontan umarmten und ebenso spontan voneinander lösten, sie liefen zwischen den Wein-, Bier- und Kaffeeständen hin und her, und während ich ihnen zuschaute, verlor ich meine ehemaligen Mitbewohner aus den Augen. Ich leinte den Hund an und setzte mich neben ihn auf das Mäuerchen eines Vorgartens.

Der warme Wind wehte, ich trank einen heißen Kaffee, und dann kam ein ehemaliger Schüler auf mich zu, der hatte sich als Stadtindianer verkleidet und bot mir aus dem Bauchladen, den er vor sich hertrug, ein kreisrundes Küchlein an, das sieben Mark kosten sollte. Ich war damals ein sparsamer Mensch und wunderte mich deshalb darüber, daß ich mich nicht darüber wunderte, für ein Küchlein von diesen Abmessungen sieben Mark zu berappen. Geld und Kuchen wechselten reibungslos den Besitzer, ich lächelte dem Stadtindianer zu, der Stadtindianer lächelte mir zu und sagte: Beißen Sie immer nur ein kleines Stück ab, sonst fliegt Ihnen der Kopf weg. Ich verstand nichts, aber als ich den Kuchen in den Mund steckte, senkte ich meine Zähne ganz behutsam in die würzige, ein klein wenig bitter schmekkende Krume und kaute sechsunddreißigmal, bis ich den Rest mit Kaffee hinunterspülte.

Wenn ein Mensch etwas ißt, ohne seinem Hund etwas abzugeben, dann bekommt auch der wohlerzogenste Hund immer so einen traurig-vorwurfsvollen Gesichtsausdruck. Das muß aus der Zeit herrühren, als Herr und Hund in der freien Wildbahn noch jeden raren Bissen miteinander teilten. Unsinn blickte mich an wie einen Verräter. Ich reagierte ein bißchen schuldbewußt, kraulte ihm den Hals, dachte, daß er immer ein netter Hund gewesen sei, und hoffte, daß er noch lange durchhalten würde.

Ich begriff nicht, was in ihn gefahren war. Ich saß auf dem Mäuerchen, schaute in seine bernsteinfarbenen Augen, und es schien wirklich so, als würde mich der Hund nicht mehr erkennen. Ich zog ihn an der Leine näher zu mir heran. Er konnte mich sehen und hören, wedelte mit dem Schwanz und war hellwach. Die Theorie seiner Vergreisung konnte ich vergessen, mit seiner Witterung war auch alles in Ordnung. Die naheliegende Erklärung, daß ich einen anderen Geruch angenommen hatte, daß da eine subtile Veränderung eingetreten war, die nur der Nase des Hundes auffiel, schien mir zu verrückt, als daß ich sie akzeptieren mochte.

Zwei Kinder, ein Junge und ein Mädchen mit einem Dauerlutscher im Mund, kamen vorbei, streichelten das gesträubte Nackenfell des Hundes und fragten mich, was mit ihm los sei. Ich weiß nicht, sagte ich, ich glaube, er kann mich nicht riechen. Das Mädchen wollte wissen, ob sie ein bißchen mit ihm spielen dürfe. Ich gab ihr die Leine und den Hund

und sagte: Du kannst ihn haben. Er erkennt mich nicht mehr. Viel Spaß. Er ist ein netter Hund.

Es wunderte mich nicht, daß ich einem kleinen unbekannten Mädchen meinen Hund schenkte. Das Straßenfest fand in einer verkehrsberuhigten Zone statt. Die Straße war eine Sackgasse. Ich dachte, daß es für den Fahrer des Getränketransporters, der die Bierkästen ablud, schwer werden würde, in dieser Gasse zu wenden. Plötzlich sah ich das Ende der Straße ganz deutlich vor mir: kein Kunststück – die Straße war kurz und überschaubar. Am Ende der Straße stand das Haus, das ich mit meiner Frau und meinen Töchtern bewohnte. Ich sah es ganz deutlich vor mir. Es war mir vertraut.

Wenn da nur nicht dieser Wind gewesen wäre, der gleichbleibend starke, eigentümlich warme Wind, der unaufhörlich durch die Baumkronen strich. Die Krone des Baumes vor mir war grün, und der Pullover der Frau, die von mir abgewandt am Fuße des Baumes auf einer Bank saß, war hellgrau und wurde von einem breiten hellblauen Balken durchkreuzt. Ich erinnerte mich, diese Frau schon einmal gesehen zu haben, aber ich hatte vergessen, wo. Die Frau war mir nicht vertraut, und jetzt, da ich sie mir zu vergegenwärtigen suche, muß ich lachen über die Behauptung, ich hätte sie je zuvor gesehen, weil ich mir damit nur verbergen will, daß es nicht der Anblick der Frau, sondern die flauschige Stofflichkeit und der Geruch dieses Angora-Pullovers waren, die mich zugleich beunruhigten und anzogen. Es war kein Parfüm, das man nur bei seinem Markennamen nennen muß, damit es eine Empfindung weckt, sondern dieser warme, stete Wind, der kam und blieb, der mir diesen Geruch zutrug, den ich witterte und den ich erkannte, wiedererkannte mit brennender Gewißheit. Ich weiß nicht mehr genau, wie ich die zehn, zwölf Meter zurücklegte, die zwischen ihr und mir lagen, ich weiß nur, daß sie mir das Gesicht zuwandte und mich aus ihren dunkelbraunen Augen womöglich ebenso lang anschaute wie ich zuvor ihren von mir abgewandten Rücken. Ein langer ruhiger Blick. Keine Anstrengung. Keine Erklärung. Ich glaube mich zu erinnern, daß ich beide Hände hob und ganz obenhin über die weichen, weiten Konturen ihres Pullovers hinwegglitt, ohne ihren Körper zu berühren. Ich glaube mich zu erinnern, daß sie diese Berührung geschehen ließ, daß sie diese Bewegung abwartete, daß sie das Handgelenk meiner linken Hand umfaßte, daß sie die Handfläche an ihre Lippen führte, daß sie sie küßte und daß sie sagte oder daß ich sagte: Laß uns gehen.

Der Wind wehte, und der kurze Weg, den wir zurückzulegen hatten, bäumte sich auf und fiel zu beiden Seiten steil ab wie die Böschung eines Bahndamms. Links und rechts lagen die Vorgärten in der Abendsonne, Unsinn stand mit den Kindern neben einem goldenen Ginsterbusch, Michael und Karin warfen Vollkornkekse vom Balkon, und der Stadtindianer bewarf mich mit kleinen runden Küchlein, die leise in mir explodierten und Wellen schlugen.

Der Raum, den wir betraten, sah aus wie ein Dschungel und war ein Wintergarten von etwa zehn Metern im Quadrat. In der Mitte des Raumes stand ein Bett, das von hohen Grünpflanzen umgeben war. Alles fiel von mir ab. Sie war nackt unter dem Pullover. Daran erinnere ich mich. Und daran, daß ich einen Augenblick lang erschrak, als ich spürte, daß das Blut, das unter dem Druck ihrer Fingernägel aus meiner Schulter trat, die gleiche Farbe hatte wie der Lack ihrer Fingernägel und das Fleisch ihrer halbgeöffneten Scham: Hellrot. Einen Augenblick lang fürchtete ich, dieser Farbe nicht gewachsen zu sein, zu sterben, zu verbrennen, zu morden, ermordet zu werden und, schlimmer noch: aufzuwachen. Aber ich wachte nicht auf, und wann immer ich die Augen öffnete, lag sie neben mir und war unversehrt und schön, o ja, so schön, Geliebte.

Wenn mich heute jemand fragt, was in diesen Tagen, als der Wind wehte, schöner gewesen sei, die Erwartung, die Annäherung oder die Umarmung, dann träte ich vor mich und sagte: Es war nicht die Erwartung, es war nicht die Annäherung, es war noch nicht einmal die Umarmung, es war die Stille. Im sanften Frieden deiner Arme. Mehr nicht. Weil ich, vielleicht zum erstenmal in meinem Leben, keinen Gedanken an das verschwendete, was ich tat, kann ich auch nicht beschreiben, wie diese Stille beschaffen war. Wäre sie jedoch lähmend, bedrückend oder gar beredt gewesen, hätte ich sie als gähnend, verschlingend oder in anderer Weise als unerträglich empfunden, so hätte ich ihr sicher ein Ende gemacht, der Stille, die ich beinahe so liebte wie sie, die neben mir lag und atmete.

Tage und Nächte, so scheint mir, lag ich neben ihr und tat nichts anderes, als mich an ihrem sanft atmenden Leib und der Stille zu berauschen, die sich ganz selbstverständlich in mir und zwischen uns ausbreitete, weil wir uns ganz selbstverständlich waren und keiner Worte bedurften. Jetzt und hier spüre ich einen Anflug von Scham, bin ich einen Augenblick lang versucht, diese unscheinbare, kaum über sich hinausweisende Stille zu durchbrechen und zu rechtfertigen mit dem Sprachfieber, das die Frauen zuvor in mir auslösten, dem ganzen klirrenden und gepanzerten Aufmarsch von Gründen, Auslegungen, Ansprachen und Erklärungen; ich, der ewige Leierkastenmann an der Kurbel, ich, in den Fängen der Redseligkeit, das müssen Sie doch verstehen... Aber der Augenblick des Schwankens geht vorüber, und die schöne Stille bleibt, was sie damals war und immer wieder sein wird: glücklich. Nichts entschuldigen. Nichts erklären. Nichts leugnen.

Sie hielt dreiundzwanzig Tage und Nächte an, die Stille. Es wäre mir lieber und würde mir schmeicheln, wenn ich sagen könnte, daß sie es war, die das Siegel der Verschwiegenheit nach dreiundzwanzig Tagen und Nächten gebrochen hat. Sie wußte nicht mehr von mir, als daß es mich gab; ich wußte nur wenig mehr, als ich hier von ihr preiszugeben bereit bin: ihren Namen. Das war alles, und alles war gut, und alles war mir zuwenig. Vielleicht hat die Empfindung des Mangels mit der Entblößung zu tun und mit der sich ankündigenden Rückkehr in die Gemeinschaft der bekleideten Menschen. Bitte lachen Sie an dieser Stelle nicht. Ich fühle mich hilflos, weil ich mich bei dem hirnrissigen Versuch ertappe, mit der Beschreibung einer Stille den Verrat an meiner Liebe rückgängig zu machen. Vielleicht gibt es einen Morgen im Leben der Liebenden, da wachen sie auf, blicken einander an und stellen fest, daß sie nackt sind. Vielleicht war mir kalt, vielleicht glaubte ich, etwas sagen zu müssen, weil mir die Sprache wie eine wärmende Hülle erschien, in die ich schlüpfen konnte, ohne mich anziehen zu müssen. Ich kann mich nicht mehr genau an das erinnern, was ich damals tatsächlich von mir gab, aber es wird sich wohl kaum von dem unterscheiden, was jeder sagt, der jenseits von Raum und Zeit aufwacht, sich erschrocken die Augen reibt und fürchtet, aus der Welt zu fallen, wenn ihm der andere nicht augenblicklich einen Platz darin zuweist, indem er ihm versichert, wer er ist.

Mit dem Öffnen und Schließen des Mundes endet das Chaos der Liebe und tritt die Sprache ihre unaufhaltsame Polizeikarriere an. Ich weiß, wovon ich rede. Ich kenne diese Laufbahn aus dem Effeff, weil ich für die Regelung des Sprachverkehrs jahrelang zuständig war. IMMER DER REIHE NACH, brüllt die Sprache, DU NIE OHNE MICH, brüllt die Sprache, UND ICH! UND ICH! WO BLEIBE ICH! brüllt sie und brüllte ich in den Raum hinein – und möchte mir die Zunge abbeißen, wenn ich daran denke, wie die Stille zerbrach und ein Wort das andere gab. Sie sagte nichts. Ich sagte alles. Mir fiel überhaupt nicht auf, daß sie nichts sagte, weil ich alles sagte. Über mich, mein Körpergewicht, meine Kindheit, mein sexuelles Vorleben, meine Hobbies, meine musikalischen Neigungen, mein Studium, mein Lehrerdasein, meine Frau, meine Töchter, mein Haus und meinen Hund, der witzigerweise Unsinn heißt und den ich verschenkt habe, einfach so verschenkt habe, sagte ich wohl, um nur noch mit dir zusammenzusein, Liebste. Hin und wieder, wie jetzt, sagte ich wohl, denke ich nicht ohne Zärtlichkeit an meine Frau, die Frauke heißt, und an meine Töchter, die Geli, Feli und Rosa heißen, und dann frage ich mich und dich, die du mir deswegen sicher nicht böse bist, was aus ihnen geworden sein mag und ob ich, bevor wir beide, nur du & ich, in der nächsten Woche nach Madagaskar fliegen, nicht vorsichtshalber noch einmal bei ihnen reinschauen sollte, um nach dem Rechten zu sehen. Danach sagte ich, glaube ich, nichts mehr. Warum auch, es war ja alles gesagt.

Ich erinnere mich: Der Wind war warm, die Krone des Baumes war grün, und der Pullover der Frau, die abgewandt von mir am Fuße des Baumes auf der Bank saß, war hellgrau und wurde von einem breiten hellblauen Balken durchkreuzt. Die Frau, die in der Mitte des Raumes auf dem von hohen Grünpflanzen umgebenen Bett saß und meinen Worten gelauscht hatte, nahm ihren neben dem Bett liegenden graublauen Pullover auf, knüllte ihn mit beiden Händen zusammen, warf ihn mir zu und wies mir die Tür: DU WIRST NOCH AN MICH DENKEN.

Das kann man wohl sagen.

Es war ein Tag im Juli. Der Hund war ausgerissen. Ich klopfte bei Frauke an und sagte ihr, daß ich ihn suchen gehen wolle. Als ich ihren Nacken küßte, blickte sie vom Schreibtisch auf und spuckte mir ins Gesicht. Dann ging ich bei den Kindern vorbei, um sie zu fragen, ob sie mit mir den Hund suchen wollten. Aber die Kinder verweigerten mir die Antwort. Als ich vor das Haus trat, schien der Wind kälter geworden zu sein. Aber er würde sich legen. Da war ich ganz sicher, damals.

11

Ein Mann bei sich. Unser Mann in Frankfurt. Der Mann ist schwer in Ordnung, der Mann ist fundamental. Er bildet Menschenketten, beteiligt sich an Fahrraddemonstrationen und sammelt Unterschriften für die Abschaffung des Autos. Unter weißen Tauben und lachender Sonne protestiert er gegen die Oggersheimer Amnesie, gegen die Startbahn West, gegen den Nato-Doppelbeschluß, gegen Atomstrom und den von seiner Frau geäußerten Verdacht, er könne jederzeit wieder ins Straucheln geraten und fremdgehen. Der Mann hat antiautoritäre Kinder gezeugt, immissionsresistente Bäume gepflanzt und ein Haus gekauft, in dem sich die großen und kleinen Bewohner ausnahmslos wohl fühlen, weil es weder Asbest noch Formaldehyd enthält. So wie der Mann aussieht, ist er über jeden Verdacht erhaben.

Im Augenblick steht der Mann auf der Rückseite seines schadstoffarmen Hauses im Vorgarten zwischen den Rabatten und liest im milden Licht des Abendsonnenscheins die Gebrauchsanleitung auf der Rückseite einer kleinen Tüte, die Blumensamen und Wiedergutmachungsleistungen enthält. In der ersten Zeile steht: Keimkraft, seit 130 Jahren bewährt. In der zweite Zeile steht: Lobelia, auch Männertreu genannt. Das kommt ihm bekannt vor. Während er liest, muß er herzhaft gähnen, denn der Text wirkt nicht nur vertrauensbildend, er ist sterbenslangweilig.

Auch sonst ist im Sommer 1983 nicht viel los in Deutschland. Orgien, Vulkanausbrüche, Volkserhebungen und andere Unregelmäßigkeiten finden erfahrungsgemäß wie immer außerhalb der Landesgrenzen statt. Die Frankfurter Allgemeine Zeitung füllt das durch die physische Abwesenheit des christlich-sozialen Regierungschefs bedingte, erheblich klaffende nationale Sommerloch mit einer Familientragödie, in deren Verlauf ein Sparkassenangestellter zu seinem Bruder zieht, weil er Schwierigkeiten mit seiner Frau hat, eines Abends unangemeldet in die gemeinsame Wohnung zurückkehrt, seine Frau einer Affäre mit dem Filialleiter bezichtigt, dann sie und den dreijährigen Sohn erwürgt, schließlich sich selbst ein mit einer fünf Zentimeter langen Klinge ausgestattetes Küchenmesser in die Brust stößt und sich neben die Toten legt. Eine Tragödie ist nach Kindlers Literaturlexikon die Darstellung eines unlösbaren Konflikts mit der sittlichen Weltordnung, auch mit einem von außen herantretenden Schicksal, der zum Zusammenbruch führt und entweder im Tod des Helden oder in seinem Unterliegen vor dem Ausweglosen gipfelt. Die Verwendung eines zu kurz geratenen Messers spricht gegen den Tragödiencharakter der Handlung, gegen die

Ernsthaftigkeit des Suizidversuchs und gegen die Lektüre der Frankfurter Allgemeinen, die von Paul sowieso nicht gelesen wird, weil sie ihn als Nachrüstungsgegner zum Angehörigen der Fünften Kolonne Moskaus stempelt. Der Verdacht, bei Paul könne es sich um den ferngesteuerten Agenten einer auswärtigen Macht handeln, ist lächerlich und entbehrt jeder Grundlage. Gewiß, Paul steht unter Einfluß, aber nur ein Schelm würde die weiche Droge des deutschen Familien-, Frauen- und Lehrerunwesens mit dem tödlichen Gift des Weltkommunismus in einem Atemzug nennen wollen. Daß Paul als Leser der zuverlässig auf Altrosa abonnierten Frankfurter Rundschau etwas auf dem Kasten hat, kann nicht bestritten werden. Daß er ein nützlicher Idiot der Frauenbewegung ist, soll sich erst noch erweisen.

Nichts spricht dagegen, dem inneren Monolog des Blumenfreundes Glauben zu schenken. Er identifiziert sich mit dem Gegenstand seiner Hege- und Pflegebemühungen, indem er seinen Handelswert mit dem des Samens gleichsetzt und somit beide mit einer Mark und fünfzig Pfennigen veranschlagt. Das ist im Hinblick auf die diamantene Härte der D-Mark eine ganze Menge, das ist im Hinblick auf meine ästhetischen Investitionen sehr wenig, zuwenig, viel zuwenig, wie mir scheint, aber das ist meine ganz persönliche Meinung, mit der ich lieber hinterm Berg halte.

Am 7. Juni 1983 also befinden sich Paul und die Männertreu im Sonderangebot. Pauls Gemahlin Frauke alias Püppi und Pauls Kinder, genannt Feli, Geli und Rosa, befinden sich nicht im Sonderangebot. Sie befinden sich auch nicht zwischen den Blumenbeeten oder im gartenumlaubten Reihenheim, und da sie auch nicht im Mädchenhort, in Fraukes Bauchtanzgruppe oder einer anderen Filiale der Frauenbewegung weilen, gehen wir richtig in der Annahme, daß sie im Urlaub sind: Meine Weiber sind ohne mich ausgeflogen, sagt Paul in saloppem, beinahe chauvinistisch zu nennenden Ton und lacht dabei so laut über den Gartenzaun, daß ihre Abwesenheit auch der säenden, jätenden und düngenden Nachbarschaft nicht verborgen bleibt: Hahaha.

Jamaika ist zu jeder Jahreszeit eine Reise wert. Schon Errol Flynn wußte, daß Jamaika die Perle der Karibik ist, und ließ sich mit seiner Yacht Zaca an die Gestade dieses Paradieses spülen, das von Christoph Kolumbus entdeckt und von Harry Belafonte besungen wurde: O island in the sun. In Jamaika gibt es riesige Bauxit- und Zuckerrohrvorkommen, vierzehn Sorten Fledermäuse, unermeßlich lange, von Kokospalmen gesäumte Sandstrände und ein gänzlich unverschnittenes Nationalgetränk. Die Ureinwohner Jamaikas sind nach Abzug der Queen fast völlig ausgestorben. Die Überlebenden strotzen vor Selbstbewußtsein, sind verspielt wie Kinder, klebrig wie Melasse, und wenn man als Tourist nicht höllisch aufpaßt, verdünnen sie den Rum mit Cola und verkaufen das Gesöff zu überhöhten Preisen als Cuba libre – aber halt, das ist eine andere Insel. Im Nordwesten Jamaikas stürzen sich täglich bis zu 120 Flüsse und Bäche vom Blue Mountain Peak hinunter in die Täler von Lover's Leap, wo sich seit Menschengedenken die als Duppies bezeichneten Geister verlassener Liebender mit wasservernebelten Elfen, Trollen und sogenannten Voodoo masters zu vermählen pflegen.

Frauke ist ganz überwältigt von Jamaika. An den landschaftlichen Reizen Jamaikas ist Frauke nicht so sehr interessiert. Für Frauke ist Jamaika die Fortsetzung der Frauenbauchtanzgruppe mit anderen Mitteln. Das klingt komplizierter, als es ist. Alles fängt ein paar Wochen vor dem Urlaub damit an, daß Frauke und ihre Frauen den in Frankfurt niedergelassenen Gynäkologen den Krieg erklären, um die Frauenheilkunde nach über siebenhundertjähriger Unterbrechung endlich wieder in weibliche Regie zu nehmen. In dieser Auseinandersetzung, aus der Fraukes Frauen nach kurzem Schlagabtausch als Punktsiegerinnen hervorgehen, wird besonders erbittert um ein trichterförmiges Instrument zur Untersuchung von Hohlräumen gerungen. Mit diesem Instrument, dem Spekulum, kann man als Frau, wenn ich das als Mann richtig verstanden habe, nicht nur die Scheide von innen besichtigen, es ist darüber hinaus sogar möglich, behauptet die Semiologin Iregaray, anhand der jeweiligen Färbung und Konsistenz dieses hochsensiblen Organs die Stunde des Eisprungs, den Stand der Gestirne und den Gang der Weltgeschichte vorherzusagen. Nach diesem erstaunlichen astrologischen Akt der Rückeroberung des weiblichen Körpers ist es nur ein kleiner Schritt zum Friedeln, einer nach der amerikanischen Frauenpäpstin Betty Friedan benannten Variante der schwesterlichen Akupressur, bei der es darum geht, eine in den Tiefen der weiblichen Physis schlummernde, sogenannte innere Genitalität aufzuspüren und durch eine systematische Massage an die Hautoberfläche zu befördern. Im Anschluß an diese, auf den Außenstehenden befremdlich bis mysteriös wirkenden Bergungsarbeiten regt Frauke die bauchtänzerische Weiterqualifikation ihrer Gruppe an und begibt sich zu diesem Zweck in die örtliche Volkshochschule. Im Verlauf der zehnten Doppelstunde kommt es über der Diskussion der Frage: Was ist autonome Körperöffentlichkeit, und wie stellt frau sie her? zum Bruch mit der turko-germanischen Kursleiterin, Frau Elisabeth Mossmann-Ösökül, die Frauke und die Frauen allen Ernstes dazu überreden will, ihre straßverzierten Bauchnabel am Ende des Lehrgangs vor einem gemischtgeschlechtlichen Publikum rotieren zu lassen. Da hört sich doch alles auf. Die Türkentussi hat wirklich nichts gerafft, befindet Frauke und schifft sich mit Dörte, Karin, Helga, Hanna, Inge und den Kids nach Jamaika ein.

Stir it up. Rub it in. The harder they come. Im Strudel der betäubenden Rhythmen der Dritten Welt werden Frauke und die Ihren auf der Suche nach dem verschütteten Körper und dem wahren Selbst endlich fündig und feiern ihre Auferstehung: Got the feeling. Sie beben im Reggae-Rausch. Die Augen weiten sich. Das Blut pulsiert. Die Arme schwingen so behende hin und her, als gehörten sie einer Gliederpuppe. Weil Frauke sich unter dem Ansturm der Gefühle nicht so gut ausdrücken kann, faßt sie ihre vielfältigen Eindrücke auf einer Ansichtspostkarte zusammen, die jeder unterschreiben kann, der die Karibik mit Fraukes Augen sieht: Hier ist alles unheimlich authentisch und unheimlich intensiv, und die Menschen sind total unverdorben. Den Satz hat Frauke irgendwie ganz toll rübergebracht, finde ich, das mit der wahnsinnigen Lebensfreude, der wahnsinnigen Sinnlichkeit und der wahnsinnigen Musikalität und so.

Für das Echte gibt es keinen Ersatz. Reval Filter. Camel Light. Henkell trocken. Hakle feucht. Mann pur.

Bob Marley lebt, und die Sonne brennt vom Himmel. Bei schlechtem Wetter findet die Rückkehr zur Natur im Saale statt. Die Diskothek heißt Witch's Hideaway, und der Mann heißt Horatio Breakaway Nelson. Nelson hat breite Schultern, einen geschmeidigen Gang, eine milchkaffeebraune Haut, kaukasische Gesichtszüge, azurblaue Augen, und sein weich rollender Akzent erinnert kaum noch an die kriegerischen, von Afrikas Goldküste stammenden Maroons, die zwischen 1500 und 1962 den spanischen und englischen Kolonialherren nach dem Leben trachteten und heute gegen Kost und Logis europäische Touristinnen in Atem halten. Frauke entflammt für Nelson. Nelson entflammt für Frauke. Das ist kein Wunder. Frauke zahlt per MasterCard, und ihre Haut leuchtet wie frischgefallener Schnee. Nelson hat große Hände, redet wenig und hat mit der weißen Lady noch eine uralte Rechnung zu begleichen. Nelson ist ein Bild von einem Mann. Wenn man die Polaroidfotos von ihm und Ferner nebeneinanderlegt und die beiden auf den Laufsteg schickt, sieht man, daß der verkopfte deutsche Nestbauer im interkulturellen Wettbewerb mit dem muskulösen Exoten schlecht abschneidet, ja ausgesprochen alt aussieht: Von den zweitausend Frankfurter Feministinnen, die im Sommer 1983 mit karibischen Naturburschen ein Tänzchen wagen, kehren 1999 nach gehabtem Vergnügen via Montego Bay in die weitgeöffneten Arme ihrer mittelblonden, mittelgroßen, mittelmäßig männlichen Charakterdarsteller daheim zurück und finden sich resigniert damit ab, daß die erotische Kapazität reflexiv gedämpfter Brillenträger äußerst begrenzt ist.

Ein Empfangssträußchen aus eigener Zucht in Händen, marschiert da soeben einer von ihnen durch die Ankunftshalle und starrt dabei auf die Zollschleuse, bis ihm die Augen brennen. Er sieht wieder mal ganz bezaubernd aus, unser Paul: Unter dem verfilzten Haupt- und Barthaar leuchtet der AKW-Nee-Button, über dem rupfwollenen Inka-Pullover spannt sich der unverwüstliche Parka, und das gesunde Schuhwerk aus dem Hause Birkenstock harmoniert vortrefflich mit den ausgebeulten Breitcordjeans, dunkelgraue Behälter, an denen noch die Reste des umgepflügten Mutterbodens haften. Paul Ferner ist kein Bild von einem Mann. Im Juli '83 ist Paul Ferner am weitesten von dem entfernt, was man sich landläufig unter einem liebenswürdigen Liebhaber vorstellt. Seine Frau scheint das nach ihrem sexuellen Damaskus ähnlich zu sehen, denn er wartet an diesem Tag vergebens am Flughafen.

Im August '83 wird Paul Ferner von der Rechtsabteilung des deutschen Generalkonsulats in Kingston über die Zerrüttung seiner Ehe in Kenntnis gesetzt, und in einem zweiten, neun Monate später eintreffenden Schreiben wird er mit freundlichen Grüßen ersucht, die Unterhaltszahlungen für seine drei minderjährigen Kinder über die Bank of Jamaica Limited abzuwickeln. 1125 Mark monatlich sind auch für einen deutschen Studienrat kein Pappenstiel. Mit umgerechnet 3000 Jamaika-Dollar lebt es sich in einem Bungalow am Ortsrand von Wait-a-bit/ Middlesex County wie Gott in Frankreich, die Made im Speck oder die Prinzessin auf der Erbse. Für 1125 Mark kann man sich wahlweise hundert Flaschen Feuerwasser, einen Präzisionstotmacher der Marke Smith & Wesson, zwei Zentner Blumensamen oder jede Menge Neger für gewisse Stunden kaufen: handsome, tall and dark.

Gehörnt oder nicht gehörnt: Daß Paul den fernen Breakaway nach Empfang der Luftpost spontan einen gottverdammten stinkenden Bimbo nennt, klingt aus dem Munde eines verspäteten Anhängers der Frankfurter Schule schon befremdlich genug, aber daß ihn in seiner Verzweiflung die Frage überfällt, warum sich seine Frau an einen Kerl wegschmeißen mußte, der vermutlich weder seinen Namen schreiben noch bis drei zählen kann, dokumentiert in erschreckender Weise den galoppierenden Realitätsverlust des eurozentrierten Antipoden. Wäre es nämlich Frauke bei der Anbahnung ihrer Mesalliance um die Neuauflage ihres Poesiealbums, die Beherrschung des Abcs oder die Auffrischung der Grundrechenarten zu tun gewesen, hätte sie sich das Lufthansa-Ticket sparen und gleich in Frankfurt bleiben können.

In diesem Sinne, wenngleich ein wenig verblümter, äußert sich auch Fraukes Ex-Busenfreundin Barbara, die, von Paul in der stadtbekannten Bierschwemme «Größenwahn» um Rat, Trost und Gesellschaft gebeten, aus dem Stand irgendein autobiographisch gefärbtes Märchen erzählt, das auf den ersten Blick überhaupt nichts mit Pauls Anliegen zu tun hat:

Es war einmal, es kann auch gestern gewesen sein, eine Königstochter, die saß nach getaner Arbeit im Grünen und kämmte ihr goldenes Haar mit einem goldenen Kamm, als ihr plötzlich ein Zacken aus der goldenen Krone brach und in den Brunnen fiel. Sie versprach dem ehrlichen Finder eine Flasche Muskateller, das Blaue vom Himmel und eine Nacht voller Seligkeit. Da streckte ein Frosch seine dicke Rübe aus dem Sumpf, fischte eine Weile im Trüben, blähte sich auf und spuckte ihr den Kopfschmuck vor die zierlichen Füßchen. Voller Dankbarkeit streichelte sie seinen kalten, bemoosten Rücken, schob ihn in eine Klarsichthülle, stellte ihn behutsam auf den Beifahrersitz ihres kleinen roten Sportflitzers und brauste mit ihm zur Ruine Falkenstein, wo sich ihre Zweitwohnung befand. Dort warf sie ihn mit einer Kraft, deren sich eine Zehnkämpferin nicht hätte schämen müssen, an die Wand ihres Schlafgemachs, kratzte ihn ab, fegte ihn auf, setzte ihn zusammen, warf ihn erneut an die Wand und wiederholte die Prozedur, bis ein Muskelkater ihrem unwürdigen Treiben ein Ende machte. Nun wurde es ihr aber zu bunt, sie hatte als Königstochter schließlich etwas Besseres verdient, als stundenlang erfolglos irgendwelche Frösche an die Wand zu schmeißen, deshalb wartete sie nicht länger seine Verwandlung ab und erklärte sich dazu bereit, den Feuchtbiotopen im Rohzustand, das heißt unrasiert und ungewaschen, schleimig und glotzäugig, aus lauter Liebe auf sein breites Maul zu küssen. Und wie reagierte diese unselige Kreatur, die aus unerfindlichen Gründen unter Naturschutz steht, auf das Liebesbegehren der Traumfrau? Der Prinz in spe hechtete über den Brunnenrand und quakte: Das klappt nur mit Jungfrauen, und außerdem habe ich Angst vor Herpes. Da riß der Königstochter der märchenhafte, überaus feingewirkte Geduldsfaden, und sie besann sich der nachfeudalen Militanz der beinharten Metropolitin und rief: Zisch ab, du Kröte, du sprichst mit der Königin der Nacht! Verschwinde im Gully, du häßliches Warzentier, und nimm deine glibberigen Artgenossen gleich mit in die Kanalisation, sonst ziehe ich euch die Froschschenkel lang und mache mit den Metallabsätzen meiner Stöckelschuhe Storchenfutter aus euch! Da platzten den Hypochondern vor Schreck die Schallblasen, sie fielen kopfüber in die Entengrütze, und Ihro Lieblichkeit atmete tief durch und steckte sich erst einmal eine halfzware Selbstgedrehte an.

Die Verbannung der Lurche in den Orkus trug sehr zur Überschaubarkeit des Kampfgeländes und zur Klärung des Frontverlaufs bei. Von den verbliebenen neun Millionen westdeutschen Männern schieden 50 Prozent wegen erwiesener Feigheit vor der Frau aus und wurden nach der Zigarettenpause standrechtlich erschossen. Im Kugelhagel endeten alle Fälle von larmoyanter Selbstbezichtigung, Drükkebergerei, Hasenherzigkeit, Kreidefraß, Neoplatonismus und lyrisch verbrämter Ejaculatio praecox. Notorische Feinfühler, butterweiche Frauenfreunde und andere Handschmeichler wurden von des Königs Töchterlein ausgemustert, in Strafkompanien zusammengefaßt und durften sich wegen fortgesetzter Lustzersetzung in den Redaktionsstuben von «Meine Familie und ich» und «Schöner Kochen mit Vati» als Küchenschürzen, Fußabtreter und Zitronenpressen bewähren. Aus dem auf zehn Divisionen geschrumpften Heer der bedingt Tauglichen mendelte sie bei 90 Grad die wenigen kochfesten Exemplare heraus: Als völlig farblos erwiesen sich der traditionelle Pantoffelheld, der in der Wolle gefärbte Stammtischgrabscher, der volldeodorierte Waschbär, die asexuelle Latzhose, der maulgeile Aufschneider, das PS-stolze Autotelefon mit integrierter Sonnenbank, der endzeiterotische Pollenallergiker, der ewige große Junge und der Gourmand, der sonntags regelmäßig zu seiner Mutter fährt, weil sie ihn mit seinem Leibgericht füttert. So ging sie die erheblich gelichteten Reihen des herrlichen Geschlechts ab und wagte kaum noch, den Blick zu heben, weil sie ahnte, daß es sich bei den Überlebenden weder um ein Bataillon noch um eine Kohorte, sondern bestenfalls um die letzten Mohikaner handelte. Männer, rief sie ihnen zu, fürchtet euch nicht! Mich dürstet! Ich suche eine einzige unbedingte Umarmung! Mein Gott, wer redet denn noch von Falken, Stürmen und großem Gesang? Ein simpler Hit aus der Jukebox, und ich bin erlöst. Freiwillige vor! Da drang ein großes Heulen und Zähneklappern an das Ohr des heißblaublütigen Mägdeleins, und niemand war um eine Ausrede verlegen. Einige schwammen seit dem deutschen Herbst in reinem Alkohol und zogen sich viermal wöchentlich ans Schwarze Meer der Melancholie zurück, einige beklagten die Wetterfühligkeit ihrer schlecht vernarbten Wunden, einige wollten vorher noch schnell ein bißchen Karriere machen, einige fürchteten, des Verstands und der Bügelfalte verlustig zu gehen, einige hatten eher an einen kleinen, therapeutisch abgefederten Seitensprung gedacht, einige waren stockschwul, und bei den meisten machte sich ein plötzlicher Harndrang bemerkbar, und sie baten mit zusammengepreßten Knien, austreten zu dürfen. Nach Entleerung der Pennälerblasen blieben ganze zwei Männer übrig. Der erste war ein in Unehren ergrauter Tantratechniker und Makrobiot, der sich vorgenommen hatte, hundertzwanzig Jahre alt zu werden und ihr nach systematischem Training seiner Beckenbodenmuskulatur in einem Ausdauerbeischlaf seinen gestählten Unterleib vorführen wollte. Der zweite sah überraschend gut aus, hatte Hand und Fuß und passable Manieren, schien nicht auf den Kopf gefallen zu sein, war zudem glücklich verheiratet, rechnete aber nach der Einnahme von Hormontabletten in den nächsten Tagen mit der Ankunft von Drillingen. Da dankte die Königstochter ab und ward fortan nur noch eine ganz gewöhnliche Frau, die mit dem Taxi in die nächste Kneipe fuhr und sich nichts sehnlicher wünschte, als in aller Ruhe ein oder mehrere Viertele zu schlotzen und im Wein die Wahrheit zu suchen, die sie bei den Männern nicht gefunden hatte …

Aber es begab sich zu der Zeit, daß ein Mensch die Gaststätte frequentierte, der war so weiß wie eine frischgetünchte Rauhfasertapete, so beleidigt wie eine Leberwurst, so belesen wie Zettels Traum und so elegant wie ein Sammelsack der Weltkleiderhilfe, und der wagte an die total genervte Frau heranzutreten und rief: O heilige Barbara, gestatte, daß ich dir mein Herz ausschütte. Deine liebe Freundin, meine liebe Frauke, hat sich, nachdem ich sie viele Jahre auf Händen durch den siebten Himmel und über die Schwelle unseres Ikea-Paradieses getragen habe, plötzlich und unerwartet mit einem wildfremden Mischling in die Büsche geschlagen und feiert vor den Augen unserer halbwüchsigen Kinder mit diesem Wüstling im Zuckerrohrdickicht auf meine Kosten ihr Coming out. Von welchem Teufel wird meine Gemahlin geritten? Womit habe ich das verdient? Wer zählt die Münder, die ich gestopft, die Preßwehen, die ich veratmet, die Rotznasen, die ich geputzt, die Hinterteile, die ich gepudert, die Säuglinge, die ich gewickelt, die Spannteppiche, die ich verlegt, die Dampfbügeleisen, die ich repariert, die Regalbretter, die ich gehobelt, die Löcher, die ich gedübelt, die Schmusewolle, die ich gesponnen, die Zärtlichkeiten, die ich an diese Erz- und Oberfrau verschwendet habe Jahr um Jahr – und ich sage dir: Sie waren Legion. Und nun stehe ich in den rauchenden Trümmern meines Hobbykellers, pfeife mit dem abgetakelten Udo Jürgens auf dem letzten Loch und singe: Warum nur, warum?

Da unterbrach die verbürgerlichte Barbara die Arbeitsplatzbeschreibung des verhaustierten Mannes und prügelte ihn unter Einsatz des massivgoldenen Kamms, mit dem sie sonst ihr güldenes Haar zu strähnen pflegte, in die äußerste Ecke des Gartenlokals: Menschenskind, halt bloß den Rand! Du hast mir in meiner Horror-Sammlung gerade noch gefehlt. Guck dich doch mal im Spiegel an, du Waldschrat. Verdattert, ausgewrungen, abgewrackt. Das Leiden Christi im Jutebeutel und das untergehende Abendland in den Mundwinkeln. So einen verhangenen Öko-Schluffi wie dich würde ich nicht mal mit der Zange anfassen, da nehme ich doch lieber gleich den Schleier oder konvertiere kurz vor Ultimo ins Lesbenlager. Schmink dir den guten Hirten ab, Paulchen, der tückische Sacher-Masoch ist ein Auslaufmodell, ihr Buckeltypen mit schleifender Kupplung, angezogener Handbremse und schlaffen Tränensäcken seid reif für die Schrottpresse, und man sollte euch nach der Metallschmelze als Kruzifixe nach Altötting exportieren. Laß es dir gesagt sein: Der schweigsame Karibe ist weder mit Gold noch mit Deutschmark aufzuwiegen. Der Beachboy hat im Saum seiner abgewetzten Bermuda-Shorts wahrscheinlich mehr Glück in petto als du in allen Etagen deiner öden Beamtenheimstätte. Schwankend zwischen Ideal und Staubsauger, hat sich dein Weib kurz vor Sonnenuntergang für Horatio Breakaway Nelson entschieden – da beißt die Maus keinen Faden ab, Ferner!

Als mitleidender Zuhörer und fröhlicher Zecher ist man stets gern bereit, einer sich am Nebentisch anbahnenden Beziehungsdiskussion erhöhte Aufmerksamkeit zu schenken, weil man immer hofft, noch etwas dazuzulernen, und weil das Märchen dem Antihelden an dieser Stelle ganz erheblich ans Eingemachte ging, hielten die im «Größenwahn» versammelten Gäste den Atem an: In dieser Arena, so stand zu erwarten, ginge gleich ganz ungeheuer die Post ab; dieses Versailles würde der gebeutelte Paul nicht auf sich beruhen lassen, er würde aufstehen und die furchtbare Königstochter durch eine Serie laut schallender Watschen in einen auf dem Terrazzo hüpfenden Brummkreisel verwandeln. Nach einem Blick auf die umwolkten Gesichtszüge des durch den Kakao gezogenen Verlierers, der mit malmenden Kiefernmuskeln in den vor ihm stehenden Fernet Branca stierte, rückte selbst ein Mord in den Bereich des vom Auditorium Ersehnten.

Aber als die anwesenden Frösche mit dem Säbel rasselten und begannen, von der Tilgung der bei der Schlacht am Brunnenrand erlittenen Schmach zu faseln, als Barbaras Kammerzofen bereits in ihren Handtaschen nach den Farbspraydosen fingerten, um die Behausung des Täters mit beliebten Aufschriften wie «Wir kriegen dich, du Sauhund» und «Hier wohnt ein Frauenfeind» zu markieren, als es also genauso zuzugehen drohte, wie es im wirklichen Leben oder in den Ergüssen der versvendeten Merian in den frühen Achtzigern halt so zuging, besannen sich die Kontrahenten eine Sekunde vor Bekanntgabe ihrer allgemeinen Mobilmachung des Auftrags der Gebrüder Grimm, und Paul stieß den mediterranen Magenbitter vom Marmortischlein, blickte dem edelmetallisch schimmernden Freifräulein ganz lange und tief in die smaragdenen Äuglein, tat einen tiefen Seufzer und sprach unter Zähren: Barbara, ich will dir nicht länger widersprechen, geschweige denn widerstehen: Meine Umwelt ist zerstört, mein Liebesleben verpfuscht, meine Lehrkraft erschöpft: Der Trichter geht so lange nach Nürnberg, bis das Auge bricht.

Da beugte das Fräulein sich zu ihm, schalt ihn zärtlich einen ausgemachten Deppen und Narren, zerzauste mit zierlichen Händchen seine hippieske Flower-Power-Matte und reimte so munter drauflos, daß es beinahe eine Kunst war: Nein, Paul, das Auge und die Achse nicht, es ist ein Band von deinem Herzen, das lag in großen Schmerzen, als du in der Schulburg saßest und vorgekautes Graubrot fraßest.

Indem Paul umgehend feststellte, daß Barbaras holprige Verse einer gewissen Kunderaschen Leichtigkeit gebrachen, wollten dem pädagogischen Maultier ein letztes Mal die lahmen Gäule der Germanistik durchgehen, was aber glücklicherweise unterblieb, weil es dem Beckmesser plötzlich so licht und warm wurde ums freigesprengte Herz, daß er ganz vergaß, der Nachdichterin eine Haltungs- oder Ausdrucksnote zu erteilen, und statt dessen ein verkehrstechnisches Problem zur Sprache brachte, das jeden Menschen bewegt, der sein Lebensschiff einer Kurskorrektur zu unterziehen wünscht: Gut gebrüllt, Löwin, rief er und erklomm dann seinen Barhocker. Jedermann weiß, wie man mit Karacho in eine Garage, eine Beziehungskiste, ein Matriarchat, eine Familie oder ein Schulzentrum einfährt – wie aber kommt man aus diesen Sackgassen wieder raus, ohne einen Totalschaden zu erleiden?

Geliebter Dummkopf, nannte ihn die siebengescheite Froschdompteuse daraufhin und umklammerte dabei mit beiden Armen sein Reformschuhwerk: Wer wird denn gleich in die Luft gehen? Die umsorgten und betüttelten Früchte deiner Lenden sind über alle Berge und vermutlich längst gepflückt, und seit deine vom Winde verwehte bessere Hälfte beim Abheben die Angst vorm Fliegen verloren hat und unter freiem Himmel mit Inbrunst ihren westindischen Mohren bleicht, sollte es selbst dem verbohrtesten Feministen dämmern, daß die Frauenbewegung eine Krankheit ist, gegen die Gott sei Dank ein Kräutlein gewachsen ist. So what: Der Tor hat seine Schuldigkeit getan, basta!, und jetzt müssen wir nur noch zusehen, wie wir die Schulkarre aus dem Dreck ziehen und dich aus diesen unsäglichen Feld-Wald-und-Wiesen-Hüllen schälen. Mensch, es ist ja schon fünf vor sechs. Hast du deine goldene Kundenkarte dabei? Also, auf zum Shopping, du Kleidermuffel!

Am nächsten Morgen sah Paul zwar immer noch nicht aus wie Lanzelot oder Cary Grant, aber als er kurz vor Beginn der ersten Stunde auf chagrinledernen Mokassins leichtfüßig durch den architektonisch ansprechend gestalteten Hochsicherheitstrakt der integrierten Gesamtschule federte und das aschgraue Gesicht des Kollegen Müller-Rebmann erblickte, der im Schatten des von Krankmeldungen übersäten Einsatzplans die erste Bierflasche aus dem Sechserpack brach, um sich für den bis zum Mittag währenden Waffengang mit dem Klassenfeind zu rüsten, empfand er für diesen zwischen Resignation und Zynismus schwankenden, von der Meute tagtäglich als Müller-Thurgau oder Müller-Flachmann gnadenlos über den Tisch gezogenen Alkoholiker zum erstenmal aufrichtiges Mitleid. Er wollte dem Mitstreiter die Flasche aus der Hand nehmen und hätte ihm so gern versichert, daß er vor den Schülern keine Angst zu haben brauche, es sei nur im nüchternen Zustand zu erkennen, daß es sich bei den vor der Tür lauernden Bestien nicht um Hunnen, sondern um durchschnittlich verwirrte Adoleszenten handele, aber da kam Müller-Rebmann ihm zuvor, wischte sich mit dem Handrücken die Bierreste aus den Mundwinkeln und sagte: Na, dann wolln wir mal wieder. Und Ferner rief: Waidmannsheil! Und Müller-Rebmann schmetterte sein Waidmannsdank! in den Raum und stolperte kichernd über die Schwelle des Lehrerstützpunkts.

Wohlriechend, auf indianischen Sohlen, in grauem Flanell und burgunderfarbenem T-Shirt glitt Ferner in die Klasse. Die zur avancierten Sprachpflege angetretenen Abiturienten stießen gellende Pfiffe aus, und als er nach Abklingen der alterstypischen Beifallskundgebungen von der Klassensprecherin gefragt wurde, ob er in den Sommerschlußverkauf geraten sei, eine Parfümerie geplündert oder sich verliebt habe, ließ er sie wissen, daß er ihr nach der interpretatorischen Aneignung von Thomas Manns «Zauberberg» gern sein süßes Geheimnis anvertrauen wolle, wenn sie ihn vorher über den Stand der Dreiecksbeziehung zwischen dem Erzähler und seinen Patienten Hans Castorp und Clawdia Chauchat aufklären wolle. Das Mädchen lachte, wandte sich dem Roman zu und las eine kurze

Passage vor: Er begriff hinter seiner Stirn die abenteuerliche Freiheit, mit der Frau Chauchat durch ihr Umblicken und Lächeln die zwischen ihnen bestehende Unbekanntschaft außer acht ließ, so, als seien sie überhaupt keine gesellschaftlichen Wesen und als sei es nicht einmal nötig, daß sie miteinander sprächen, und ebendies war es, worüber Hans Castorp erschrak. – Was die beiden als nichtgesellschaftliche Wesen sprachlos miteinander treiben könnten, sagte das Mädchen nach einem kurzen Zögern, verberge sich in Castorps Schrecken. Die nicht erzählte Nacht zwischen dem ersten und zweiten Band verhülle das Geschehen in Sprachlosigkeit und hebe es eben dadurch hervor. Hier werde der Bann der Unberührbarkeit des anderen Geschlechts gebrochen. Die Distanz zwischen Frau und Mann, zwischen Erotik und Sexualität sei aufgehoben, und diese private Revolution erlebe Hans Castorp mit einer Frau, an der die Unterscheidung zwischen Hure und Nonne keine Bedeutung mehr habe. Obwohl an Clawdia Chauchat die lasziven, träge sinnlichen Züge nicht zu übersehen seien, werde sie dadurch nicht abgewertet, und Thomas Mann sei es in seinem Œuvre zum erstenmal gelungen, eine selbstbewußte Frau darzustellen, deren Attraktivität keine Gefahr ausstrahle, keinen Vernichtungsverdacht auslöse, deren Sinnlichkeit freundlich bleibe und die auf männliche Schwäche mit Gelassenheit reagiere.

Die Schülerin näherte sich der literarischen Figur so souverän und zielstrebig, daß die der Russin Chauchat attestierte Gelassenheit auf den Lehrer

Ferner überging: Das lesende Mädchen schaffte es scheinbar mühelos, den in Grund und Boden interpretierten Thomas Mann für einen Augenblick der Evidenz aus dem Verlies der toten Dichter zu befreien.

Was Sie gesagt haben, hat mir gut gefallen, Judith, sagte Ferner, ja, Clawdia Chauchat ist tatsächlich eine große, werkbestimmende Frauenfigur, in der weder eine drohende Mutter noch die konkurrierende Schwester ihre Finger im Spiel hat. Die Person ist keine Diana mit Peitsche, keine dumpfe Orientalin, keine Fassadenlieblichkeit und keine spröde, mittels Sprache jede Nähe abwehrende Kopfprinzessin – sie ist eine Frau, die das Weiblichkeitsrepertoire des jungen Thomas Mann sprengt, sie ist, wie wir heute sagen würden: eine Traumfrau.

Der geträumten Frau wuchsen Flügel, und Ferner steigerte sich in einen wahren Erkenntnisrausch. Die Frage, ob die mühelose Verfertigung des Gedankens beim Reden noch etwas mit Thomas Manns «Zauberberg» und Clawdia Chauchats Laszivität oder mehr mit dem verlockenden Bild zu tun hatte, das er sich seit dem vergangenen Abend von der außerliterarischen Barbara machte, kann im nachhinein nicht beantwortet werden. Tatsache ist, daß es dem pädagogischen Routinier trotz des enthusiasmierten Zustandes, in dem er sich befand, nicht verborgen blieb, daß sich an den Rändern des Klassenverbandes etwas abspielte, was ihn und den von ihm initiierten kollektiven Lernprozeß empfindlich störte.

Mittlerweile verfängt die beliebte Behauptung des Lehrers, er sei mit einem zusätzlichen, auf der dem

Schüler abgewandten Seite seines Kopfes befestigten Augenpaar ausgestattet, bei keinem Abc-Schützen mehr, aber zweifellos begünstigt die Aufsichtspflicht die Schärfung eines Sinnesorgans, das nach mehrjährigem Gebrauch wie ein Weitwinkelobjektiv mit Restlichterheller funktioniert. Weil auch Ferner über diesen geschulten Wahrnehmungsapparat verfügte, konnte es ihm nicht entgehen, daß, ausgehend von dem Schüler Hue Van Dong, einem unauffälligen, überassimilierten Vietnamesen, ein Kassiber durch die Stuhlreihen wanderte, der sichtlich zur außerplanmäßigen Erheiterung der Klassengemeinschaft beitrug. Ferner unterbrach seinen Flug über die eidgenössische Lungenheilstätte, bat darum, mitlachen zu dürfen, ließ sich den Zettel aushändigen und las die Nachricht laut vor: Chauchat, Chow-Chow, Wau-Wau, Miau, Helau – ich bin vernarrt in Sandra Feldsiepers schönen Lederarsch. Das war die ganze Botschaft, und Ferner hätte sie mit oder ohne Kommentar an die miniberockte Adressatin weitergeben können, er hätte den Zweizeiler wortlos zerreißen oder müde belächeln können, um danach zur Tagesordnung zurückzukehren, aber als er das Papier zerknüllte, wurde ihm plötzlich bewußt, daß er weder auf den Zauberberg noch zur Tagesordnung oder in den Lehrplan der gymnasialen Oberstufe zurückkehren wollte. Er wollte einfach raus aus allem: aus dieser Veranstaltung, aus der Textexegese, aus dem Wortgehäuse und nicht zuletzt: aus seiner guten alten Haut. Der ferne Horatio Breakaway Nelson hatte eine lange schwelende Wut entfacht, der ahnungslose Hue Van Dong hatte kräftig nachgelegt, und sein harmloser Kassiber war der hochexplosive Türöffner, auf den Ferner gewartet hatte.

Jetzt hör mir mal gut zu, du kleiner schlitzäugiger Schmierfink, zischte er und riß den zierlichen Asylbewerber an der Knopfleiste seines College-Blousons vom Stuhl: Du wirst deine kurzen gelben Griffel weder an Sandra Feldsiepers Lederrock noch an irgendeiner anderen Schürze abwischen, und wenn ich dich dabei ertappe, daß du deine dreckigen Fingernägel noch ein einziges Mal nach einem unbefleckten Werk der deutschen Hochliteratur oder dem weißen Arsch einer hochwüchsigen deutschen Jungfrau ausstreckst, kannst du dir deine Hochschulreife in den Schritt schmieren, dann sorge ich kraft meines Amtes dafür, daß du mit leerem Reisnapf via Schönefeld genau dorthin zurückkatapultiert wirst, wo dich die Betschwestern von der Cap Anamur vor zwei Jahren aus der Salzlake gefischt haben.

Die Klasse erstarrte zum Standfoto und verfiel in eine Art Dornröschenschlaf, als ihr Deutschlehrer den Würgegriff lockerte und den durchgeschüttelten stummen Asiaten laut fluchend auf den Stuhl zurückplumpsen ließ. Erst nachdem Ferner auch noch den marokkanischen Banknachbarn, der gegen die skandalöse Behandlung seines Mitschülers protestierte, einen hergelaufenen Kameltreiber und verirrten Basari nannte und seine Replik mit der Aufforderung krönte: Dreh gefälligst den Kopf weg, wenn du mit mir redest! Deine muselmanische Knoblauchfahne stinkt zum abendländischen Himmel!, wagten die Beteiligten ihren Ohren zu trauen und taten das, was sie von ihrem humanistisch gesonnenen Vorbild gelernt hatten. Die Klassensprecherin eilte an der Spitze einer dreiköpfigen Delegation zur kollegialen Schulleitung und faßte ihre Eindrücke nach bestem Wissen und Vermögen in einem Satz zusammen: Ferner ist total von der Rolle!

Daß die Schulleitung, wie es im schönsten alternativen Dummdeutsch heißt, «mit Wut, Scham, Trauer und Betroffenheit» auf die Entgleisung des Kollegen Ferner reagierte, ist völlig klar. Daß sich beim Absingen des Empörungsrefrains jedoch ein unüberhörbarer Ton des Frohlockens einschlich, ist nur verständlich, wenn man sich für einen Augenblick vom dramatischen Geschehen ab- und dem Ort der Handlung zuwendet: der integrierten Gesamtschule. Auf den ersten Blick ist sie eine Schule wie jede andere auch: Leidlich motiviertes Personal läßt leidlich motivierte Zwangsrekrutierte durch den Reifen springen, nach der sechsten Stunde ist Feierabend, und alle duzen sich. Neben der kompensatorischen Erziehung von Arbeiterkindern und der Herstellung emanzipierter Mädchen hat sich die Gesamtschule der außerparlamentarischen Brauchtums- und Gesinnungspflege verschrieben: In der Gesamtschule müssen die Kinder immer tun, was ihnen gerade einfällt, und wenn sie damit fertig sind, bekommen sie die mittlere Reife und dürfen bis zum Erbrechen auswendig lernen, was dem frommen Menschen recht und billig ist: Böll, Fried, Wallraff und als Betthupferl einen weinenden Indianer: Begrabt mein Herz an der Biegung des Flusses. Diese impertinente Wiederaufführung denkfauler Rührstücke wird dadurch ermöglicht, daß die niedergedrückte westdeutsche Linke seit dem Untergang der RAF im Keller der Gesamtschule ihren Winterschlaf hält und einen Sozialismus konserviert, den es nie gegeben hat. Außerhalb der Gesamtschule weiß niemand mehr so genau, wo ihm der Kopf steht, was droben und drunten, was rinks und lechts, was gut gelogen oder nur schlecht nachgeplappert ist, und deshalb fügte sich der ausländerfeindliche Amoklauf des scheidenden Ferner aufs angenehmste ins manichäische Weltbild seiner Kadis: Das Herz schlägt links, der Feind steht rechts.

Zugegeben: Ferners misanthrope Auslassungen vor der umgehend einberufenen Untersuchungskommission trugen nicht dazu bei, dieses Bild zu korrigieren oder sein Ansehen zu wahren – im Gegenteil. Kaum hatte sich die Kommission konstituiert, bezeichnete Ferner die Kollegin Semmelroth, die ihn ganz herzlich bat, sich von Mensch zu Mensch doch einfach mal auszusprechen, als klapperdürre evangelische Grobstricknadel, empfahl dem intervenierenden Kollegen Holzschuh, seinen Vollbart von den Resten des in der großen Pause genossenen Bircher-Müeslis zu säubern, bevor er sein großes Maul aufmache, und beleidigte die zorngeblähte Kollegin Lohwinkel mit dem Rat, es nach Abbruch der soundsovielten Brigitte-Diät doch mal mit den Weight Watchers zu versuchen.

Nach diesem Rundumschlag war der Point of no return erreicht, und der Suspendierung des Studienrats stand nichts mehr im Wege. Die eilends herbeizitierte Schulpsychologin inspizierte seine rabenschwarze Seele, der aus der Landeshauptstadt hinzugezogene psychiatrische Obergutachter legte ihm die Faschismusskala an, klopfte eine Weile mit einem silbernen Hämmerchen auf seinen Beinscharnieren herum, murmelte einen unverständlichen Terminus technicus, erklärte ihn für unzurechnungsfähig, teilte ihm die zwanzigprozentige Kürzung seiner Bezüge mit und stellte ihm am Ende der Untersuchung das aus, was man vulgärsprachlich einen Jagdschein nennt.

Als der spaltungsirre Frührentner unter Tränen die Gesamtschule verließ, spielte das linksradikale Blasorchester zum Abschied den Auszug der Gladiatoren, die Schulkinder grölten Pink Floyds «Hey teacher, leave those kids alone», der Deutsche Philologenverband heftete ihm die bronzene Nahkampfspange mit Espenlaub und Pflugscharen an die Brust, die Gewerkschaft Ermüdung und Wissenschlafft drückte ihm die roten Nelken der verblühten Sozialdemokratie in die Hand, und noch ehe sich die Tore hinter ihm geschlossen hatten, fiel Ferner nach Art des rasenden polnischen Popen auf die Knie, küßte voller Dankbarkeit den Boden des Asphaltdschungels und lachte sich einen Ast.

Das war das märchenhafte Ende einer Beamtenkarriere, aber was ist ein Märchen ohne Himmelbett, ein Kaiser ohne Kleider, ein Bauer ohne Land, ein Mann ohne Maus und ein Frosch ohne Barbara? Gemach, gemach... Ferner trat aus dem Schatten der Lehranstalt, ordnete seine Gedanken, verkaufte sein Reihenhaus, warf das ihm auf den Leib geschriebene Lebensdrehbuch auf den Kompost, duschte und rasierte sich und ging zur U-Bahn. Als er auf dem Weg dorthin um eine Ecke bog, flog ein Pirol durch eine Regenpfütze, gelb und leicht unter den weißen Wolken am marineblauen Himmel, eine flatternde Bewegung auf der Oberfläche der Lache, ein langgezogener Augenblick, der sich an den Rändern dehnte und vergrößerte. Es gibt eine andere Zeit, dachte er, es gibt eine andere Zeit, die über die Vergangenheit hinwegfliegt, sie verneint und sie mit den Spitzen ihrer scharfen Schwingen zerreißt, hier, hier, hier und jetzt, jetzt, jetzt, jubilierte er und sonnte sich in der Zigarettenreklame, die von der anderen Straßenseite herüberschien, Buchstabe für Buchstabe eine frohe Botschaft: GIVE A MAN A LUCKY. Auf mannshohen Neonlettern zerfiel der Regen in Millionen irisierender Lichtertröpfchen, und während Paul Ferner, von der kalten Pracht ergriffen und überwältigt, sich jetzt dem öffentlichen Verkehrsmittel nähert, hält nicht nur der Nichtraucher inne und fragt anteilnehmend: Was ist ihm nur geschehen, was ist ihm zugestoßen, daß er wie ein konsumtrunkener Wolgadeutscher durch die schöne neue Heimat taumelt? Ist er seinem amtsärztlich bestätigten Leiden zum Opfer gefallen, hat er einen Sprung in der Tasse, hat er im Labyrinth der Einkaufszonen den Verstand abgestreift, hat er sich in den Wurstgirlanden eines Boutiquenmetzgers verheddert, oder ist er dem faulen Zauber der Gentrification erlegen wie jene bedauernswerten Spätaussiedler, die ihren in der Tiefe des asiatischen Raumes konservierten Traum vom Reich in Mikrowellenherden und Gefriertruhen zu Grabe tragen?

Alles deutet auf eine solche landsmannschaftliche Erkrankung hin, denn als Ferner die U-Bahn Richtung Innenstadt betrat, murmelte er: Und der Westen leuchtet doch. Und: Ich zog mir einen Falken. Durch sein verwirrtes Gemüt strebten leise Melodien, sie umschmiegten ihn wie ein weichgegerbter, pastellfarbener Handschuh, die Töne schwollen an, stiegen in ihm auf und überfluteten sein Herz, ein mattes Organ am Rande des Vergessens, das nun plötzlich laut und heftig für die Welt schlug, die da draußen mal ober-, mal unterirdisch an ihm vorüberzog: die Silhouette der Stadt, die Fassaden der Häuser, das Farbenspiel der Ampeln, die Bewegungen der Passanten. Dinge und Menschen waren in ein pulsierendes Licht getaucht und strahlten auf seltsame Weise zugleich Wärme und Erhabenheit aus. In einer reich bebilderten Kinderbibel hatte er dieses Licht vor langer Zeit zum erstenmal gesehen: Die vom Heiligen Geist erleuchteten Anhänger Christi waren an einer Flamme zu erkennen, die über ihren Häuptern schwebte – ein Feuer, das die Dreifaltigkeit zu Pfingsten über ihnen ausgeschüttet hatte und das mit seinem Lichterkranz immer weiter gewandert sein mußte, bis es nun nach knapp zweitausend Jahren die Heidensiedlung am Main erreicht hatte.

Das Licht lag über dem Weichbild der Stadt, und alles was in diesem Bild eingebettet war, schien beseelt von der flackernden Helligkeit dessen, was dazu neigt, leicht zu verlöschen: Bruchstücke und Fetzen gelungenen Lebens, zitternde Nächte in scheuer Erwartung, weitgespannte Häute, unter der Berührung zerdehnt, Augenbrunnen, Lippenflüsse, honigfarbene Monde von schwerer Süße am besternten Himmel, sonnenflirrende Sandwege, salzige Sommerwinde im Haar und auf der Zunge, im Halbdunkel schimmernde Ikonen, die in dem Licht erstrahlen, das die Erinnerung auf sie wirft.

Die Stadt, die Paul umarmen wollte, lag ihm zu Füßen, seine grenzenlose Erwartung legte sich wie frischgefallener Schnee über ihr zerrissenes, von Anspannung, Härte, Arbeit und Käuflichkeit entstelltes Gesicht; Anmut und Heiterkeit erhellten ihre Züge. Wäre Ferner Rastignac gewesen, so hätte er ihr voller Pathos entgegengeschleudert: Und nun wollen wir uns miteinander messen! Aber er befand sich nicht auf dem Père-Lachaise, sondern im Tunnel des Frankfurter Verkehrsverbundes und saß einem Herrn gegenüber, der im Penthouse die Oberweite von Dolly Parton studierte. Here it comes again, sagte Ferner leise, und als der Herr das Herrenmagazin sinken ließ und irritiert fragte: Wie bitte?, wiederholte er seine Feststellung: Here it comes again. Der Herr schüttelte den Kopf und verschanzte sich hinter dem üppigen Dekolleté seiner Country-Lady, was ihm schließlich niemand verdenken kann, denn was kam da wieder, und wer oder was war dieses IT, welches sich angekündigt oder bereits eingestellt hatte? Ferner wußte es selbst nicht oder wollte es vielleicht noch nicht so genau wissen. Der ihm gegenübersitzende Busenfreund sah sein in die Augen springendes Verlangen auf Hochglanzpapier abgebildet und konnte es jederzeit in Pfund, Pfennig und Zentimetern ausdrücken, während Paul die Vorstellung hegte, er sei eine Flaschenpost in Menschengestalt: Er katapultierte sich aus der Beamtenumlaufbahn auf die hohe See, und dieses Gewässer hielt ihn derart in seinem Bann, daß er darüber vergaß, daß alle sieben Meere von Ufern begrenzt und von einladenden Häfen gesäumt sind, die in der Regel einen weiblichen Namen tragen: Frauke, Mareike, Maria oder Barbara.

Vor Pauls halbgeschlossenen Augen zogen die Stationen vorbei, das stählerne Gefährt rollte kreischend, scheppernd und greinend durch die Unterwelt, stürzte durch betonierte, von violett dimmernden Notlichtern trübe erhellte Zeitschächte. Wo bin ich, rief Paul und versuchte den über ihm hängenden Streckenplan zu entziffern, der sich unter seinem Blick in einen vergilbten, von wirren Linien durchkreuzten Schnittmusterbogen aus den fünfziger Jahren verwandelte. Ich ziehe nie wieder die lächerlichen Bleyle-Hosen an, protestierte Paul, ich suche schließlich das Stadtzentrum von Minneburg. Da ertönte die Stimme einer fernsehbekannten Lottofee im Innenraum des Waggons: Nächste Station Platz der Republik. Sie haben Anschluß nach Schlaraffenland über Nibelungenallee, Workuta, 17. Juni, Gramwald, Lebertran, Pichelstein, Frauengold, Weihnachten und Schwäbisch Hall! Auf diese Steine können Sie bauen! Paul ersparte sich die Bescherung, blieb sitzen, durfte die Untersekunda wiederholen und blickte erwartungsfroh dem Tanztee entgegen. Die drei Musketiere eilten über das glänzende Parkett und hießen Schuppen, Handschweiß und Mundgeruch. Das aufgeforderte Mädchen war toupiert, trug Lackschuhe, wollte sich lieber für den wohlriechenden Geldadel reservieren und trat errötend von der Bahnsteigkante zurück. Am Goetheturm stieg Herr Dr. Rilke zu. Er legte Paul ersatzweise ein spartanisches Leben ans Herz und behauptete, die Armut sei ein großer Glanz von innen her. Paul berauschte sich 3 x täglich an der neugotischen Schönheitslehre des Deutschmeisters, aber da seine Akne der bittersüßen Medizin widerstand, galoppierte er nach Bitterfeld und entwickelte einen gesunden Klassenhaß. Als er die Fahrkarte ordnungsgemäß gelöst und drei Monate nach der Avantgarde den Roten Platz erstürmt hatte, war er nicht nur seine Pickel, sondern leider auch Ingeborg Bachmann und die Gruppe 47 los. Ratlos lungerte er am Ausgang der Revolution herum und spielte in Gedanken sein Verschwinden im Untergrund durch. Im letzten Moment blockierte Eurydike die Sackgasse nach Stammheim. Sie war groß und blond und beinahe so stark wie die Germania vom Niederwald. Sie schaute über ihre kalte Schulter geradewegs in die blauen Augen ihrer Schwerstgeburt und sprach: Junge, werd Beamter, da weißt du, was du hast. Paul lachte Tränen, zog mit zwölfjähriger Verspätung die Notbremse, verließ den Zug der Zeit durch die geschlossene Frontscheibe der U-Bahn und erwachte kopflos auf der Schwelle einer Tür, die nur angelehnt war.

Immer hereinspaziert, rief die märchenhaft schöne Königstochter, aber statt in gesitteter Weise ihr goldenes Haar mit ihrem goldenen Kamm zu bürsten, lag sie halb entblößt in den Pfühlen und experimentierte schon wieder mit den garstigen Fröschen herum, was den hochherzigen Bewerber sehr erboste. Schluß mit den Tierversuchen, schrie er so laut, daß die Mauern der Ruine Falkenstein erbebten, ich sehne mir die Seele aus dem Leib nach dir, und du weißt meine Abwesenheit nicht besser zu nutzen, als diese glibberigen Lurche an die Wand zu klatschen.

Mach mir bitte keine Szene, du hättest ruhig mal anrufen können, bevor du hier reinschneist, entgegnete die Frau und versicherte ihm im gleichen Atemzug, daß er das alles falsch sehe und sich vor Mißdeutungen hüten solle; sie habe die Frösche lediglich aus dem Brunnen gefischt, um sie ihm nach seiner Rückkehr vorzusetzen: Eine kräftige Froschsuppe wirkt bei der Aufrichtung geknickter Spätheimkehrer von alters her Wunder, mein Herr und Gebieter, gurrte und schnurrte Penelope, die in Wahrheit immer noch Barbara hieß und nicht nur mit küchenüblichen Tranchiermessern, sondern auch mit den Waffen einer Frau recht geschickt zu hantieren wußte. Sie redete so süß wie kanadischer Ahornsirup, sie klang so lauter und rein wie das dreigestrichene C der Regensburger Domspatzen am vierten Advent, und als zu allem Überfluß auch noch das spinnwebdünne rauchfarbene Negligé über ihre Schultern glitt und eine schöne Aussicht auf ihren alabasterweißen Leib eröffnete, verlor der listenreiche Odysseus von einer auf die andere Sekunde ihre plitscheplatschigen Freier aus den blauen Seefahreraugen und ward mit ägyptischen Finsternissen und babylonischen Blindheiten geschlagen.

Angesichts der blendenden Pracht, die da blitzartig über ihn hereinbrach, war es verständlich, daß Pauls Minnesang zunächst unter erheblichen Wortfindungsschwierigkeiten litt: Er nannte Barbara eine üppig blühende Augenweide und sein feinziseliertes Herzblatt, er sagte, sie sei die Primadonna von Bornheim, sie sei gebenedeit unter den Weibern Frankfurts, und er hätte wohl noch eine ganze Weile so kunstgewerblich und handkoloriert weitergeschwätzt, wenn ihm nicht aufgefallen wäre, daß sich ihre meergrüngeränderten Pupillen kaum merklich verdunkelten und ihm signalisierten, daß der Neuigkeitswert seiner Hymne gegen Null tendierte. Da verließ der Postillon d'amour, der zwei Augen im Kopf und eine feine Antenne für den Frauenfunk hatte, mit fliegenden Fahnen die südhessische Lokalredaktion und zog alle Register des Alten Testaments: Sage mir an, du, die meine Seele liebet, wo du weidest, wo du ruhest in der wohlverdienten Mittagspause, auf daß ich nicht hin und her rennen muß zwischen den Herden deiner Geschlechtsgesellinnen? So frug ich mich gestern noch im Kreise der gräßlichen Kollegen, die Dosenbier soffen, Kartoffelchips fraßen und Gesamtschulprobleme referierten, aber als ich in tiefster Not aus dem Karzer über die Eselsbänke hinweg nach draußen blickte, sah ich dich und wurde aus heiterem Himmel vom Blitz erschlagen: O Tochter Zion, ist jene dort das langersehnte Leben vor dem Tod? rief es in mir, wer mag sie sein, die heraufgehet aus der Steinwüste wie ein gerader Rauch, wie ein Gebräu von Myrrhe, Weihrauch, Cannabis, Patschuli und allerlei Gewürzpülverchen aus dem Giftschrank des Kolonialwarendealers?

Und siehe, simsalabimbambasaladusaladim, heute schon lustwandelst du neben mir unter Buchen, Eichen und Zypressen und bist mir nicht nur lieb und teuer, sondern en passant auch so schön wie ein tausendkarätiger Diamant aus dem Schatzkästlein der de Beer Mining Company. Gewiß, die Blumen kommen von Fleurop, aber auf deinen Lippen liegt der Tau des Morgenlandes, deine Augen kreisen wie Adler zwischen den fuchsroten Dauerwellen, deine Haare züngeln wie brennende Schlangen durch die hängenden Gärten der Semiramis, deine Zähne sind so weiß wie die Perlen auf dem Grund des japanischen Grabens und der Neuschnee auf dem Gipfel des Matterhorns, die Grazie deines Halses gereichte einem Schwan und der Umfang deiner Taille einer Libelle zur Ehre, und deine Brüste munden gewiß süßer als Malvasier. Überhaupt: Diese prächtig geratenen Zwillinge überragen meine kühnsten Erwartungen um mindestens eine Konfektionsgröße, sie brechen das Gesetz der Schwerkraft und wecken meine primitivsten Instinkte. Komm, laß uns aus den Kleidern und der Haut fahren und durchbrennen nach Scharm esch-Scheikh, denn siehe, die Herdfeuer der Neuen Heimat sind erloschen, und drüben, unweit der Landebahnen von Medinat Israel, betritt die Sonne ihre goldene Bahn und schickt ihr purpurnes Licht hinauf in die Berge von Amana und Safad. Arm in Arm, so locken wir den Löwen aus der Höhle, packen noch heute den Tiger in den Tank deiner reparaturanfälligen italienischen Luxuslimousine und beschleunigen in fünf Sekunden von 0 auf 100.

Nach diesen Worten lachte die Königin von Saba ihr schönstes und hellstes jemenitisches Gelächter und teilte dem vielsilbigen Paulus mit, daß sie des Hohenliedes müde und des Nahen Ostens überdrüssig sei und auf der Stelle nach Sodom und Gomorrha abzureisen gedächte. Da fuhr dem Sänger gehörig der Schreck ins Glied, und weil er sich in diesen Hauptstätten des Lasters aufgrund seines feministischen Vorlebens nicht so gut auskannte, war er peinlich berührt, als er plötzlich alles durcheinander lachte, weil sie, seine hoch- und großsittige Angebimmelte, nicht minder plötzlich den Schleißverdruß seiner Designer-Jeans aufbiß, die Leiste der Boxer-Shorts köpfte und seinen mattglänzenden Speichel derart heftig mit der Lungenspitze umweichelte und philmoste, daß er sie nicht mehr hechtseitig barmen konnte und ihr in den weit geöffneten Schwund ritzte.

Dieb Schroth, und dann so einen blöden PreFox, ächzte Paul und hechelte Barbara bedauernd zu. Und deine feine Reizesche aus Krepp de Scheng hab ich auch bemeckert. Dasnt metter, versicherte sie ihm achselzuckend in brokenem English, irrer Drive, kalte Mauer, kommt in den höchsten Plätzen vor, und den Fummel peinigen wir nachher bei dreißig Karat unter der Mundddusche. Sie ging in die Bocke, legte ihn mit einem Cleansechstüchlein trokken, lachte schon wieder an seinem Hans herum, vergrub ihre glutroten Ringerkegel in seinen druckempfindlichen Dreiern, und bevor er noch irgendeinen halbwegs vernünftigen Gedanken raffen konnte – etwa was für ein seltsames Betragen es für eine vergrimmte Märchenprinzessin sei, einem aus dem offenen Dienst entlassenen Verrückten, der gestern noch den deutschen Sprachschaum in den Grenzen von Tommys Mann bewacht hatte, mir nichts dir nichts einen zu rasen –, lag er selbst auf dem Hoden, wobei ihr Hund seinen Menís kusste und keine Sekunde Moos hieß, während er sich unter ihr spehte und mälzte, ihr die Frensch Nickers vom Weib schmiß, seine Lunge in ihre zartbittere Angina schmeckte und seinerseits an ihr dummzulachen begann, rammsam, rammsam, das stetig sich weigernde Tempo auskosend, auf das sie sich mordlos verständigt hatten, als Barbara mitten im Gemenge ihr verlocktes Schröpfchen hob und eine Mahnung lippselte: Mein Schnitzler, Paul, vergiß mir den armen kleinen Schnitzler nicht, aber so angesprengt er ihn auch suchte, er fand ihn nicht. Mit Murx- und Bengelslungen belauerte er jeden klitzekleinen Fletzen Reich, der ihm, eingeklemmt zwischen ihren bloßen und kleinen Rahmwippen unter die Szene geriet und in den Rochen flutschte, immer in der Hoffnung, irgendein gellender Anpfiff, eine zuckschwartige Bewegung oder ein plötzlich auftauchender Brunftschlei möge ihm signalisieren, daß er zufällig einen Vöglein abgeschlossen hätte. Als er endlich mit wunder Lunge eine polyphone Zone eingegreist hatte, die er im Eifer des Gemächts mit dem Spritzler verdrechselte, stöhnte sie auf: Stei kuhl! Holt on! Eim kamming, Paul! Und nachdem sie sich eine Stunde lang geigensaitig mit Wand und Hund beohrweitet hatten, kam es beiden zur Laichenzeit.

Alles war gut und schön. Das Bett stand im siebenten Himmel, ihre nassen Flanken bebten, sein Atem rasselte vor Erschöpfung, wenn nur der Durst nicht gewesen wäre. Weil Prinz Paul seine Beinkleider verlegt hatte, angelte er das Nichts von einem Negligé aus dem zwölfarmigen Kronleuchter, drapierte es um sein gänsehäutiges Leergut, ließ sich bestätigen, daß es ihn zierte, und wankte mit der Taschenlampe in der Hand in den Weinkeller des Schlosses, um die aufgesprungenen Lippen der heiligen Barbara mit einem guten Tropfen zu benetzen. Nachdem er die aus sage und schreibe dreihundertachtundvierzig Stufen gezimmerte Wendeltreppe überwunden hatte und von der Wendelei schon ganz närrisch im Kopf war, erlebte er eine süße Überraschung: Der Lagerraum barst vor Tokajer, Rotkäppchen-Sekt und Soviet Sparkling Wine. Du meine Rose von Sana und Hadrin, hier unten sieht es ja aus wie im Intershop, brüllte er so laut, daß die Fledermäuse aus ihren Verstecken flogen und sich der spätromanische Putz von der Decke löste. Wer um Himmels willen hat dir den Keller mit diesen unverkäuflichen Ostwaren vollgestellt, das Zeug kann doch kein Mensch trinken. O du Löwe von Juda, mein Fels, meine Brandung, tönte es zurück durch den Treppenschacht, glaub mir, das war lange vor deiner Zeit, das muß mir dieser verflixte Frosch aus Sachsen angedreht haben, der war Generalvertreter bei Simex, und ich habe dem Schleimer gleich nach der ersten Silbe das Wort verboten und ihn ungeküßt in den Brunnen geschleudert. Kriech doch bitte mal ins sechste Regal von links, da müßte noch eine Kiste Dom Perignon herumstehen.

Und so war es auch. Paul brach der ersten Flasche gleich an Ort und Stelle den Hals, ließ das göttliche Gesöff in seine trockene Kehle rinnen und mochte über die Herkunft dieses Spitzenprodukts gar nicht nachdenken. Die Frau hatte ein schwindelerregendes Vorleben. Hunderte von Fröschen hatten ihren Weg gekreuzt und waren von ihr erlöst worden: Handelsreisende, Immobilienmakler, Goldschmiede, Posthauptsekretäre, Gasmänner und jetzt er, ein durchgeknallter Lehrer im Ruhestand. Was bedeutete er ihr? Was bedeutete sie ihm? Was bedeuten sie einander? War das nicht alles sehr reduziert und oberflächlich? Flüchtige Parfüms, teure Klamotten, schnelle Autos, französische Flaschengärung, Übernachtungen im Schloßhotel mit allem Drum und Dran: Von Kumischlingus nach Fanalatio, phänomenal und meinetwegen auch genital, alles schön und gut, davon habe ich geträumt, aber ist das schon die große Liebe? Ist die große Liebe nicht eine Messe, eine Symphonie, was sage ich, eine über den Niederungen des Fleisches erblühende Kathedrale der aufstrebenden Gefühle, hoch und hehr, die Summe menschlicher Regungen, gebündelt in einem einzigen Augenblick kultivierten Entzückens?

So kirchentagte es in dem Flaschenträger, als er mit der Taschenlampe im Mund und der Champagnerkiste im Arm unter Stöhnen und Wehklagen die Wendeltreppe hinaufastete. Oben angelangt, warf er im Vorüberstolpern einen Blick auf das Spieglein, das die Tapetentüre des Chambre séparée schmückte, um den Sitz seines Lendenschurzes zu überprüfen – und war einer Ohnmacht nahe: Sein Gesicht, seine Schultern, sein Oberkörper, seine Hände waren dunkelrot eingefärbt. Er sah so grauenerregend aus wie ein Irokese auf dem Kriegspfad. Hilfe, Hilfe, schrie er und flüchtete in ihre Obhut, Barbara, errette mich, mein strenges evangelisches Über-Ich ist mit dem Messer hinter mir her, es straft mich für alle Sünden und Perversionen, die wir in Worten und Werken begangen haben, mein Blut fließt in Strömen, und gleich werde ich mein junges Leben aushauchen und mausetot darniederliegen. I wo, du Spinner, beruhigte sie ihn, das ist kein Herzblut, mein Held. Du bist in meine abklingende Periode geraten, das ist alles, und wenn du mich nur auf den Mund geküßt hättest, wären wir sicher blitzsauber geblieben. Da streifte die Vergangenheit seinen Sinn, er plapperte etwas von einer unverzeihlichen Tabuverletzung, fühlte sich prompt in Barbaras Berührungsängste, in ihre Migräne, ihre Unpäßlichkeit und ihr mögliches Unwohlsein ein, aber als sie ihn aufforderte, sich nicht in ihre Angelegenheiten einzumischen und sie mit ihren Frauenleiden und seinen Weibergeschichten zu verschonen, hechtete er in ihre Arme, leerte eine Magnumflasche über ihrem und seinem Kopf aus, und dann schleckten sie sich zwischen Zehen- und Haarspitzen die Aristokratenbrause vom Leib, bis das indianische Make-up getilgt war und die heiße Rasse zum Vorschwein kam...

So war das also mit Barbara und Paul. Sie herzten und liebten sich viele Nächte hindurch, und eines Tages, ich glaube, es war an einem Frühlingsmorgen des Jahres Neunzehnhundertweißnichtwas, kam eine Kutsche herangefahren, die war nicht mit acht weißen Pferden bespannt, und die Pferde hatten keine weißen Straußenfedern auf dem Kopf und gingen auch nicht in goldenen Ketten, weil der Wagen von der Frankfurter Taxivereinigung kam und Barbara abholte, um sie zum Flughafen zu chauffieren. Da fragte Paul: Was ist denn hier los? Und Barbara sagte: Nun muß ich wieder in mein Reich zurück. Aber das Reich war in Wirklichkeit die Agentur «Fernweh», für die Barbara als Reiseleiterin arbeitete. Da weinte Paul bittere Tränen, und Barbara sagte: Sei kein Frosch, Paul. Und weil Paul gar nicht aufhören wollte mit seiner Flennerei, warf sie ihm einen aprilfrischen und superweichen Angora-Pullover zu, der nicht mit dem gleichnamigen Textil aus dem letzten Kapitel verwechselt werden sollte. Dieser war nicht nur aus allen Farben des Regenbogens zusammengestrickt, er war ganz zerliebt, zerrauft und verzärtelt und duftete nach Barbaras Haut und ihrem Lieblingsparfüm, welches «Scheherazade» heißt und sündhaft teuer ist. Wann immer Paul nach Barbaras Abreise seine Nase in dieses wundersame Textil steckte, erwachte die Geliebte aus dem Winterschlaf, und das Märchen fing wieder von vorne an – und das ist doch schön so, oder etwa nicht?

12

Märchenhaft schön: Und so lebte er dahin, und wenn er nicht gestorben ist, dann sammelt er noch heute Angora-Pullover...

Mag sein, daß Schulz es im Herbst unseres eheähnlichen Arbeitsbündnisses plötzlich von Herzen gut mit mir meint, was ich ihm allerdings nicht abkaufe. Mag sein, daß er mein Ende herbeijibbert, weil er mich endlich gedruckt und vervielfältigt sehen will. Wenn das sein Wunsch sein sollte, so findet er meine volle Unterstützung. Nicht nur, weil mir mein Protokollant mittlerweile vom schütteren Scheitel über den penetranten Mundgeruch bis zur krummgelaufenen Sohle zum Hals heraushängt, sondern weil mein fremdbestimmtes, zensiertes und pornographisch entstelltes Vorleben endlich und unwiderruflich im Orkus der Rotationsmaschinen verschwinden wird und ich im Anschluß an diese Prozedur wieder vor mich hintreten und im Vollbesitz meiner geistigen und körperlichen Kräfte behaupten können werde: Ich bin ich. Ich will mir nichts vormachen und keine Identität in Anspruch nehmen, über die ich nie verfügte. Ich bin ja längst nicht mehr Herr der Lage. Ich gebe zu, daß die Anpassung an die Vorstellungen meines Widersachers schon so weit gediehen ist, daß ich nach der Lektüre von Schulzens Ergüssen ein ums andere Mal glaubte, mehr noch, felsenfest davon überzeugt war: So und nicht anders ist es wirklich zugegangen in meinem Liebesleben.

Nehmen wir nur mal das letzte Kapitel, das mit der von Marlene Dietrich vertonten Parole endet: Warum denn weinen, wenn man auseinandergeht? Erstens stand an der nächsten Ecke keine andere. Zweitens habe ich nicht geweint, sondern getrunken. Und drittens habe ich nicht getrunken, sondern gesoffen, und zwar gesoffen wie ein Loch und geraucht wie ein Schlot. Von dem Dom Perignon, dem Veuve Cliquot und den anderen Spitzengewächsen war nach Barbaras überstürzter Abreise nichts mehr im Keller. Zunächst bereiste ich die Gegend von Bordeaux, den Rheingau, die Mosel sowie die weißen und roten Amselfelder, dann stieß ich vollends in den mittlerweile aufgelösten Ostblock vor und machte die Intershop-Bestände nieder, indem ich mir aus grusinischem Brandy, Red Soviet Sparkling Wine, Moskovskaja Wodka und Radeberger Pils im Waschbecken einen Punsch des Vergessens anrührte, den ich, vor der Porzellanschüssel kauernd, der Einfachheit halber und der kurzen Transportstrecke wegen mit der Suppenkelle zu mir nahm. Dem folgte eine längere, von namenlosen Magenbittern, Eierlikören und Pfefferminzschnäpsen dominierte Periode der Erinnerungsausschwemmung, und das letzte Markenfabrikat, dessen ich mich erinnere, hieß Zinn 40 oder Leibwächter oder Mariacron, aber das war bereits die Ära der weißen Mäuse, und in der war sowieso schon alles zu spät und egal.

In diesem Stadium erbarmte sich meiner eine Seele von Mensch in Gestalt meines Bruders Peter, ein friedliebender, lamettageschmückter, technikvernarrter Luftwaffenobrist, der damals im Harz blutjunge Fähnriche am Frühwarnsystem AWACS ausbildete und nach eigenem Bekenntnis noch heute in klaren Nächten vom Aufstieg des Jägers 90 träumt. Er lud mich zu einem als Genesungsurlaub getarnten Alkoholentzug nach Goslar ein. Weil meine Fahrkünste durch den Dauerabusus nicht mehr mit der StVO in Einklang zu bringen waren, suchte ich die Mitfahrzentrale am Baseler Platz auf und stieß dort auf einen von der Post ausrangierten Käfer, in dem ein libanesischer Oberkellner saß, der mir zwischen dem Frankfurter Westkreuz und dem Reiskirchener Dreieck stolz davon berichtete, daß er als Undercover-Agent der Holiday-Inn-Kette durch die Filialen reiste, um betrügerische Kollegen gegen ein Kopfgeld von tausend Mark der Unterschlagung oder des Mundraubs zu überführen. Weil ich nach Goslar wollte, forderte ich ihn nicht dazu auf, sich seines Berufes gefälligst zu schämen. Unweit von Alsfeld fuhr er von der Autobahn ab, um in dem nahegelegenen Marktflecken Quickborn eine Studentin der Germanistik einzuladen, die sich als Stefania Roth vorstellte, ihre Eltern besucht hatte und unterwegs nach Hildesheim war, um dort über Wilhelm Heinrich Wackenroder zu promovieren. Ich saß – ganz Kavalier der alten Schule – zusammengequetscht im rückwärtigen Teil des rostigen Käfers, und weil mir neu war, daß es in Hildesheim eine Hochschule gab und ich von Wackenroder lediglich wußte, daß er in Fachkreisen als frühromantischer Schwarmgeist galt, hielt ich mich zurück und widmete mich der stummen Zwiesprache mit meinen kleinen grünen Jägermeistern.

Als ich drei der vier quietschfidelen Forstbeamten geköpft und mein Alkoholspiegel sich bei den vertrauten zwei Promille eingependelt hatte, sah ich im Innenrückspiegel unseres Gefährts die braunen, schwimmenden, an Omar Sharif gemahnenden Augen des levantinischen Fahrzeuglenkers, die unter dem Eindruck gepflegtester zwischengeschlechtlicher Konversation auf Mokkatassengröße angeschwollen waren und mich sehr befremdeten. Ich muß dazu sagen, daß ich die Lichtspielfassung des Dr. Schiwago seinerzeit nach dem dritten sibirischen Schneesturm floh, weil mich vor den basedowschen, ständig auf Julie Christie gerichteten Augen des Hauptdarstellers derart grauste, daß mir glatt die Familienpackung Maoam aus der Hand fiel. Ein weithin überschätzter Mime, der zuletzt in der Rolle Che Guevaras glänzte und dafür von einer Gruppe undogmatischer Marxisten erschossen worden sein soll, wie ich in der Bild-Zeitung las. Eine überzogene, aber menschlich zutiefst verständliche Reaktion.

Was ich eigentlich sagen wollte und erst jetzt zu sagen wage, war, daß ich erst auf den zweiten Blick etwas sah, was vollkommen unscheinbar und zunächst eher affektneutral wirkte. Es war ein Leberfleck. Ein winziger, halb im Alkoholnebel versunkener, halb unterm Haaransatz verborgener Leberfleck, der den Nacken der vor mir sitzenden Germanistin zierte. Nun ja, werden Sie sagen, ein Leberfleck ist ein Leberfleck, schön und gut, womöglich sogar ein ganz entzückendes kleines Leberfleckchen, aber damit hat sich's doch dann schon. Ähnlich gering erachtete ich die kleine Pigmentstörung damals wohl auch, denn ich wandte meine glasigen Augen vom Nacken der Promovendin ab, der links und rechts davonfliegenden Autobahn zu und überließ mich den Wirkungen des Alkohols und der Trauer: O Barbara, schrie es in mir, was hast du mir angetan? Welchem Lumpen muß ich die Knochen brechen, damit du endlich wieder zu mir findest?

Als das graue Band der Autobahn und der Melancholie gar kein Ende nehmen wollte, unterbrach ich mein Gejammer und kehrte zum Studium des Leberflecks zurück. Der hatte zwischen zwei Augenblicken natürlich weder Lage noch Aussehen verändert. Das hellbraune Leberfleckchen gehörte zu dem weißen Nacken, und der weiße Nacken gehörte der belesenen Kandidatin der Philologie, die vor einem libanesischen Kopfgeldjäger ganz unverdrossen von Wilhelm Heinrich Wackenroder, dem Gegenstand ihres wissenschaftlichen Interesses, plauderte. Erst dachte ich: Perlen vor die Säue. Der pomadisierte Dämlack versteht doch kein Wort. Dann dachte ich: Sie hat eine schöne Stimme. Die Stimme bildete schöne, kluge, überaus anmutige zwei- bis viergliedrige Sätze, die ganz leicht und melodisch aufstiegen, eine kleine Weile über der multikulturellen Fahrgemeinschaft schwebten, um zum Ende hin so weich und fließend auszuklingen wie das schwarze Nakkenhaar, an dessen Ansatz besagter kleiner Leberfleck Quartier genommen hatte. Immer dann, wenn sich ein Satz dem Ende zuneigte, fuhr sie mit der Kuppe des Mittelfingers ihrer linken Hand ganz leicht über ihren Nacken und erlöste den kleinen Leberfleck von dem zarten Nackenflaum, immer wieder, nach jedem Satz.

Was ich von Stefania, deren Namen ich gleich nach ihrem Zustieg schon wieder vergessen hatte, sehen konnte, war wenig genug: ihr schwarzes, aufgetürmtes Haar, ihren weißen Nacken und eben den Leberfleck. Aber dieser, zwischen den schönen Sätzen immer wieder aufblitzende Punkt flammte zwischen zwei Autobahnabfahrten plötzlich so hell in mir auf, daß sein Leuchten mich und mit einemmal die ganze, gänzlich unbekannte, von mir abgewandte Gestalt erfaßte und auf sie abstrahlte. Ich rechnete – gewiß ein unschöner Ausdruck – in diesem Augenblick von diesem winzigen Einfallstor meiner Empfindungen auf die ganze Person hoch; sie hätte sich als häßlich erweisen können, was sie glücklicherweise nicht war, und wäre sie es gewesen, hätte ich es nicht gesehen oder sehen können, was im Ergebnis auf dasselbe hinausläuft. Nachgetragene Rechnungen. Müßige Reflexionen.

Auf der erdabgewandten Nachtseite meiner Gefühle wollte ich in Wahrheit schleunigst die sich vor meinen Augen anbahnende Mesalliance torpedieren und das ungleiche Menschenpaar entzweien, indem ich mich in ein Gespräch drängte, zu dem der ungebildete Kellner mit dem fotogenen Öffnen und

Schließen seiner Augenlider ohnehin nur durch vorsprachliche Mittel beitrug. Ich erinnerte mich meiner philologischen Vergangenheit und verfluchte nicht nur das in meinem Hirn kreisende Kräutergebräu. Vierzig Jahre lang hatte ich jeden Mist gelesen: Gebrauchsanweisungen, Bienensegen, Zaubersprüche, Ehezuchtbüchlein, Fußnoten, Handbücher, zentnerschwere Enzyklopädien, die ganze gottverfluchte deutsche Literaturgeschichte rauf und runter, und ausgerechnet dieser marginale Wicht war mir durch die Lappen gegangen: Wilhelm Heinrich Wackenroder. Mein Herz und der Kilometerzähler rasten. In meiner Not versuchte ich einen verzweifelten Quereinstieg mit Novalis; früh, hoch oder spät, was soll's, dachte ich, Hauptsache Romantik, und lehnte mich in einer Vorlesungspause über den Vordersitz, um Stefania mitzuteilen, daß Novalis nach dem Tod seiner Kindfrau Sophie täglich den Zustand seiner Trauer inspiziert und darüber entspannt Buch geführt habe. Bei der Lektüre dieses lesenswerten Büchleins, das ich Ihnen übrigens gern einmal ausleihe, wenn es Sie interessiert, Frau Roth, schien es mir, als könnte Novalis durch gedankenfreie Bulletinsätze und eine extrem vereinfachte Grammatik seinen Schmerz vertreiben. Wenn ich einmal freihändig zitieren darf: Ich saß einige Zeit auf ihrem Grabe... Sie läuteten Feierabend... Ich ging zurück... Es ging zu Tisch... Nach Tisch war ich wieder sehr bewegt... weinte heftig auf dem Platze... ich sprach mit der Ma Chere... abends mit dem Hauptmann über dies und jenes...

Als sich mein Erinnerungsvermögen erschöpft

hatte, fragte mich die junge Frau mitten in die Gedächtnislücke hinein: Leiden Sie unter Liebeskummer? Und ich sagte wahrheitsgemäß: Und wie. Der VW fuhr und fuhr und fuhr. Ich lenkte das Interesse des dahintuckernden Libanesen auf imaginierte Klopfgeräusche des Motors und forderte ihn auf, an der nächsten Tankstelle aus dem Verkehrsstrom auszuscheren und vorsichtshalber den Ölstand zu überprüfen. Seine Augen waren auf mitteleuropäisches Normalmaß geschrumpft, er war von den Ereignissen und Zitaten sichtlich überfordert, tat jedoch, worum ich ihn ersucht hatte. Nachdem wir an der Zapfsäule endlich zum Stillstand gekommen waren, hielt es mich nicht länger im Innenraum der beengten Karosse, und ich lud Stefania zu einem Erfrischungsgetränk in der Raststätte ein. Beim allzu vehementen Ausstieg purzelten einige der grünen Kobolde aus meiner Jackentasche auf die Fahrbahn. Ich tat so, als gehörten sie dem nahöstlichen Oberkellner, und ließ meiner Empörung freien Lauf: Nicht zu glauben, was für Menschen man heutzutage auf unseren Straßen eine Fahrerlaubnis erteilt!

Sie war sehr schön, sie hatte grüne Augen und lachte sich über meine Peinlichkeit hinweg. Es sollte noch schlimmer kommen. Ich hatte Schwierigkeiten beim Kaffeetrinken. Ich saß ihr gegenüber und umklammerte mit der rechten das Gelenk meiner linken Hand, um die Kaffeetasse zum Mund zu führen. Das Zittern sah nicht schön aus. Das Zittern war kein Ausdruck von Liebe. Überall übergeschwappter Kaffee, der über die Finger auf die Untertasse rann. Ich hatte nichts zu verlieren und sagte: Ich habe nichts zu verlieren. Vor allem keine Zeit. Ich erzählte ihr von den Sensationen, die ihr Leberfleck in Verbindung mit ihren schönen Sätzen in mir ausgelöst hatte, und beschwor sie, meinen Telegrammstil zu entschuldigen. Ich kann nicht anders, sagte ich, gleich sind wir in Kassel, und dann sind wir in Göttingen, und dann sind wir in Seesen, und in Seesen ist Sense, weil ich dort aussteigen muß. Ich weiß nicht, wie ich bis dahin den zwischen uns bestehenden Abstand verringern kann. Ich möchte mit Ihnen schlafen, und zwar am liebsten gleich.

In Erwartung kommender Niederschläge schloß ich die Augen und öffnete sie erst wieder, als ich langsam bis dreizehn gezählt hatte. Ihre Haare waren so schwarz, ihr Gesicht so weiß, ihre Augen so grün, und in ihrem Nacken brannte ein Fleck, der sie umstrahlte wie ein flammender Mantel. Sie sagte: Gut. Aber nicht hier. Und nicht jetzt. Je größer der Abstand zwischen Ihnen und der Flasche, desto geringer der Abstand zwischen mir und Ihnen. Ich schließe meinen Wackenroder ab, Sie bringen Ihren Jägermeister unter die Erde, und wir treffen uns in sechs Wochen in Kassel-Wilhelmshöhe. Dort, wo der Herkules steht. Am 16. Oktober um 16 Uhr direkt unter der Keule.

Trau schau wem. Frau schau wer. Stefania küßte meine von Zweifeln zerfurchte Stirn und flüsterte: Mir schon, du Dackel. Daß sie mich in die Parade krummbeiniger Hunde einreihte, nahm ich ihr nicht übel, im Gegenteil. Mein Zutrauen zu ihr war so groß, daß ich mich entschloß, augenblicklich Nägel mit Köpfen zu machen, die Entziehungskur an Ort und Stelle anzutreten und mich von ihr zu verabschieden. Ich rief dem Maroniten die Gesetze orientalischer Gastfreundschaft in Erinnerung und schärfte ihm ein, die Braunäuglein auf der Straße und die Patschhändchen auf dem Lenkrad zu lassen. Er chauffierte sie zum Rigorosum, und ich machte mich zu Fuß Richtung Goslar auf die Socken, schätzungsweise hundertzwanzig Kilometer Luftlinie. In Homberg-Efze, einem architektonischen Wurmfortsatz der Bundesautobahn, entledigte ich mich meiner restlichen Schnaps- und Zigarettenvorräte, vermachte einem Tippelbruder meine versyphte Oberbekleidung und suchte nach der Mittagspause einen Sportartikelhändler auf, um mich für den Sturmlauf durch die Natur, den Beginn meiner Mehrschritt-Therapie und das Rendezvous mit Stefania zu rüsten. Ich schob dem Inhaber einen erklecklichen Batzen Geldes über den Tresen, und er versicherte mir: In jedem steckt ein Puma. Am Ortsausgang fiel ich in einen geschmeidigen Trimm-Trab und hatte bereits vor Erreichen der ersten Talsohle den Glauben an die Werbung verloren. Im Fernsehen schweben sie behende dahin wie die Gazellen in der vollendeten Harmonie des tätigen Bewegungsapparates; sie riechen gut und sehen gut aus bis zum kamerawirksamen Zusammenbruch nach dem furiosen Finish; ich hingegen schlingerte und stampfte auf glühenden Stümpfen über Futterrüben- und Kartoffeläcker, mein Herz klabusterte, die aufgeschwemmte Leber drückte auf die verteerten Lungenspitzen, Speichel und Rotz flogen, Harndämpfe wehten aus allen Poren, Koliken und Blähungen zerrissen meinen untrainierten Leib – eine unappetitliche Episode, und ich war noch nicht einmal in Melsungen. Am zweiten Tag kroch ich bis vor die Tore Göttingens, am dritten wankte ich durch das fachwerkvernagelte Osterode, am vierten Tag wurde ich Zeuge einer unsichtbaren Bataille. Während ich durch den Harz hechelte, entbrannte in meinem Leibesinnern ein über Stunden hin und her wogender Kampf zwischen Sehnsucht und Rausch, Liebe und Suff, den körpereigenen Opiaten und dem bösen Restalkohol, eine Entscheidungsschlacht, von deren Ausgang ich nur soviel sagen will: Das Gute siegte, aber vielleicht waren es auch nur die Endorphine, die sich, wie man der Fachliteratur entnehmen kann, aus der Hirnanhangdrüse speisen. Physiologie oder Metaphysik, wie auch immer: Das Laufwerk festigte sich, die Brust riß auf, die Luft schoß ein, das Gewicht fiel, die Wälder jauchzten, und auf jedem Wegweiser stand in Großbuchstaben: STEFANIA.

Mein Bruder empfing mich am Eingang seines Fliegerhorstes und umarmte mich. Er nannte mich mit zärtlichem Unterton eine verkrachte Existenz, ich schimpfte ihn einen kalten Krieger, und so vertrieben wir uns die Zeit bis zum 6. Oktober mit ausgedehnten Waldläufen und den unter Brüdern üblichen rauhen, aber herzlichen Neckereien. Seine Kinder hießen Tim und Tom und plapperten so adrett und altklug daher wie fix & fertige kleine Medizinstudenten, seine Frau hieß Annerose, war sehr blond und groß und herb, aber für meinen Geschmack ein bißchen zu dünn. Suum cuique.

Als ich einen Monat später endlich das auf einer

Anhöhe gelegene Herkules-Denkmal erreicht hatte, kam mir meine Sucht-Konversion vom Saufen zum Laufen sehr zupaß. Stefania stand auf dem Sockel des griechischen Halbgotts, und ich schwebte und flog ihr auf Amors Pfeilen entgegen den Berg hinan, ohne aus der Puste zu geraten, was wirklich an ein kleines Wunder grenzte, weil ich nicht nur an meiner ins Unermeßliche gesteigerten Begierde zu tragen hatte, sondern auch an dem zwanzigbändigen Grimmschen Wörterbuch letzter Hand, das ich der frischgebackenen Dottora mit der Bitte in den Schoß legte, nicht länger zu säumen und ihr Gelöbnis einzulösen: Du bist promoviert, ich bin trocken, also was is?

Ich überzeugte unter Hinzuziehung der landesüblichen Zahlungsmittel einen Taxifahrer von der Dringlichkeit meines Anliegens, und Stefania blendete den Lohnkutscher mit ihrem schneeweiß aufblitzenden Dekolleté, bevor sie ihm befahl, unbesehen alle Ampeln zu überfahren. Dann stürzten wir zu Tale, preschten durch die vom sozialdemokratischen Aufbauwillen entstellte Kasseler Innenstadt, jagten, ohne den malerischen Fluß eines Blickes zu würdigen, an der Fulda entlang, ließen auch die versteinerten Manifestationen der Weserrenaissance links liegen, und als wir nach rasender Fahrt in einem Hotel landeten, das den Gast unter dem dubiosen Namen «Zum letzten Heller» zu Rast und Einkehr mahnte, war unser Vorspiel schon so weit gediehen, daß uns die Dame an der Rezeption mit leicht umwölkter Stirn und nicht ohne einen Hauch von Mißbilligung in der Stimme die hauseigenen Bademäntel anbot, welche die Blöße, die wir uns gegeben hatten, bedecken sollten, was wir jedoch dankend ablehnten. Statt dessen rannten wir die Treppe hinauf, brachen durch die Tür, ich warf sie von der Schwelle direkt ins Doppelbett – kein Kunststück angesichts der bescheidenen Abmessungen des Zimmers –, machte mich augenblicklich über das vergötterte Leberfleckchen, über die angrenzenden Hautpartien und generell über alles her, was mir in dem laokoonischen Durcheinander unter die Finger, zwischen die Zähne und sonstwohin geriet, während sie als Reizauslöser die Kinnkerbe, gewisse Nackenlinien und meine kleinen Hinterbacken nannte, Teilobjekte, die sie nicht nur aufzählte, sondern auch hingebungsvoll bearbeitete, was mich diebisch freute und total überraschte, weil ich meinem Hintern bis dato wenig Aufmerksamkeit geschenkt und mein Augenmerk bislang eher auf die Hervorbringung und Kultivierung eines markanten, möglichst gedanken- und charaktervollen Gesichtsausdrucks gerichtet hatte.

Es ging jedenfalls wahnsinnig ab zwischen uns: Ich bestreite nicht, daß Stefania und ich uns im Bodensatz der Erotik und damit in die Niederungen des gemeinen Sexus suhlten, und ich bestreite auch nicht, daß ich in dieser weit unterhalb des Meeresspiegels gelegenen Sumpflandschaft tausendmal glücklicher war als in den luftleeren Regionen des hundertfach verbrämten und überhöhten Triebverzichts. Ganz im Gegenteil: Ich bekenne, daß mir dieser verruchte Ort nicht als Etappe, nicht als Transitstation, sondern als das Ziel, als *mein* Ziel erscheint.

Warum, glauben Sie denn, breite ich diese bis zum Horizont reichenden Wortkolonnen vor Ihnen aus, warum rede ich mir hier den Mund fusselig? Glauben Sie etwa, das macht mir Spaß?

Seit zwölf Kapiteln krieche ich hienieden mit dem verschlufften Schulz durch die Papierwüste, und jetzt liegt mir dieser Schmalspur-Eckermann mit der Aufforderung in den Ohren, ich müsse dringend noch irgendeine größere Message rüberbringen, irgendwas Erhabenes und Erhebendes und Erbauliches über den Mann und über die Frau im besonderen und über die Zukunft des Geschlechterverhältnisses bis zum Jahr zweitausendfuffzig im allgemeinen. Ohne mich. Trink, was klar ist, iß, was gar ist, sag, was wahr ist. Die Freßsucht habe ich im Griff. Von der Trunksucht bin ich halbwegs genesen, und nun, da ich meinen Analytiker verabschiedet habe, werde ich mit meiner Redseligkeit auch noch fertig.

Die Wahrheit ist: Stell dich an den schnell versikkernden Bach des Lebens und laß dir nicht einreden, daß es sich um einen Strom handelt. Greif zu, wenn das Glück auf dich zutreibt. Erwischst du es nicht oder erweist es sich als Unglück, laß es sausen und warte auf das nächste Mal. Hast du es erwischt, dann halte es, kannst du es nicht halten, dann spring ihm hinterher, kannst du es halten, versuch es zu verlängern. Mißlingt das, sammelst du ein, was von dir übriggeblieben ist, baust dich wieder an der gleichen Stelle auf und fängst von vorne an.

Die Wahrheit ist, daß man eine Frau wegen ihrer hohen Stirn, ihres guten Herzens und der Lauterkeit ihres Charakters lieben sollte. Wenn man das so lange repetiert hat, bis man es selber glaubt, darf man beiläufig erwähnen, daß man auch ihr Gesicht, ihre Beine und ihren Busen ganz schön findet. Kommt es nach diesen Presseerklärungen tatsächlich zum äußersten, nämlich zum bloßen Akt, darf man sagen: Laß mich beiwohnen hinsterbende Ewigkeiten deinem gesalbten Leib. Was man unter keinen Umständen sagen sollte, ist: Ich will meinen Schwanz so lange in deine dampfende Möse stecken, bis wir den letzten Heller und alle Absteigen dieser Welt in Schutt und Asche gelegt haben, weil man sich mit einer solchen Äußerung als restringierter Unterschichtangehöriger und als großmäuliges Macho-Schwein zu erkennen gibt.

Die Wahrheit ist, daß ich in gewissen Stunden unter einer Art Stimmbruch leide, das heißt, ich rede wechselweise daher wie König Salomon und wie ein Vorstadtloddel.

Die Wahrheit ist, daß ich Stefania fragte, ob sie mit mir schlafen wolle und daß sie ja sagte.

Die Wahrheit ist, daß wir, angefeuert von biblisch-zuhälterischen Zwischenrufen, zirka dreißigmal in flammender Hast zusammen schliefen, bis das Feuer an einem späteren Abend kurz vor Mitternacht einfach erlosch. Ich lag auf dem Bett und aß einen Apfel. Sie lag auf dem Bett, blickte in die Zukunft und sagte, daß es so zwischen uns nicht weitergehen könne, weil unserer Beziehung die Perspektive fehle. Ich sagte ihr, daß meine Perspektive darin bestehe, bei ihr zu liegen, mit ihr zu schlafen, auszuruhen, grüne Äpfel zu essen, schöne Musik zu hören und mit ihr zu vögeln. Sie sagte, das sei redundant, das ginge im Kreis herum, das liefe sich tot, und als ich sie bat, mir ihre Perspektive anzuvertrauen, legte sie ihren nackten Arm um meine nackte Schulter und sagte, daß das Zusammenleben mit mir in ihr den Wunsch nach einem Kind ausgelöst habe und daß sie mich gern heiraten würde. Da fröstelte mich ein wenig, ich streifte beide Angora-Pullover über und sagte ihr, daß ich bereits drei Kinder hätte und auch schon einmal verheiratet gewesen sei und weder den Wunsch nach einem weiteren Kind noch den nach einer zweiten Ehe verspürte, das enthalte für mich keine Perspektive, sondern lediglich die Aussicht auf eine Wiederholung. Als ich merkte, daß meine Zurückweisung auf ihrer Haut die gleichen Spuren hinterließ wie ihre Einladung auf der meinen, bot ich ihr einen der beiden Pullover an, aber sie sagte, daß es verletzend und geschmacklos sei, ihr das abgelegte Kleidungsstück einer anderen Frau anzubieten, und ich bat sie, mein Verhalten zu entschuldigen, und stammelte: Er ist aber doch warm.

Dann brach ein großes Schweigen aus, und weil es ein beredtes und anklagendes Schweigen war, konnten wir es nicht nutzen, um über den Vergleich unserer Perspektiven nach einer Gemeinsamkeit Ausschau zu halten, und weil das Schweigen brütend und drückend wurde, schliefen wir miteinander, aber weil wir aus Verzweiflung miteinander schliefen, schliefen wir uns auseinander, ohne zu wissen, was uns geschah. Danach aß ich einen Apfel, und sie sagte, daß ihr mein ständiges Apfelessen auf die Nerven ginge, und ich sagte, daß ich den Apfel auch in der Küche essen könne, und sie sagte, daß es nicht um den Apfel ginge.

Nach einem Schweigen, das nicht ganz so lang war wie das zuvor, stand Stefania auf und bereitete ihre Abreise vor: Du glaubst, du hättest dich gerettet vor dem Schiffbruch, wie das alle Männer deines Zuschnitts glauben, aber das ist Unsinn. Du hast dich an elende Dinge geklammert, von denen du meinst, sie zu besitzen und im Griff zu haben, aber sie haben dich im Griff und ziehen dich mit. Das geht nirgendwohin, und du willst es auch nicht anders.

Ich habe ihr damals nicht widersprochen und würde es auch heute nicht tun. Warum auch? In meiner Muttersprache ist die Frau eine Sonne und der Mann ein Mond. Wenn die Sonne aufgeht, erstrahlt der Mond im Abglanz der Sonne, und wenn die Sonne untergeht, fällt der Mond in die Nacht zurück und schrumpft zu dem, was er bei Licht besehen schon immer gewesen ist: eine passive Lichtquelle, eine tote Geröllhalde. Das ist eine mögliche Lesart. Eine andere wäre: Es ist immer das alte Lied. Das Lied hat zwei Strophen. Die erste Strophe lautet: Der Wind. Die Lust. Die Wut. Der Schrei. Das Meer. Die zweite Strophe lautet: Ein Schwur. Ein Herd. Ein Bett. Ein Kind. Ein Grab. Über die Unvereinbarkeit der beiden Zeilen wurde schon einiges gesagt. Vielleicht sind die Frauen für den Augenblick so unbegabt, weil sie im Auftrag der Evolution immer an die Zukunft und die heilige Dreifaltigkeit denken müssen: die Suppe, die Sippe und die Zuchtwahl. Aber das weiß ich nicht so genau. Ich hänge an der ersten Strophe und summe sie gerne vor mich hin.

Sollte der Eindruck entstanden sein, daß ich nur Frauen im Kopf habe, möchte ich diesen Eindruck korrigieren. Ursprünglich lag mir das Meer näher als die Frau, aber nach dem Ende der Revolution und der Verkündung der hundertjährigen germanischen Windstille, deren Ende ich aus Altersgründen leider nicht mehr erleben werde, ist die Teilnahme am Krieg der Geschlechter, sei es in Form des einfachen Handgemenges, der anmutigen Degenfechterei oder der offenen Feldschlacht, die einzige Veranstaltung, für die ich mich gelegentlich auch dann noch begeistern kann, wenn man mich gerade aus der Arena getragen hat. Von Laien-Turnieren, bei denen die Kombattanten planlos aufeinander eindreschen, den Vorschlaghammer des Scheidungsrechts schwingen oder sich mit den panzerbrechenden Erkenntnissen der Tiefenpsychologie den Garaus machen, halte ich mich nicht nur deshalb fern, weil ich an der spielerischen Umgarnung meiner Gegnerinnen mehr Gefallen finde als an ihrer gnadenlosen Vernichtung, sondern weil ich feige bin und kein Blut sehen kann – vor allem nicht mein eigenes.

Die Demontage meiner Person und die Offenlegung meiner Motive beugt vielleicht der Versuchung vor, mich einem größeren weiblichen Personenkreis als idealer Sparringpartner anzudienen. Den idealen Partner für die ideale Frau gibt es eh nur im Kino und in den wöchentlichen Kontaktanzeigen eines vielzitierten Hamburger Wochenmagazins: Neben diesem Mann, dem die eheerfahrene, gebildete und extrem bindungsfähige, in der Regel unter dem Autokennzeichen HH, D, F oder M residierende Frau, die nach eigenen Angaben die Schlagkraft der kriegerischen Kathleen Turner mit dem aufstrebenden weichen Hüftbogen Marilyn Monroes, der barfüßigen Noblesse Ava Gardners, der überfroren-kristallinen Makellosigkeit Cathérine Deneuves, der stupenden Mütterlichkeit Doris Days und dem lasziven Timbre Eartha Kitts mühelos in einer Gestalt zu bündeln vermag – neben dem Mann, dem dieses göttliche Mischwesen nachjagt, nehmen sich ja der in allen Sätteln gerechte Kevin Costner oder gar der legendäre David des Michelangelo ausgesprochen klein und häßlich aus. Der entsprechende Freier ist Nichtraucher, Vollakademiker, Antialkoholiker und Weinkenner, mindestens einen Meter neunzig groß; hat azurblaue Augen, pechschwarzes Haar, eine wertkonservativ gedämpfte rot-grüne Gesinnung; sieht in Jeans und Smoking nicht weniger elegant aus als in unförmigen Moonboots, Anglerstiefeln oder feingeflochtenem italienischem Maßschuhwerk; sein filigranes Klavierspiel gemahnt je nach Stimmung an den jungen Glenn Gould oder den romantisch gefönten Richard Claydermann; er plaudert über Adornos Minima Moralia ebenso geläufig wie über das Foucaultsche Pendel oder die Revisionsbedürftigkeit der Urknalltheorie; er weiß, wie man ein Spiegelei in die Pfanne haut und eine Vinaigrette à la Lagerfeld zelebriert; er jagt bei Wind und Wetter mit dem Mountainbike durchs Gelände, hat zur Not aber auch noch einen allradgetriebenen Japaner in der Garage; er spult den Boston-Marathon in unter drei Stunden ab; ist bis zu einer Höhe von achttausend Metern absolut schwindelfrei, luftdurchlässig, wasserdicht und trittsicher; frau kann mit ihm nacheinander den Ärmelkanal durchschwimmen, Pferde stehlen und den siebenten Himmel einreißen, und daß er zärtlich, treu, weltoffen, verspielt, häuslich, kinderfreundlich, tierlieb und dabei finanziell so liquide ist wie ein niedergelassener Zahnmediziner, versteht sich beinahe von selbst.

Es soll Männer geben, und es sind nicht die schlechtesten, die auf diese Hochleistungsmaschine aus dem Versandhauskatalog äußerst erbost reagieren: Ja, bin ich denn das Universalwerkzeug irgendeiner übergeschnappten Oberstudienrätin aus Radevormwald, der Geh-her-da einer raffgierigen, in Hamburg-Pöseldorf beheimateten Jungunternehmerin, die womöglich gerade ihre Boutiquenkette in den Elbsand gesetzt hat und einen potenten Konkursabwender sucht? Bevor ich mich von denen über den Alpenhauptkamm und die Bettkante ziehen lasse, sollen sie mich doch erst einmal einen Blick in ihre Aussteuertruhe werfen lassen.

Mich selbst kratzen diese Anzeigen überhaupt nicht. Sie lassen mich kalt. Sie perlen an mir ab. Nicht nur, weil dieser Typ ein Papiertiger ist und mutmaßlich zu jener von den Printmedien kreierten Spezies des Neuen Mannes gehört, eine Erscheinung, die zum Zeitpunkt ihrer Veröffentlichung bereits so alt ist wie der Schnee vom vergangenen Jahr, sondern weil ich diese Anzeige nicht kenne und auch gar nicht kennen kann. Der Fluch der Germanistin ging mir nämlich derart ans Eingemachte, daß ich nach ihrem Rückzug in die Frühromantik nichts Besseres zu tun wußte, als mich von allem zu trennen, was den geweissagten Schiffbruch begünstigte – und das Abonnement der ZEIT war noch das geringste von all den Dingen, die mich im Würgegriff hielten.

Das war ein denkwürdiger Tag, dieser Tag nach dem vierten Advent des Jahres 1987. Ein Tag der Trennungen, der damit begann, daß drei in signalrote Plastikanzüge gehüllte Herren an meine Tür klopften, sich als Mitarbeiter der Frankfurter Stadtwerke zu erkennen gaben und sich anheischig machten, meine telefonisch erbetene Entsorgung vorzunehmen. Es ist müßig, all die Gegenstände aufzulisten, die im malmenden Maul des Spezialfahrzeugs verschwanden. Ab dafür und get lost, dachte ich, kalt bis ins Herz hinein, und blaß wurde ich nur, als mir die Müllmänner die Rechnung präsentierten: 234 DM für läppische drei Tonnen Abfall. Danach sah mein Zimmer, ein Raum von fünf mal sieben Metern im Quadrat, genauso aus, wie er noch heute aussieht: ein Kleiderschrank, ein Kühlschrank, eine Stereoanlage, ein Bett, eine Stehlampe, zwei Stühle, eine Zwanzig-Kilo-Hantel, ein an der Decke befestigter Sandsack und ein großes Wandregal, das an der Last einer Schallplatte und dreier Bücher nicht mehr allzu schwer zu tragen hat: David Bowies «Heroes», Kieseritzkys «Buch der Desaster», Thomas Malorys «König Artus» und Elfriede Jelineks «wir sind lockvögel baby». Kein Bild, keine Blume in diesem weißen Raum, aber dafür war meine farbenprächtige Pulloversammlung auf mittlerweile drei Exemplare angewachsen. Ich aß den auf dem Tisch liegenden grünen Apfel, ließ meine Augen über das Stilleben wandern und sah, daß es gut war.

Apple a day keeps the doctor away. Seit fünf Jahren halte ich mir auf diese Weise die Mediziner vom Hals und unterstütze nebenher den biologischen Obstanbau. Als ich heute morgen den Sandsack bearbeitet und mir den letzten Boskop einverleibt hatte, klopfte plötzlich ein Mann an die Tür, den ich im Zwischenlicht für einen versprengten Penner hielt, aber dann lachte es ganz laut aus mir heraus, weil es mein guter alter Schulz war, der wie immer ein wenig abgerissen wirkte und dringend Einlaß begehrte: Immer nur reinspaziert, Sie Beau! Er schnorrte mich um hundert Mark an, und ich stattete ihn neben Bargeld mit den letzten Informationen aus, die mir für die Krönung seines federleichten Unterhaltungsromans von Bedeutung schienen. Ich vertraute ihm an, daß sich Stefania damals mit seinem verstorbenen Kollegen Wackenroder wiedervereint habe und ich daraufhin ins Kino geflüchtet sei und mir dort dreimal hintereinander «Die Geliebte des französischen Leutnants» reingezogen hätte. Der Trost, den mir die Hauptdarstellerin gewährt habe, sei so vollkommen gewesen, daß ich ihr sofort nach Beverly Hills telegrafiert und einen Antrag gemacht hätte.

Als Schulz auf diese Nachricht, die ein phantasievollerer Vertreter seiner Zunft sofort zu einem luftigen 800-Seiten-Baiser verarbeitet hätte, wieder einmal mit Stirnrunzeln reagierte und behauptete, meinen Anwandlungen nicht folgen zu können, rief ich ihm zu: Ach Schulz, Sie drucksen hier wieder rum wie der letzte krähwinkelige Korinthenkacker. Das Kino ist doch der einzige Ort, wo sich uns das Leben noch von seiner Sonnenseite zeigt. Da sprang Schulz auf, stemmte die Arme in die Seiten und sprach von irgendeinem Faß, das nun endgültig übergelaufen sei. Wissen Sie was, sagte er, mir reicht es jetzt. Wenn Sie mit Ihrer Freiheit nichts Besseres anzufangen wissen, als laufend mit Frauen zu fusionieren, die lediglich in der Phantasie, auf der Leinwand, im Märchen oder am Rande der Autobahn erscheinen, können Sie mir fortan gestohlen bleiben. Eins will ich Ihnen mal sagen, Ferner. Menschlich haben Sie mich enttäuscht, und ob Sie über Ihren Streifzügen durch die Fata Morganas dieser Welt ein Alter Mann geblieben sind oder sich zum Neuen gemausert haben, ist für den Ausgang unserer Geschichte so unerheblich wie das Wort zum Sonntag für das Seelenheil der Fernsehzuschauer, die es vorziehen, zwischen Ohnesorg und Sportstudio noch einmal schnell das Wasser abzuschlagen. So, und nun drücken Sie gefälligst den Hunni ab, damit ich mich endlich dankbareren literarischen Gegenständen zuwenden kann.

Während Schulz die Scheine zählte, hätte ich ihn sicher fragen können, was ihn eigentlich umtreibt. Warum ist er seiner Erfindungen, zu denen ich mich letztendlich ja schließlich auch zählen muß, nur so überdrüssig? Warum läßt er kein gutes Haar an mir? Mißgönnt er mir meine monatlich eingehenden Ruhestandsgelder? Neidet er mir meine Phantasietätigkeit? Fühlt er sich durch meine Phantasiesprünge und Wortgirlanden womöglich an das Schwinden des eigenen Realitätssinns erinnert, oder gründet seine Abneigung in der schlichten Tatsache, daß er nicht nur mir, sondern allen möglichen Leuten hundert Mark schuldet und ihnen tunlichst aus dem Weg geht, weil er die hundert Mark nicht nur nie bei sich hat, sondern weil den im Souterrain des Literaturbetriebs logierenden Gästen immer hundert Mark fehlen? Genug. Er wollte fort, und Reisende soll man ziehen lassen.

Er ist mir nicht gleichgültig, aber sein theatralischer Rückzug hat mir den Abschied leichtgemacht. Wer sich vergegenwärtigt, wie ich 1983 mit Barbaras Abschiedsgeschenk, ihrem schmusewollenen, zerliebten Angora-Pullover in der Hand, mutterseelenallein an der Ecke Fichard-/Eschenheimer Landstraße stand und fassungslos dem in Richtung Flughafen davonbrausenden Taxi hinterherstarrte, kann nicht nur ermessen, was mir damals widerfuhr, sondern wird vielleicht auch verstehen, daß meine ganze Geschichte im Grunde eine Geschichte der Trennungen ist: Eine Reiseleiterin macht den Abflug. Ein Besäufnis endet. Eine Wissenschaftlerin kehrt in den Käfig der Germanistik zurück. Eine Bibliothek wandert auf die Müllkippe. Ein Autor wirft das Handtuch. Facetten des Schreckens, über denen man allzu schnell vergißt, daß mir bereits zuvor alles über die Wupper beziehungsweise den Main gegangen war, was den Mann im Innersten zusammenhält: der Verstand, die Übersicht, die Arbeit, die GEW-Mitgliedschaft, eine zärtliche Ehefrau, eine anschmiegsame Geliebte, zwei reizende Kinder und ein hypothekenfreies Einfamilienhaus im Grünen. Von dem, der etwas verloren hat, wird gemeinhin angenommen, er leide unter diesem Verlust – er darf, wenn er sich nur recht bald wieder berappelt, der Anteilnahme seiner Mitmenschen sicher sein.

Sieht man von solch vorübergehenden karitativen

Impulsen ab und wendet sich den physikalisch-thermodynamischen Aspekten des Desasters zu, zerbricht die unheilvolle Verbindung von Verlust & Schmerz, und derjenige, der eben noch glaubte, verloren zu sein, hält plötzlich inne und entdeckt auf dem Grund seiner waidwunden Seele, daß ihm zusammen mit den Insignien des männlichen Galeerenruderers auch das tonnenschwere Paket abhanden gekommen ist, welches mein rundum gepanzertes Geschlecht seit den Tagen des Homo heidelbergensis mit sich herumschleppen zu müssen glaubt. Streift der antiquierte Jäger und Sammler erst einmal die Last der Familienfürsorge, der Nahrungsbeschaffung, des Brötchenverdienens, der Standpunktverteidigung, der Rechenhaftigkeit, des Schließmuskeltrainings und des Vernünftigseinmüssens ab, fällt ihm ein Stein vom Herzen, und er gewinnt augenblicklich an Höhe.

Der derart erleichterte Mann ist seinem gewichtigen, weil für alles verantwortlichen prähistorischen Vorgänger in allen wesentlichen Punkten überlegen. Er speist mit Messer und Gabel, er redet nicht mit vollem Mund, er ist weniger behaart, er riecht besser, er kleidet sich geschmackvoller, er fühlt sich schöner an, seine Erregungsfläche beschränkt sich nicht auf die erektive Kernzone, und er hebt beim Anblick einer liebenswürdigen Frau so schnell ab, daß sie ihn nach einem Kuß nicht selten unter Einsatz einer Trittleiter von der Decke zupfen muß und im Freien gut daran tut, auf Zärtlichkeiten zu verzichten und ihn mit einem Zwirnsfaden an ihrem Handgelenk zu befestigen.

Zwei Nachteile, es soll nicht verschwiegen werden, hat er allerdings schon, der entsorgte Mann: Er ist leider erstens völlig überflüssig und zweitens nutzlos. In der Rolle des Dauerbrenners, des Bauknechts, des Kinderhüters, der Hausaxt, des Lebensbündlers und des Betreibers einer Ehemühle ist er eine glatte Fehlbesetzung. Ich wußte nach Schulzens Verschwinden also ziemlich genau, was ich nicht wollte, aber ich ahnte, daß ich, ausgestattet mit diesem rein negativen Selbstverständnis, auf lange Sicht meiner Existenz auch nicht so recht froh werden würde. Einige Wochen wanderte ich ruhelos durch das Geviert meines Apartments, hörte David Bowie, las Elfriede Jelinek und wartete auf Inspiration: Was tun, was lassen, fragte ich mich ein ums andere Mal, und als ich mich gerade wieder einmal so richtig festgegrübelt hatte, schaute ich aus dem Fenster und sah im Sonnenlicht einen zierlichen jungen Mann, der mit nervösen, trippelnden Schritten den Uhrturm umkreiste, nach der fünften oder sechsten Runde innehielt und wie gebannt einem schönen Mädchen entgegenstarrte, das sich ihm vom Ende der Allee her näherte: ganz langsam, ohne Hast, Schritt für Schritt. Der junge Mann öffnete die Arme, stieß einen kleinen Jauchzer aus, und die Zeiger der Uhr sprangen um Jahre zurück, was mich überhaupt nicht wunderte, weil: Ihr Mund leuchtete so rot, ihre Haut schimmerte so weiß, und da ihre Sommersprossen heller leuchteten als die Sterne der Milchstraße, betrat ich den Pfad der Erkenntnis und schaute plötzlich sehr gelassen in meine Zukunft, die wundersamerweise mit der Vergangenheit zusammenfiel: Jetzt wußte ich, was ich wollte.

Daß sich ein Mann an einem schönen Spätsommertag seines Lebens Hals über Kopf in die Liebhaberei stürzt, zeugt nicht nur von einer gewissen Naivität, sondern auch von einer bodenlosen Blauäugigkeit. Sicher, an einen Liebhaber werden keine allzu großen Qualifikationsanforderungen gestellt, von ihm wird, wenn man den gängigen Liebesromanen Glauben schenken will, zumindest in der ersten Phase der Liebe lediglich erwartet, daß er eine leichte Hand hat, daß er flugtauglich ist und eine gewisse Unbeschwertheit ins Spiel bringt – aber man darf wie gesagt nicht alles wörtlich nehmen, was sich schwarz auf weiß aus der Buchhandlung nach Hause tragen läßt. Denn als ich am nächsten und an allen darauffolgenden Tagen die Hantel gestemmt, den Sandsack bearbeitet und die Morgentoilette absolviert hatte und in einer Gefühlsmixtur aus heller Erwartungsfreude und extremem Berührungshunger über den zwischen Katharinenkirche und Bockenheimer Warte gelegenen Frankfurter Beziehungsmarkt schlenderte, um den dort reichlich vertretenen Angehörigen des schönen Geschlechts nach einer manierlichen, wenngleich etwas altmodisch klingenden Vorstellung: Gestatten, Ferner, deutsch, ledig, Liebhaber, näher zu treten und mein sofortiges und uneingeschränktes Hingabeangebot mit der Beredsamkeit eines orientalischen Teppichhändlers auszubreiten, fand sich für diese Ware, die ja schneller verdirbt als irgendein handgeknüpftes Fußbodentextil, keine Abnehmerin.

Dabei war es gar nicht einmal so, daß die in Betracht kommenden Frauen mir einen Vogel oder gar die kalte Schulter gezeigt hätten, im Gegenteil, viele bekundeten ihr grundsätzliches Interesse, dem Liebhaber den einzigen Artikel abzunehmen, den er im Angebot hatte: die Liebe. Nein, das Problem bestand nicht darin, daß sie etwas gegen diese Liebe einzuwenden gehabt hätten, sie paßte ihnen nur momentan nicht in den Kram – und mit ihren Ausreden hätte ich die Fassade der Alten Oper tapezieren können. Die erste Frau mußte noch schnell zum Friseur und vor Ladenschluß die Lottoscheine wegbringen, die zweite wollte sich nicht darauf einlassen, ohne vorher mit ihrer Analytikerin darüber gesprochen zu haben, die dritte war auf dem Weg zum Kieferorthopäden, um ihrem Sohn die Zahnspange richten zu lassen, die vierte wollte die Ergebnisse meines HIV-Tests abwarten, die fünfte äußerte die Befürchtung daß ihr Make-up unter dem Ansturm der Gefühle Schaden nehmen könnte, die sechste bat um die Darlegung der je roh-fleischlichen und subtil-geistigen Anteile meines Begehrens, die siebte wollte die Umarmung flugs mit einer Schwangerschaft verbunden wissen.

Als ich schließlich schon ziemlich am Ende war und kaum noch zu hoffen wagte, bog auf handschuhweichen Stiefeletten die achte Frau um die Ecke. Die ging einen gutgegangenen Gang, die schritt einher auf den Beinen einer Tänzerin, der rieselten die schwarzen Locken über die angoraverhüllten Schultern, die hatte dunkelbraune Augen mit weithin leuchtenden goldenen Einschlüssen darin, und als mir mein beschleunigter Puls verriet, daß sie einer unvergänglichen, in meiner linken Herzkammer aufgehobenen Liebe zum Verwechseln ähnlich sah, öffnete sie den Mund, vertrieb mit der Zungenspitze einen Tabakkrümel von der Unterlippe und sagte: ICH WILL ALLES. SIE BRAUCHEN ES NICHT EINZUPACKEN. ICH WOHNE GLEICH GEGENÜBER.

Das war ein Wort. Das ist ein Wort, das sich hören lassen kann. Das Wort ist der Schlüssel zu einem Raum, der jedem offensteht, der sich eine Blöße gibt. Die Liebe ist keine Trutzburg. Hoch hinauf strebt sie und weiß um ihr zerbrechliches Fundament: Auf dem Entzücken, das eine Frau in einem Mann und ein Mann in einer Frau wachzurufen vermag, findet die Ewigkeit keinen Halt. Die Zeit des Entzückens, eine Stunde, ein Monat, ein Jahr, wird von zwei sehr schlichten Sätzen begrenzt:

Ich liebe dich.

Und:

Ich liebe dich nicht mehr.

Das ist alles.

13

Der Film ist abgedreht. Ferners Geschichte ist geschrieben. Die Feder ist trocken. Let's have a party. Alles wiederholt sich. Heraufziehendes Déjàvu. Die Luft steht. Der volle Mond hat einen schönen Hof. Die Tische biegen sich unter der Last leerer Flaschen und schwerverdaulicher Speisen. Mick Jagger plärrt seiner Satisfaction hinterher, und prompt reißen sich altlinke Studienräte und Grundschullehrerinnen ein Bein aus. Der Nudelsalat klebt am Pappteller. Vom Rand der Tanzfläche her geht mir plötzlich ein Licht auf, eine fließende, erdenthobene Bewegung in luftigen, weitgeschnittenen Stoffen, eine schwarze, hellgrau gesträhnte Mähne im Sturm und darunter ein Lächeln wie nie. It's now or never, ahne ich, wann, wenn nicht jetzt, frage ich, spanne noch halb in Gedanken den Bogen, fliege ihr entgegen durchs Dickicht der stampfenden, schwitzenden Pädagogenleiber und komme vor ihren Füßen zu Fall. Am Boden liegend, höre ich ihre morgenländische Werbung und traue meinen Ohren nicht: O du mein feingliedriger Silbenstecher. Ich bin getroffen von deinem Lächeln, ich bin geblendet von deinem

Licht, ich bin gebannt von deinem Text. Du bist meiner Liebe wert, wie ich deiner Liebe würdig bin. Wer oder was sollte uns daran hindern, den Himmel einzureißen oder, besser noch, zusammen ein Buch zu schreiben, das die «Geschichte der O» in den Schatten stellen wird, wenn du nur willst, Geliebter. Sie zieht mich an den Rockaufschlägen zu sich empor, wirft mich über die linke Schulter und strebt dem Ausgang zu, der von einem ausgewiesenen Frauenhelden verstellt ist. Er bringt in bekannter Manier seine blauen Augen ins Spiel, und sie gibt ihm den Laufpaß: Pack dich, Alter. Blau ist out. Dies ist die Stunde des rehäugigen Dichters. Sie spricht von mir. Ich freue mich wie ein Schneekönig und strecke Ferner die Zunge heraus. Wer zuletzt lacht…